温泉做的故乡

胡赛标 著

团结出版社

图书在版编目（CIP）数据

温泉做的故乡 / 胡赛标著 . -- 北京 ： 团结出版社，
2023.12

（且持梦笔书其景 / 林目清主编）
ISBN 978-7-5234-0762-2

Ⅰ．①温… Ⅱ．①胡… Ⅲ．①散文集－中国－当代
Ⅳ．① I267

中国国家版本馆 CIP 数据核字（2024）第 002784 号

出　　版	团结出版社
	（北京市东城区东皇城根南街84号　邮编：100006）
电　　话	（010）65228880　65244790
网　　址	http://www.tjpress.com
E－mail	65244790@163.com
经　　销	全国新华书店
印　　刷	成都市兴雅致印务有限责任公司
开　　本	145mm×210mm　　1/32
印　　张	68
字　　数	1700千字
版　　次	2024年4月第1版
印　　次	2024年4月第1次印刷
书　　号	978-7-5234-0762-2
定　　价	398.00元（全9册）

绝版富字楼 (代序)

没有哪座永定土楼会比富字楼更充满传奇与性格的魅力。

当我静谧地伫立于潺潺的中川溪畔，又一次悸动于一川先生《我的故乡》油画中的蓝本。我知道它就是永定土楼中的绝版——按"富"字图案建造的"字形楼"。

走进别出心裁的富字楼，犹如走入一座艺术的迷宫。底层大大小小25扇门的布局，常让我晕晕乎乎地迷失在客家先祖无比高超的建筑艺术里。

270年后，我仿佛还仰头望见先人胡斾乡，凝眸圪蹴在澄明的空气之中，像摆弄石子棋一样，移动着富字楼图案的横横竖竖，最终捋着飘飘髯须微笑了……

我游弋于富字图案构筑的高墙里，像一条鱼触碰"富"字的魅力。

跨入大门，一条铺满鹅卵石的"天街"扑入眼帘，悠长而古朴。直溜溜的天街两旁，各站着两行面面相觑的房间和4个小厅堂，它们仅用两个拱门相系，与笔直的天街组合成象形的"田"字。

远眺"天街"尽头，一扇雕龙画凤的中门屏风隔着。入其右侧

1

门，见一麻石天井、两边厢房和上厅堂，它们围成一个"口"字。

而上厅堂后面的封墙，就是"富"字中的"一"了。那么，宝盖"宀"在哪里呢？打开上厅堂两侧的拱门，可见两排弧形的住房连接着，恰构成宝盖"宀"。

穿过左边住房小门，进入一溜碓房和杂间，就是"富"字头上斜伸出来的一长点了。于是，"富"字结构浮雕般地凸现于密密麻麻的中川土楼群中。纵观永定土楼，还有谁能将土楼建筑得如此富有艺术情趣呢？

"纷纷屋角叠鱼鳞，一万丁男一本亲；试向沿村十里望，家家却是姓胡人。"遥想几百年来，号称"小香港"的中川村，因失火而烧掉鳞次栉比的房屋何止几百，只留下"不怕贼偷，只怕火烧"的"中川语汇"。

可是，富字楼却在周围一片火海烈焰中，安然无恙，独自叹息，让建筑专家们仰为观止！原来，富字楼的墙顶上创造性地设计了"封火瓦"：全用青砖层叠层地砌至瓦口，一劳永逸地灭了火魔的肆虐。这一独创建筑技艺，传到振成楼的封火墙的耳膜里，也许会鸣出"早有蜻蜓立上头"的感慨吧？

当我蚂蚁似地在"富"字里爬上爬下的时候，我反复询问耄耋老人一个问题：君子言义不言利的清代，旃乡公为什么要按"富"字建楼呢？华发如银的老人愣愣地望着我。

我恍然：建楼的文化背景，已经如空气一样老得说不出话了。它成了一个后人再也打不开的锁！真的，人类的嘴和手终究是抓不住时光苍茫的脚！几万几十万年之后，又有多少把锁会锈在淡漠的空气中呢？

可是，我恍恍惚惚地听列了悠长天街中，飘来"要富要富"的细语呢喃。这一隐隐约约、似有若无的呻吟，却是这样的执着与沉静，与永定土楼"睦亲和族、耕读上进"的文化呐喊，汇成一股多声部的文化洪流！

闭上眼眸，我想像胡斾乡周围是否挂满了睥睨的眼睛、飞溅着白色的唾沫？这时，我深深折服于建造者胡斾乡的胆识和深邃了。

震惊我们的还是他去世220年以后的开棺：1973年侨育中学开辟运动场，迁葬掘坟时，封着三合土的灵柩完好如初。撬开棺盖一看，但见其尸首浸于药水之中，穿一套摞补丁的黑色官服，容貌须发栩栩如生，按其肌肤富有弹性，拉其关节开合自如。一时轰动闽粤边界，观者如潮，络绎不绝……

2000年5月1日，中央电视台播出王运辉拍摄的纪实片《海峡两岸的历史姻缘》，其中有许多镜头就是在富字楼拍摄的。原来，胡斾乡在清雍正七年考取贡生之后，历任安溪、闽侯、彰化县学官。他任职彰化时，便动员部分子孙及中川乡亲去台湾定居立业，繁衍许多后裔，成为最早拓垦台湾的功臣之一，正是这位传奇式的人物设计建造了独一无二的富字楼。

我穿行在大大小小的窄门巷道里，高低错落的青砖黑瓦，起伏有致地摆布它优美迷人的图案，黛青的苔藓为它抹上时光的流行色。阳光在瓦楞屋檐间弹跳着，漾漾地收缩斑斓的脚丫。

我心里默默地咀嚼着富字楼"四家一客"的故事，正如我的皮肤咀嚼春阳光的味道。胡斾乡建造富字楼，虽然没有培养出富商巨贾，却因文风炽盛耳濡目染，仅现代就诞生了"四家一客"的著名人物。

星马港知名老作家胡炎贤集美师范读书时，就在厦门《江声日报》《民钟报》《厦门商报》上频发佳作。定居香港沙田后，驰骋星马港泰各大报刊，坚持创作70年，著作等身。近视增至2000多度，仍然创作不辍！

胡焕孚是最早加入福建省音乐家协会的艺术家之一。他炉火纯青的绝技是拉头弦和奏古筝。如泣如诉、似哀似怨的弦音，如草原上飘荡的马头琴声，又如《二泉映月》凄冷的月光，令听众如醉如痴，如梦如幻，成为厦门人民广播电台的保留节目……

科学启蒙家胡冠群，20世纪30年代初从汕头买了一部8毫米的电影放映机、一台手摇发电机，在中川村放映电影《米老鼠》和《卓别林》，引起轰动，从而揭示了电和电影之谜，开创了永定县科学启蒙的先河。他在全县第一个开设了"大观楼照相馆"，向害怕照相的人们传播科学种子。

年仅23岁的教育家胡甫开，在两年半时间里，先后创办了中川小学和侨育中学，在福建教育史上是第一人……

真正弹响我心灵琴弦的，不是这"四家"，而是胡炎贤的父亲、"水客王"胡前光。这位影响了胡炎贤一生的凡人，这位让胡子春幸运地成为"锡矿大王"的水客，73岁时来往东南亚97次了，许多人劝他："不要把老骨头丢了。"可他74岁仍坚持来往南洋3次，最终补足100次的记录，才回乡颐养天年，成为名副其实的"水客之王"！

青青爬壁虎和不知名的小花缀满了富字楼的外围墙，忽然忆起灯火阑珊，流萤点点的那夜。

富字楼那株神奇的昙花变魔术似的开了，开得火火爆爆，葳葳蕤蕤，花花晃晃。一朵、二朵……106朵，白莹莹的花瓣，粉嘟嘟的黄蕊，淡纱纱的幽香，流荡在"富"字精美的图案里，璀璨于字形楼独特的神韵中……绝版，富字楼！

（原文刊于2005年12月8日《闽西日报》，有删改）

目 录 / CONTENTS

客乡纪事

红土记忆

生活碎影

客乡纪事

温泉做的故乡

北方朋友来参观永定土楼，我顺带他去泡故乡的温泉。

眼前一汪汪澄碧的温泉，如温润的绿翡翠，晶莹的冰石花，柔媚的少女眸，他一下醉了，兴奋地跑到池边捧起一掬温泉水，说：哇！你们真幸福啊！

朋友的意思大概是说，我的故乡不只有雄浑壮观的土楼，闻名遐迩的侨村，富有特色的小吃，还有物华天宝的温泉，让他羡慕不已。

故乡泡温泉，说"洗汤"，是泡在露天池子里，慢慢揉搓，静静享受温泉浸润、阳光柔拂、空气滋养的那种。起汤后，朋友满脸红润，全身舒坦，仿佛每个细胞都被激活了，说：真舒服啊。我笑道：能不舒服吗？你洗的可不是水，而是琼浆玉液啊。

朋友一时没悟过来，愣怔地看着我。我说：温泉里有活性物质，对人体非常有益，朋友似懂非懂地点点头。

朋友捋捋头发，又问：为什么会有温泉？它是哪儿来的呢？我见他一脸困惑，说：带你去看看吧。穿过几块高低起伏的稻田，只见田野沟渠里有几处泉眼，温泉喷涌而来，长流的碧波，滢滢的绿水，活活泼泼，从从容容……朋友"哦"一声，终于明白温泉是怎么一回事。

这时，我向他讲述故乡温泉的故事……

故乡有一条碧波淼淼的金丰溪，逶迤穿过绿色的田野，一直流向广东的韩江、南海。蜿蜒的小溪边，脉脉地涌溢着一眼眼晶莹的温泉，氤氲在故乡的土地上！

故乡是客家古镇，每年春节除夕那天，都有全家出动"洗年汤"的风俗。

"汤"在客家话里是"温泉"的意思。孩童时，我们总会吟唱这样的歌谣："下洋（笔者注：下洋指下洋镇，笔者的家乡）好地方，日日有洗汤。讲到要出门，全身就发痒。"炎炎酷夏，凛凛寒冬，霏霏雨季，灿灿晴空，蒙蒙星辰，沉沉暮霭，逼仄而迤逦的乡间小道上，总流动着一拨拨的"洗汤族"：或是成群结队的中学生，或是唠唠嗑嗑的亲邻好友，或是踽踽独行的耄耋老人……

有朋友开玩笑说：如果哪一天，将汤池封了，将会出现这样的奇观：今夜全体失眠！是的，洗汤已经成为故乡生活不可或缺的内容，也是我们感悟生命的独特方式！

每年的除夕，浩浩荡荡、摩肩接踵的人流，从旮旯里倾巢涌出，或骑车，或步行，或坐车，汇聚汤池，宛如暴涨的小溪奔赴大河，虔诚的信徒朝拜麦加……因为家乡流传着古老的传说：如果除夕没洗汤，一觉醒来，你会发现自己变成了一头牛。

那天，汤池里密密匝匝都是人。池台上衣服层叠着。有的人是半夜就去抢"头汤"的，据说与"抢头香"一样，一年会有好运眷顾。袅袅娜娜的水汽中，迷迷蒙蒙，看不清别人的脸，但嬉笑声、交谈声、喧闹声在汤池中飘荡……如果有哪位丹青妙手，画幅《除夕温泉沐浴图》，岂不是一幅客家风情的名画？

秋冬之夜，乡人们喜欢邀上二三知己，趿双拖鞋，搭条毛巾，拎袋衣物，到汤子阁温泉洗汤。洗罢，坐在溪水中突兀的乌石上，吹着清爽的溪风，望着远处隐约的舟子渔火，谈些风土人物掌故……

我更喜欢独自一人去洗汤，在一个清朗散淡的上午。那时，嫩绿的池水，仿佛一块块贮满生命的翡翠，又如一缕缕莹莹流动的水晶，粼粼的波光，在脉脉地流转顾盼，有一种丰姿绰约、美艳飘逸的美。

阳光开出橘色花蕾。空气里飘浮着桂花的馨香。一棵温泉边的苍虬老枫树，轻悠悠飘下一片淡绿的叶子，悄然氽进波光潋滟的池里，微微漾起一圈涟漪……一只紫蜻蜓，忽然翕动着玻璃样的翅儿，定在空中。倏尔，尖尖的尾巴一点一点地掠着粼粼的水面……

这时，独自闭着眼睛，躺泡在柔绿的温泉里，感觉所有的愁郁、怨怼、忧伤被吸得一干二净，脑中只有静谧的空白！浴罢，坐在凉亭里，柔爽的溪风在脸颊上淡进淡出。空望着碧蓝的温泉溪潺潺流去，感觉自己的生命变得纯净、轻柔、快乐……

清代文人骚客为温泉赋诗的不少，其中有一首《汤阁温泉》，是清代知县胡治菁的诗："石液潺潺温且清，依稀沂水得标名，胸中尘俗多如许，一见温泉移我情。"这首诗记述了沂水的温泉，因《论语》"侍坐"中有"浴于沂风乎舞雩"一句，得以显名，更写出诗人对温泉一见钟情、见汤忘俗的超逸情怀。

但是，古代诗人对故乡温泉的感觉，并没有超越一般士大夫文人的清高孤拔的境界。

其实，故乡的温泉是有语言的。它是一种有灵性的生命。只要你静心谛听，摒弃内心的浮躁、悲伤，就能听懂温泉的密语。它有时默默流动，脉脉思考；有时发出"汩汩"声响；有时又纵然一跃，哗哗流进汤池里，像极了一个人波澜跌宕的心情。

故乡的温泉是有表情的。晴日，雨天，夏夕，冬晨，它宛如一位饱经沧桑的老人，即使不再喜怒于色，却有细微的表情变幻，内心的隐秘波纹。它原本是澄碧的，欢快的；因为人们洗涤浸泡，变成乳灰的，阴郁的。可是，有什么关系呢？经过一夜的化浊除秽，自我疗伤，第二天它又碧水澄澈，宁静如初，如一块温润的翡翠。

故乡的温泉更有丰厚的内涵：温暖，无私，包容，自疗。无论是对达官贵人，还是对平民百姓，都接纳吸收，温柔以待。它也有情绪变化，但总是温婉待人，默然做事，没有抱怨，没有偏狭。它热情温婉的气质，深深浸染了故乡的民风，百姓的性情，就连乡音都如温泉一样柔婉。

我喜爱温泉，怀念温泉，喜爱它的温婉无私与宽容大度，怀念它的静默沉思与自我疗愈。是的，故乡是温泉做的，温泉是故乡的品格。

（原刊 2019 年 10 月 13 日《福建日报》"武夷山下"栏目）

松生大师

我与徐松生大师很熟悉，住处相距不过几百米。他是国家级土楼营造技艺传承人，但在我眼里，他只是一位慈祥、耿直的邻居大叔。

一次中午，坐他的摩托车回家。他说请我吃饭。我羞愧说："怎么行？这不是拐杖倒撑吗？"不料，他不让我下车，一直将我载到饭店门口，最后点了焖豆腐、青菜与排骨汤。

他出生于永定县下洋镇初溪村。初中毕业后，跟随父亲在永定、平和县境内从事土楼建筑，技艺不断成熟，先后设计、施工、维修大土楼 10 多座。

2012 年的春天，我因写一篇文章，邀徐松生大师一起考察初溪土楼。此前，我在他家中请教一些专业问题，他细音如水，拿笔不时在纸上画着。瞅我懵懵懂懂的表情，鹤发童颜的他，微笑着，脸上显出一种孩童般的纯真。考察时，我指着一座墙壁裂一大缝的圆楼问："这是不是属于墙泥水分太高蒸发造成的？"他马上回答："不是。这是不同时期筑的墙，新、老墙之间连接技术没有处理好造成的……"

他告诉我小时的一些趣事：小学时他念书总能得到"三好生"的奖励，但期末颁奖，他羞涩得怎么也不肯上台领奖品，只好由老师代领。我突然想起让他在其兴建的第一座红阳楼前拍个照，他腼腼腆腆的，左顾右盼，怕碰到熟人的样子。我说：你真害羞啊。他笑起来，声音很是爽朗。每次与他通话，总会不间断地听见他"呵、呵、呵"的童真笑声……

"日送墙是什么意思？"我问，"土墙不像砖墙，日照多的一面干得快，往往会向日照少的一面偏斜，如果死板地垂直整墙，墙干后会倾斜变形，这就是日送墙。"他没有看我，说，"因此墙往往要外倾些，让太阳晒上一段矫正过来，这完全靠经验判断，是最难把握的。"他看我陷入深思，又打比方说："好比人站立时，左脚踩在岩石上，右脚踩在沙地上，在重力的作用下，右脚一边会慢慢低下去，人的姿势会倾斜一样。集庆楼四楼有些墙倾斜达 30 多度，就是'日送墙'的结果……"

"建洋房是机械化的复制，凭的是图纸；而建土楼是个性化的刺绣，凭的是经验，土楼是有生命的自然生态，每个建筑师手下，会呈现不同的土楼脸孔。"他直言不讳说现在建洋房没什么技术，复制而已。他的眼神朴厚而聪颖。

建筑土楼的奥妙在于变化无穷，真正的大师要能预测每道营造技艺的变化。徐松生有一双无形的"心眼"，能总结出独到的科学方法建筑土楼。

那年，他因维修"家族之城"集庆楼与广东省花萼楼而声名大噪。"家族之城"集庆楼，坐落于永定下洋镇初溪村，素有"最古老最奇特圆楼"之誉，可是 2001 年 6 月面临全面倒塌的危险。作为申报世界文化遗产的集庆楼，破烂面貌让人吃惊：檩椽腐烂不堪，楼层高下不平，挑梁腐朽折断，墙体严重变形，72 架楼梯残损歪斜，特别是 510 根立柱全部倾斜……当时无人敢承担维修重任。徐松生最终临危受命。

但是，他没想到维修的困难超出自己的想象。当他想矫正一根歪斜的立柱时，不料根本扳不动它，似有几千公斤的暗力在推着立柱，原来整座楼 510 根立柱都是与众多梁、檩相勾连的，它们形成了不同方向的向心力；就像一排排欹斜着身子站队的人，有一股看不见的倾斜力冲向中心点。徐松生采取了先另立旁柱、锯断横檩，阻断向心压力的办法，然后再或更换或矫正立柱，一步步地把 500 多根柱子维修好了。维修后的集庆楼面貌焕然一新，重现了昔日古朴沧桑、气势磅礴、恢宏壮观的风采，成为"中国最美丽的土楼群"中最奇特、最雄浑的地标性景观。后来集庆楼成为 38 集电视连续剧《下南洋》的拍摄地，名满天下。

广东省大埔县大东镇的花萼楼，建于明万历三十六年（1608年），是广东省内保存最完整的三环圆形客家土楼。整座楼设计精巧，结构独特，是广东省省级文物保护单位。1998 年，中央电视台先后在花萼楼拍摄电视连续剧《嫂娘》等节目，该剧分获电视剧飞天奖、金鹰奖、五个一工程奖等 8 项大奖，轰动一时。前来参观考察客家文化热点花萼楼的专家、学者、游客络绎不绝。但是，2001 年的一天，年深失修的花萼楼，在雷雨轰鸣中，多处墙体发生坍塌。2002 年 7 月，徐松生受邀考察维修。他采用了"楔形夯法""定位槽法"，完美复原了花萼楼，重新对外开放。后来，徐松生再次受邀前往大埔高陂镇，维修新加坡总理李光耀祖居——中翰第。修葺一新的"中翰第"，以黄墙灰瓦、飞檐花窗、黛脊彩墙、典雅古朴的姿态展现在世人面前……

"建洋房是大势所趋，我担心有一天土楼营造技艺真要失传。"他脸上充满忧虑，目光却蕴含期盼：希望建洋房的师傅能够吸收土楼的优点，将洋房设计得科学舒适。没有阳台是建筑的大忌……他自家建的洋房，特地设计了一个天井，阳光正暖暖地照射下来，空气在对流漫散……大厅里柔和的波光在脸上温馨地脉动，让人依稀忆起大土楼的意象与生活。当晕染的灯光替代了明净的阳光，嗡嗡的电扇替代了悠悠的自然风，光滑的地板砖替代了湿润的泥土草地，人类回归大自然的天性就被揉碎了。套房丛林越来越高的时候，幸福其实离生活的本质越来越远了。

现在，城镇化的进程越来越深。从小山村搬到镇区套房入住的乡人越来越多。套房四周没有绿地花园，只有一条逼仄狭小的巷子。套房的底层阴暗低矮，如果设计得高点，底层就可作为住户的公共场所，就如土楼的公共厅堂与天井……他批评一些洋房建筑设计只听从金钱的召唤，开发商不考虑住户的舒适度、幸福感。

集镇里的"光华宾馆"是徐松生曾经维修过的土楼宾馆，里面有阔大的院落，缤纷的花圃，玲珑的亭子，恬淡的阳光，静谧的水池，长长的楼道，斑驳的古碑，还有一棵硕道的桂花树，飘散出幽雅的芬芳，与湿润的泥土芳香，一起蓬勃着生命的律动。前几年，它被开发商改建成套房出售，庭院、花圃、亭子、阳光、桂花都消失了……

土楼建筑是靠文化生态而活的，没有人文素养是建不出生态洋房的。说罢，他的眼神闪出一丝郁悒。

〔原刊 2015 年 11 月 27 日《人民日报》(海外版)〕

消逝的花树

去年，我校的五六株洋紫荆开花了，伸出长长的枝条，居然在礼堂前拱成一个"绿色长廊"，穿行其间，恍若行走梦中。紫荆花开得琳琅满目，紫红如笑，层层叠叠，直开到树梢头，落红点点，弥散出缕缕幽香，让人心醉。辽宁网友看到我发的照片，惊问：哇！这是什么花？从未见过。当她得知紫荆花时，又问：香港的紫荆花是这种吗？对话让我想起了校园的花树。

我的学校是所侨校，以前非常绮丽而闲适。校园青山环抱，4座古色古香的亭子仁立其间，公园花丛簇簇，绿草茵茵，湖水潋滟。碧绿的温泉，四季潺潺流淌……可是，这不是我怀念的，因为它们并没有在时光中被人为戕害。

我眷念的是校园里的树，一棵棵，一排排，一片片的树。学校是百年老校，校门口耸峙着一大片风水林，古木参天，浓荫蔽日。古树硕大，盘根错节，虬枝伸展，树干苍灰，青苔蔓蔓，宛若历尽风雨沧桑的老人。树叶间，蝶轻飞，鸟欢啁，微风吹来，树枝摇曳，悠悠飘下几片树叶，飘落在黄澄澄的含笑树梢，又跌落在满地的草丛里、蔓延的紫色牵牛花上……

这片风水林，有巍峨的枫树，葱郁的樟树，虬曲的乌臼树，鲜美的龙眼树，还有一排高高耸立的桉树。每当它开花时，会落下似花非花的"花絮"来，满地淡黄色的花，散发出特殊的气味……我初中班主任吴老师说，它是南洋华侨引种来的，以前家乡公路沿线都种植桉树，有特殊的药用价值，"万金油"的原料就有它。其实，这片林子里，还长着一些不知名的树。

外地人来我校参观，一进入校门，立刻能感受到这片树林枝繁叶茂的氛围，呼吸到鲜嫩的空气，瞅见树林下飞檐翘角的古亭，庄重典雅的图书馆，琉璃瓦缝间悄然长出的青草，古亭里静默看书的俊俏少女。偶尔，淡淡的阳光透过树林罅隙，在地上投下斑驳的光影。像一双时光的脚丫，漾漾的，在悄悄地挪动，爬到少女的脚趾上，痒痒的，少女回眸一笑，心似乎都要融化了……

校园里桂花树很多，长得不高，宛若低调质朴的人，平时并不显眼，但一到花开时节，串串米粒似的金黄隐匿于绿叶间，散发出阵阵馨香，但它们并不稀奇，我平素并不怀恋。我最怀念的是校园里的5种花树，起初我也说不出为什么。

直到有一年，风水林里的那棵樟树，有人想砍它出售。吴老师听说后，慌忙抱住树，怒目而视，说："谁要砍它，先把我给砍了！"树留下了，吴老师的故事也成为师生的谈资。后来，吴老师在课堂上说到这件事。原来，他老家宗祠后山的风水林，"文革"时被砍光了，成为几代人内心的"痛"，那是祖先几百年前手植的树，是他们家族共同的"文化记忆"。他说起童年树林里捡野果、玩游戏的种种经历，边说边流下了眼泪。我们听了，也流下了眼泪。不料，这棵樟树后来还是被锯掉了……这棵樟树给我留下了深刻的记忆，连同吴老师的故事，吴老师对树的感情与看法。我怀念这棵樟树，念想几百年光阴的消逝……我不知道，那位古亭下读书的少女是否曾留意过这棵樟树？

图书馆前面的花圃里，曾经有一棵艳丽的芙蓉，是一棵"三醉芙蓉"。清晨初开为白色，中午逐渐变为深红，傍晚再变为紫红色，越开越艳丽，晓妆如玉暮如霞。晶莹的花瓣，缤纷的色彩，变化的神采，让我惊艳，让我感叹，它当是花仙子中天生丽质的明星吧？我想，从它身旁路过的许多人，也一定与我一样，初见它时张嘴不合，灵魂出窍。大自然震撼人心的美艳，总出乎人们的意料。我对它可谓"一见钟情"，经过时会忍不住多瞅几眼。可惜，这棵"三醉芙蓉"，第二年就不见踪影了，据说是被人偷挖走了。我心里一下被挖空了，怅然若失。我怀念它，怀念它给我们单调平凡的生活，带来过惊艳的幸福与温馨。

那年，学校运动场改建为塑胶运动场。原来的运动场是沙土的，长着碧绿的青草，特别是跑道边生长一棵耸入云天的大松树，还有几株油桐树。大松树的历史比校史还长，枝丫如盖，郁郁葱葱。夏风吹动，松涛阵阵，松针轻落头上，我们觉得特别凉爽，特别享受。同学们特别喜欢体育课，很大原因是生命中遇有这棵慈母般的苍松呵护。而秋冬晨跑，会看见一树树桐花绽放，落英缤纷，美不胜收，枯燥的跑步也变得丰盈有趣。我没有亲历过台湾的"桐花祭"，但亲临这"桐花落"，也是今生的福分了。果然，运动场改为塑胶跑道时，这棵大松树与几株桐树都被锯掉了。从此，它们定格于我们的记忆中，只能显现于梦境里。夜阑人静，每当想起，心里涌起许多无奈、酸楚与揪痛，为自己无力挽救它们的命运潸然流泪……

这种任人砍锯的凄婉与辛酸，还落在洋紫荆树上。去年洋紫荆开花了，大家都欣喜欢笑，可是花魂还未散，紫荆树却被无知的人砍掉了许多枝丫，变得元气大伤，奄奄一息，绮丽碎了一地……大家谈论它，怅惘许久。从小养花的我更是伤心郁闷，怼恚难抑……

高兴的是吴老师退休时，自己出钱，特地在校门口植了一棵"退休纪念树"，周围用砖砌了一圈树坛。可惜，没几年吴老师因脑溢血去世了。这棵细叶榕还在，可是整个校园并没有形成退休植树的风气，随意砍树却仍然根深蒂固。

我怀念樟树，怀念芙蓉，怀念松树、油桐与紫荆，怀念这些不该消失或受伤的树，怀念它们的美丽与友善。与它们朝夕相处，我感到快乐、安逸与稳实。这几年，随着城镇化的进程，高楼大厦不断矗立，被无端砍伐的路边花树，何止在校园里呢？

　　都说：水利万物而不争。我觉得树比水友善，树比人美丽，是真正利万物而不争。我们要感恩每一棵树，善待每一棵树，保护每一棵树。保护它不只是保护生态文化，更是保护我们共同的文化记忆。

（原刊 2017 年 5 月 19 日香港《文汇报》）

故乡的阳光

冬天来了，寒风凛冽，我特别想念冬天暖暖的阳光。

改革开放以前，生活清贫，冬天趿着拖鞋，冻得脚指头又疼又麻，但那时故乡有两件东西让我很是怀旧：一是呼朋引伴，半跑着去泡温泉；二是坐在土楼门前的长椅上，闲聊晒太阳。

故乡在土楼乡村。一条逶迤的金丰溪淙淙流过。一汪汪氤氲的温泉弥漫着白气，如粒粒晶莹的珍珠缀在金丰溪边上。

"泡温泉"，乡人称"洗汤"。最有趣的是"洗年汤"。各家各户倾巢而出，赶往汤池洗温泉。春节洗温泉，成为侨乡年俗的一大景观。现在，这种洗年汤的风俗依然盛行。只是平日里，洗温泉没有节日热闹罢了。

东汤池建在金丰溪畔。露天，阳光明媚，空气清新，热气袅娜中，躺在温泉池中，每只神经都是松弛的，舒缓的。洗完，坐在五婆亭中，吹着清爽的溪风，眯着葱郁的田野，魂儿超脱尘外，很美很享受。

可是，不知何时，汤池北面被圈地开发，矗起几座高楼。汤池屋顶与三面被装上铁皮，倾泻而下的阳光遮断了，飘荡的空气凝滞了，闲适的感觉消失了。洗汤，从享受变成了郁闷。从此，我不再去东汤池。故乡的阳光越变越小，越变越少。

我想起了家乡的大土楼光华楼。它有阔大的院落，缤纷的花圃，玲珑的亭子，恬淡的阳光，静谧的水池，长长的楼道，斑驳的古碑，还有一棵硕道的桂花树，飘散出幽雅的芬芳。以前，我非常喜欢它的古朴的氛围。前几年，被开发商改建成套房出售了。留给我的记忆只是两条昏暗的楼道。阳光杳无踪影……

原来，我是很喜欢怀亲楼300室的。它是乡下中学分配给我住的小套房。房间两个大窗户是朝南的。外面是缓缓的山坡、细碎的菜地，一口涟漪的大池塘。

初冬的时候，寒气凛冽，几棵青翠的木瓜树结满了果实，引来外人一声惊喜：哇，木瓜！你看！在房内读书，听到这愉悦的惊唤，内心便涌出温暖的窃喜与兴奋。

从窗户向外望去，缓缓的山坡，逶逶迤迤地延伸出去，消失于蓊蓊郁郁的山巅……

山坡也是菜园，生长着稀疏的杂树。这时，七八只栖憩杂树上的白鹭，在清冽的空气中，悠悠地飞下池塘里觅食，有时在烂泥里走动，有时栖息于池塘的一根木杆上。白鹭优雅的身姿，恬静的神态，寻食的淡定，时常让我忘掉心中的烦忧，沉醉于与白鹭无言的交流。那种发呆的空白，宁静的幸福，大概只有隐居山间入定参禅的僧人能懂。

有时候，小鸟瞄见我房间寂阒无人，叽叽喳喳的，飞到窗台上，跳动着，窥视着，倏地飞落房内，呼唤着同伴……这种人与麻雀和谐共处的情景，让我有种时光倒流的幻觉。

一次，一只初飞的稚鸟，叽喳着，停落窗台，大概是失去了伙伴，叫声凄婉，细细碎碎的。一会儿，它又扇动稚弱的翅膀，似飞似跌地落到我的房内。它瞅见床上看书的我，并不胆怯，叽叽地叫……

后来，大概是翅膀娇柔无力，它怎么也飞不回窗台，飞起一尺多高，又跌落地面，在地上走走停停，转动着头，点动着尾，喳喳地唤。我将它捧到窗台上，给它放些饭食，它并不飞走，啄下饭食，细唤几声。

这个小套房，我最喜欢的还是冬天，整天都能映照到暖暖的太阳。

看书的时候，金黄的阳光，透过窗棂，射到我的身上，抚摸着我光裸的脚掌，漾漾地移动。阳光宛若一个鲜活的生命，与你脉脉地对话，与你温柔地感应。它就是我的一个恋人，一个知己，一个亲人，温暖，贴心，奇妙……那一地的阳光啊，从早晨到黄昏，让我凛冽的心感觉到古朴的幸福。

可是，好景不长。窗外的池塘被填平建成篮球场，大片空地矗立起高高的实验大楼。从此，几只白鹭不知去向。浓稠的阳光喘喘地爬上楼顶，从窄窄的过道里，挤入我的窗户，不过只打个照面，就怏怏地离去。房间变得寒气逼人，读书的心也变得浮躁无趣。

买房子的时候，心想：可以没有温泉，没有停车场所，但一定要有阳光啊。果然，百般挑剔，我买到了一处阳光充足的房子。

可是，前不久，楼左侧突然盖起了 1 幢 10 层高的商品房。太阳初升，就将我家的阳光挡住了。我只能默默忍受这种郁闷，有什么办法呢？许多人都只能默默忍受这种懊恼。故乡的阳光啊……

看过这样的故事：一位亿万富翁在海滩碰到一个贫穷的渔夫，闲聊中，富翁问："你为什么这么懒，不去挣钱呢？"

渔夫答："要这么多钱干吗？"

富翁悻悻地说："挣很多钱，可以像我一样，去旅游度假，到海边晒太阳啊？"

渔夫笑了："我现在不是在晒太阳吗？"富翁醒悟过来，红着脸说不出话。

很多时候，一个人衣食无忧，但总觉得生活缺点什么，灵魂丢了什么。有的东西失去了，即使有再多金钱也买不回，宛如生活的"阳光"被高楼挡在了另一边，再也难寻它的轻盈与诗意……

（原刊 2022 年 1 月 22 日香港《文汇报》，2018 年第 1 期《中国乡村》，荣获《中国乡村》散文征文年终评选第二名）

邓玉璇的理想

　　闽西汉剧表演艺术家邓玉璇 1996 年退休，可是她却要求"就地安置"。人们很难理解她的"徒弟迷"：丈夫孩子早已定居厦门，而她孤身一人，留在龙岩 7 年培养了 4 代徒弟。现在，只要龙岩艺校一个电话，她又乐此不疲从厦门赶回龙岩指导学生……

　　闽西汉剧是福建六大地方剧种之一。它是清乾隆年间湖南班（祁剧）流入闽西后，吸收客家方言和民间音乐，逐步形成的地方剧种，主要流行于闽粤赣台以及东南亚地区。闽西汉剧以其独特的艺术表演与别具一格的语言特色深受海内外人士喜爱，素有"南国牡丹"之誉，2006 年入选我国第一批国家级非物质文化遗产名录，而邓玉璇则是国家级非遗项目·闽西汉剧代表性传承人。

　　国家一级演员邓玉璇，1936 年生于广东梅县陂塘，7 岁时父亲经商遇害，她被送人做养女。她身材高挑，皮肤白皙，聪明伶俐，深得大家喜欢。小时，她常跟养母去看汉剧。中学时，她常被老师叫上台唱歌，胆子大了，她还模仿小姐采花扑蝶的动作，一下课就在班里唱起"十八相送"。原来，她已经痴戏成迷了。有一次，梅县汉剧团演《梁山伯与祝英台》，邓玉璇一连看了 10 个晚上，"十八相送"已经会跟着哼唱了。

　　她与闽西汉剧结下不解之缘，是在 1954 年暑期。龙岩汉剧团应邀来到她的家乡演出，演员美丽俊俏的扮相，如泣如诉的剧情，婉转悠扬的唱腔，深深地打动了邓玉璇的内心世界。一天，她壮起胆走进剧团住地，问师傅要不要招收演员？说完，她就紧张得脸红了。恰巧，剧团正要招年轻演员，师傅一看她穿白衬衫吊带裙，修长的身材，姣美的面容，一副清纯的中学生模样，心里喜欢，叫她试唱，竟有天生的假嗓。师傅嘀咕一阵后，说："你回家迁户口吧！"邓玉璇喜出望外，一阵风跑回家。不料，母亲一听，满脸不高兴。可是，邓玉璇主意已决，教导主任拍桌子也没劝回她。

后来，邓玉璇分给王玉兰老师为徒，但其他艺人见其虚心好学便倾囊传艺，她得以博采众长，兼习青衣、花旦、小生。每当凌晨练功，王玉兰要她夹着铜钱走碎步，膝不能弯，身不能晃，走到小腿发麻，大汗淋漓，还要练嗓子、学身段、耍刀枪……1956年10月，邓玉璇主演传统汉剧《大闹开封府》《昭君和番》等，以扮相俊美、嗓音清亮、表演传神，红遍省城，被誉为"汉剧金嗓子"。1957年，剧团首赴厦门公演，她主演的《百里奚认妻》一炮打响，盛况空前，新闻媒体好评如潮，戏迷们奔走相告，一睹为快，有的从厦门追到漳州，又从漳州追到石码……

邓玉璇并没有陶醉于掌声。她发现闽西汉剧历史上在旷野演出，定调较高，音较尖细，音域较窄，旋律单一，行腔较硬。为了更好塑造角色，叙述情节，她对传统唱腔唱法进行了大胆革新。首先，她把闽西汉剧的调门降为"E宫"。其次，她发展和创造了不少新腔、花腔，形成了圆润婉转、独具韵味的演唱风格。1958年，她主演闽西汉剧史上第一部现代戏《陈客嬷》参加福建省第一届戏曲现代戏汇演，轰动全省，被选为晋京参加国庆献礼剧目……

"文革"时期，邓玉璇被打成"反动学术权威"，受尽批斗凌辱。改革春风吹起，她的艺术生命重新绽放。她主演了《西厢记》《白蛇传》《秦香莲》等剧目，塑造了上百个风格迥异的艺术形象，被授予全国三八红旗手称号。1987年，她主演历史剧《春娘曲》，荣获全省第十七届戏剧汇演表演最高奖——优秀演员奖。1989年，邓玉璇应邀出访新加坡，她演唱《白蛇传》等传统选段，引起强烈反响，新加坡《联合早报》称她为"中国汉剧花旦王"。香港多家唱片公司为她录制个人演唱专辑，并将唱片和录音盒带向全国各地和东南亚发行。

"你们将来一定要超过我，这才是我的最大理想。"邓玉璇总是对剧团或艺校的学生说，"别人不理解我，我自己理解自己就行了。"她辅导时对学生要求很严格，学生几乎都被她训哭过：一个表情，一个手势，一个嘴形，一句唱腔，她都不含糊。但学生们都理解她，喜欢她。那年因为评职称，她暂时被调回汉剧团，学生认为无法再听到邓老师上课了，就开始哭，全班大哭。第二天，是李老师的课，学生还一直哭个不停，弄得李老师发火了。后来，邓老师又回到艺校。一次她摔跤左手跌断，吊着膀子给学生上课……

1983年，福建省举办首届"水仙花"青年演员戏曲表演比赛，龙岩共获17块金银铜牌，她的学生占了1/3。2008年她辅导的陈萍参加省水仙花比赛获优秀新秀奖，2009年学生胡婷获福建戏剧会演演员奖，2010年陈萍、沈亚婷分获水仙花、中青年演员比赛银牌奖……她荣获"优秀教师辅导奖"。她在文章中写道：我的一生都献给了闽西汉剧事业，为了使"南国牡丹"更放异彩，我愿意发挥余热，学生超过我才是我最大的愿望。回首人生，我的心得是：一个人活在世上，一定要心地善良，真情待人，勤恳工作，该得到的都会得到。

〔原刊 2016 年 6 月 18 日《人民日报》(海外版)〕

乡村守望

　　同事邀我去湖坑镇奥杳看风景，说奥杳有金莲山寺出米石、巍峨高大的土楼、永定第一座哥特式天主教堂、第一座外国神父用英德文向外国发行的圆土楼明信片。我一直无暇动身。一天，突然收到黄恒振老师转来的《奥杳》，我终于感动不已出发了。

　　奥杳是深山盆地，地势高峻，状如帆船，村有7姓，人口7000，四周群山耸峙，良田纵横，邈远苍茫，是西班牙、法德、瑞士神父修女1872年踏进传播"福音"的山村，也是永定最早与西方文明接轨的侨村。特级教师黄恒振的家就坐落在金莲山下黄屋。

　　我在侨钦中学任教的某天，忽然收到一封信，字迹娟美俊逸，内容大意是：他是永定一中的物理老师，看了我刊在《中国校园文学》上的文章，很欣赏，欢迎我上县城时去喝茶。我起初并不知道他是大名鼎鼎的特级教师，培养了4届少年大学生。我误以为他是爱好文学的青年，给他回了一封感谢信。

　　20世纪90年代，我是福建省在《中国校园文学》上稿最多的作者，首届"宋河杯"征文，我的散文获得二等奖，编辑张微一、谷美珏老师分别给我写信说："《香港来的张先生》给我留下了深刻的印象……"后来，接连3次征文，我获佳作奖。记得"征文综述"中说：收到的稿件有3000多篇，刊出的作品只有30多篇，真是百里挑一。也许黄恒振老师觉得：永定有一位老师能常在国家级杂志发表作品，是很不错的，所以给我来信鼓励。

他本可在龙岩享受悠闲清静的晚年生活，但他选择回到故乡奥杳，当起"导游员"，向朋友介绍奥杳的历史人文，问他："奥杳的地名是什么意思？"他微微一笑："至今还是个谜，不过，它是个很有文化艺术品位的名字，地球上没有第二个村庄叫奥杳。"

在祖居原址"桂花树下"，他自行设计建筑一座玲珑别致的书房，取名"桂园书屋"。书屋小巧，杉木门上铸着一对飞翔的安琪儿，玻璃窗内贴着红色的窗花。门前空地植着淡雅的丹桂、葱郁的小榕。洁白的塑料泥桶，在庭院排成一溜，茵茵着翠绿的油菜苗。围墙外，一泓山泉淙淙潺潺流过……

他把龙岩家中的书运回桂园书屋，90个编号的书橱，层层叠叠的书籍，足足摆满了3层小楼。同事估算了下，约有三四所中学图书馆的藏量。每天，走访亲友，坐拥"书城"，读书作文，其乐融融，《奥杳——我们的精神家园》《为后代铸书魂》《让宗教滋养我们的心灵》，一篇篇形象生动、蕴含哲理的美文从他的电脑键盘中敲出……

问他："为什么创办《奥杳》？"他叹一口气：10多年前，他主持修建了黄泰振先生出资的怀乡路，但这条路因私人阻碍而一波三折改线。现在，他突发奇想：乡村文化是乡村文明的根基，是乡村振兴的名片，是村民灵魂的指引。于是，他自费创办了闽西第一份村级杂志《奥杳》，印发1000册，免费赠给小学生与热爱家乡的人士阅读。

《奥杳》富于地域特色，见解精辟：有温馨絮语的"刊首语"，针砭陋习的"村情评论"；有回眸历史的"奥杳前辈"，传承文化的"奥杳文化遗存"；有妙悟人生的"佛教故事"，启迪村民的"他山之石"；更有培育素养的"奥杳小学生作文选"，海外侨胞的"长篇游记"……这位好读书善思考的老人，仿佛高举现代文明的火炬，踽踽独行于奥杳的乡间山道上，面对物欲横流的社会，明知走得越远会伤得越深，明知不可为而为之……

看到某些村民在南山顶上铲除植被、种上桉树林却全部枯死的事，他在《天然植被保护奥杳》中写道："野草是最美丽的！今天全世界环保主义者都在尽情讴歌赞美野草。我们要学会欣赏野草，热爱自然，让南山无垠的野草保护奥杳，庇佑子孙。"

有一次，他看见村子水口庵下贴着为保护榕树的"告示"，寻访到吴玉梅老人在水口3种榕树终成活的故事，被"身边好人"的古道热肠深深感动。他在《奥杳》中热情讴歌老人种榕树的善举："向善行好是我们民族的基因，种榕树让乡亲在树下乘凉、看书或讲古，远比建亭子更有意义，也更符合现代绿色环保理念。"他还见贤思齐，连续在文昌桥头溪边试种榕树……

有一天，我接到他的电话，说去县城，特地绕道到下洋送3本书给我。我到校门等他。他还是穿着旧衬衫、旧布鞋，只是眼神朴实，熠熠闪光……

他主持修造金莲山寺景区，应主持邱先生之约，为大门匾额题词"至善无止"，成为文化地标。"至善无止"，一个人追求完美的境界，一直在路上。这是一种震撼人心的深刻。

据说，有一次华侨出钱砌路，委托他办理。路砌好了，钱却被他留下了一小部分。他对泥水师傅说：这钱要等到明年路坎确实不会崩溃，才能付清，请你谅解，我得为华侨负责。泥水师傅一听，非常恼火，张嘴就骂……黄老师凝视着他，淡淡地笑。

后来他又主持重修明代古迹"保安堂"，在筹委会上说：任何人都不要想揩捐资人的一分血汗钱！他想了一个保管存折的绝招：捐款存折填他的姓名，但密码由第二个人设立，存折由第三个筹委保管。这样，取每一笔钱，都需要3人一起去，保证每分钱都用于保安堂建设……民众踊跃捐资，有位奥杳小学的学生捐出压岁钱1000元……

保安堂建好后，我一直没空去。现在，我想去看看它，看看它的古碑，看看那位小学生。

（原刊2011年12月2日《福建日报》"武夷山下"栏目）

艺术乡村北塘

那天，去参加广东梅州北塘村向日葵艺术周活动，内心很怡悦，因为它让我想起以前杂志上看过的深圳大芬村，想到了一个画画女孩坐在一条长木椅上，在静谧的阳光下，优雅而闲适地看书的情景……但是，我又隐隐地有些担心，毕竟被同质化的旅游乡村很多了。

半小时后，我们走进了北塘村。它是梅州大埔西河镇的一个中国传统村落。我一下被汲引了，灰砖墁道两侧，碧草茵茵，花圃迂绕，绿树婀娜，紫红的太阳花细细碎碎，在油画般的阳光下闪烁……而大片大片的向日葵开在葳蕤的绿叶枝头，与坐在木栈道写生的孩子们的神态相映成趣，让人想起后印象派画家凡·高的作品《向日葵》。毗邻向日葵园，是偌大的喷泉荷花池塘。池水清冷，喷泉溅珠，浮植翠绿，荷花未开，荷叶显得寂寞而寥落……

荷花池与向日葵园组合一起，是别有韵味的意境。荷花是中国文化的符号，向日葵是西方艺术的象征。向日葵热烈火爆和解，我喜欢；荷花淡泊宁静清雅，我亦喜爱。当然，北塘的向日葵，不是被庸俗的向日葵。它是一种隐喻，是一种气节。

北塘的民居，大多是"三堂二落"的五凤楼建筑。楼层没有我家乡永定土楼那么巍峨雄浑，但也不乏小巧玲珑、中西合璧的风格。这里是客家侨区，自然与我的老家永定土楼区极其相似。

不过，它也有自己的建筑风格，比如"祠居合一"就是梅州普遍建筑特征。永定土楼的后厅堂几乎都供奉观音，而北塘民居却供祀祖先牌位。

建于明末清初的"青云世第"，是座独具特色的"蟹形"围龙屋。它背倚岌岗山，接山脉龙形气；前临风水池塘，寄鲤鱼跳龙门；左右各设"蟹眼"水井，以水养"蟹"。蟹是甲壳类动物，在中国传统文化中，寓意科甲连第，大富大贵。整座建筑以"蟹"象形，以"蟹"祈福，是客家文化在建筑上的一个印记。果见"青云世第"门前残存 3 处旗杆石夹，字迹漫漶，仍镌显"乾隆庚午科恩进士"云云。石框木门两侧，隶书联曰："弘农世泽，源远流长"。字体雍容大气，揭示杨氏郡望弘农（陕西华阴），是客家人崇本报祖的文化痕迹。

"宜斋公祠"被活化为"法治馆"，它是新加坡首席大法官杨邦孝的祖居。犹如穿越于中外法治馆的历史时空，一幅幅图片，一尊尊铜像，在宽阔的厅井间铺展……从商鞅变法到包拯断案，从海瑞罢官到新加坡法律，让游客在肃穆中领略法的精髓。法不是冷冰冰的严刑，法也有温暖的人性光辉与震撼人心的魅力。比如，清寒的海瑞是一部传奇，他带棺上疏，惩贪抚民，二谢恩人，忠义昭天，尤其是他病卒南京，运柩回乡，百姓罢市，披麻戴孝，站满两岸，哭祭相送，连绵百里，感天动地……

寻访"茶米古道"时，我真的不敢相信这条通往漳溪河码头的古道，居然是"三合土"铺的。路上，林荫蔽日，丛丛枯叶弥散出邈远而沉静的气息。有多少人的脚印曾经层层叠叠，在树影婆娑的摇曳里，在客家山歌的忧伤中，登上码头，驶向韩江，漂洋过海，走向异国他乡，从此一种闲愁二地相思，寂寞了围龙屋的漫漫长夜……

北塘种植许多热带果树，也是一绝。密匝匝的龙眼，红亮亮的荔枝，青脆脆的石桃，蓝湛湛的蜜柚，黄澄澄的杧果，掩映于房前屋后、菜园荒地，简直是热带水果园了。这不，转过屋角，门前一棵结满果子的树闪在眼前。朋友说：这是黄皮果。以前见评论家谢有顺写过《黄皮记》，就曾想它是怎样的树呢？踱到池塘边，突然瞅见3枝并立的树丛，粒粒淡黄的果子在稀疏的绿叶间探头探脑。一问，差点跌了眼镜：这是吃过百千次的红枣。

北塘美术馆的门楼前，向日葵浓烈而夸张。几位画家在勾勒描绘自己心中的向日葵。美术馆是韩江画院张品华利用民居"玉堂公小筑"打造的美丽乡村项目之一。张品华讲述着一张张名画的故事，让人走入一个个深邃而玄妙的艺术空间……美术馆门前定格这个镜头：蓝天白云，花黄草绿，戴着佛珠的油画家王振在凝神塑画。右边头发灰白的大妈，蹙眉睇画；左边戴着花帽的小女孩，欹躯观画……他们沉迷于一个世界，忘我的境界。

向日葵的北塘，也是荷花的北塘，是艺术的人文的北塘。在日益同质化的时代，它能守住荷花吗？

（原刊 2018 年 7 月 17 日《梅州日报》）

土楼"螃蟹"

也许是生命中的一次偶遇，也许是冥冥中的一次寻找。

我望见它时，宛如望见一位俊俏的少妇。它的美丽不是外表的浮绮，而是骨子里渗出的惊艳，是的，它让我惊艳与震悚……

那是我去吉里村寻访土楼古文物的一天。我总是想在古建筑的匾额或对联里，寻觅到历史的隐秘信息，或者窥探出散逸的文化符号。比如，"文革"时被毁弃的客家石笔，躺卧于温泉池中，我从漫漶的石刻文字里，破译出"贡元"牌匾的确切意义，内心的惊喜如涟漪波动。

那天，我穿过如母亲伫立望儿的建乡亭、念亲亭、崇德亭，来到吉里村。不料，在土楼丛林里，这只土楼的"螃蟹"惊艳了我的灵魂。原来，这只土楼"螃蟹"，是蜚声世界的土楼中罕见的"围龙屋"。不，它还是"螃蟹形"的围龙屋，唯一的螃蟹形状。我当时一下愣住了。我逐渐认识了它，这只土楼"螃蟹"，这位美丽绝伦的少妇。它的真名叫"进化居"。

这座保存完整、设计巧妙的"进化居"，让我惊叹祖先的聪明才智与浪漫想象：这是一座"三堂二厢一横屋二围龙"的建筑精品。它坐东向朝西北，登上 5 级台阶，抬头是进化居大门，石槛木门，飞檐翘角，户对凸出，上刻祥云图案。门楣上书红底黑字"进化居"，联曰："进修唯德业，化育赞乾坤。"语出《中庸》，意思是：想着修美德进功业，帮助天地化育万物。走进大门，只见一条长长的青石甬道延伸而去。甬道右边是一列横屋成为围墙；甬道左边设中门、矮墙。穿过中门，青石天井铺出巨大的梅花图形，左右各有厢房。前面是正厅，楼人议事办事之所，神龛里供奉着观音。中门、天井、厢房与正厅构成"正堂"。

正厅后面是宽阔的"化胎"，黛青溪石蜿蜒铺去，似乎浮着幽蓝的光。"化胎"是围龙屋区别于客家土楼的最重要的文化特征：它寄寓龙气不闭而化为胎息之意，象征妇女怀胎，寓意子孙繁衍、生生不息的深刻内涵，是全屋的风水宝地。化胎后面是26间的"内围龙"，如彩虹般围拢着正堂；然后又环着一圈化胎，大大小小的溪石，清泠泠的石缝间长出细细碎碎的青草，花胎中点铺着一枚铜钱图案；最后又拱着一层"外围龙"，31间房层层叠叠错落下去，如游龙簇拥在正堂的最外围……空中的围屋，地下的化胎，珠联璧合，相互映衬，如湖中的涟漪扩展，像优美的旋律唱响，似建筑的花朵绽放。全楼设有1个大门，3个"围龙"小门，门闩巧设暗落，大小门关闭，则安全舒适，这就是"围龙屋"结构精巧、造型美观的艺术魅力。方正的"正堂"与圆柔的"围龙"结合，体现客家人外圆内方的性格。

整座建筑风格质朴自然，门窗柱梁无一彩雕。精巧严谨的布局，参差错落的结构，柔美黛青的曲线，含蓄蕴藉的文化，在我的心湖激滟……

但这还不是"螃蟹"。如果祖先的想象停滞于此，也不过是一般的围龙屋罢了。让我震撼的，是进化居还有一个异想天开的结构：螃蟹形结构——它是按"螃蟹形"建造的围龙屋。一般的围龙屋由"正堂"、化胎与"围龙"三部分构成。但是，进化居在正堂围墙外巧妙地建了3个小房间：中间的是蟹嘴，两边的是蟹眼。而跨前一步的左右石阶为蟹钳；石阶底的水池，是螃蟹的生命之源，也是居民的饮用水。这种独创的结构，大大丰富了围龙屋的文化内涵，是这只"螃蟹"的灵魂。

村民胡长远、吴均贤温和地告诉我：进化居曾居住15家近百人，大多迁居新加坡，其中有捐建洋吉公路、三联小学、天文观察站的著名华侨胡晋发等。晋发先生是我熟悉的乡土诗人。一次，他从新加坡来电：叫某先生转的稿费收到没？我说：收到了……又一次，来电问：这次回乡聚会，曾托人叫你参加，为什么没看到你？我怔住了，答：没接到通知哈……他生前最后一次回乡时，我嘱托书法家朋友戴贵煌题字"因爱望重"赠他。他微笑道：我要制成匾额挂起来。现在想起，斯人已去，而其音容笑貌、高风雅韵仍留在故乡的土地上……

进化居是吉里村开基祖胡照临公建于清代雍正年间（1723至1735年），距今近300年历史。为什么要将它建成"螃蟹形"呢？据说，建楼挖地基时，挖出了一只巨大的"螃蟹精"，照临公认为这是上天预示的吉兆，这里是风水宝地。螃蟹是甲壳类，中国民间以螃蟹为图案的工艺品不少，在科举时代象征科甲及第，富贵双全。据说，吉里村原名"白水村"，"白水"被人戏读成"白目"，照临公悻悻然，道："我大吉利市哦！"从此，改称"吉里村"。

离开吉里村时，稠浓的阳光洒在进化居黛青色屋瓦上。回眸之际，这只精巧雄浑、浑厚深邃的"螃蟹"，在缓曲叠层的山坡上，幻化成一位凝视守望的母亲。是的，它不是"螃蟹"，在自然险恶、人世诡谲的时代，它是目光凝重而坚毅的母亲，永远为孩子祈福的母亲。

回眸是一种家园的记忆，回眸是一股亲情的力量，回眸是一份绿色的希望。

因为她，我才能带着家的温暖、牵挂与淡定，走向渺茫的远方，找到归依的方向……

（原刊 2017 年 4 月 17 日香港《文汇报》）

租房里的歌声

我听过的歌声很多，如腾格尔的沉重吟唱，王菲的深情回眸，云朵的高亢诉说，尤其是"一代天后"邓丽君的歌声，以独特的嗓音风靡全球，让人沉醉而震撼，久久难以忘怀。

那晚，幼儿教师如昔将刚录制好的歌《枕着你的名字入眠》发到群里，那纯朴的歌声带点沙哑，却婉转而深情，孤寂而邈远，苍凉又茫然，宛若一位飘逸痴情的伊人，在萧瑟秋风中伫立，凝眸盼望。

我闭着眼静静听着，思绪悠悠，渐渐地，我的心里仿佛被什么拨动着，泪水从浅浅的眼角慢慢溢出……

这是一种很特别的歌声，当我了解了她的故事之后。

去年，她获得了福建省"最美家庭"的荣誉，但她的生活其实并无太大的改变。她仍然做着微商，仍然每星期三次到市二院陪护做透析的丈夫。19年来，她与患尿毒症的丈夫经历了许多人生的艰难与痛苦，但是她仍然没有放弃对生活的热爱，甚至在坚韧中仍不时迸发出小女人的浪漫情调。

别人很难理解她。她秀逸优雅，束着长发，背着黑包，胸前挂着一只绿色如意。她的天性中有一种与生俱来的高贵，哪怕跌落深谷中，她仍是一只绿色的如意。去二院做透析，时间很长，她做好了糕点，准备在午餐时给丈夫喂食。可是，在去二院的路上，会经过一个小公园，有时如昔会停下来，拿出手机，对着牵牛花儿，或者一片枫叶、一只秋蝉，拍照，发朋友圈……这时，丈夫会微笑地凝视着她，等她拍完才蹒跚着去医院。她消瘦的脸庞会溢出一种闲适的自在，透出她骨子里的浪漫情怀……

因为要照顾患病的丈夫，她失去了工作，不得不做内心不情愿的微商，琐碎的微商。友善率真，聪颖俏皮，温柔体贴，敏感浪漫，是亲友们对如昔的印象与评价。问她：你有缺点吗？她笑笑说："有啊。爱较真，自以为是，不够圆通，哈哈。"

浪漫的往事如电影闪回。刚结婚那会，二人世界，如胶似漆，他们手拉着手，漫步于枫林旁，小溪边……俏皮的如昔会闹着标哥，背她走一小段小路，嘻嘻哈哈的，或者两人面对面坐着，凝视着对方，你一口，我一口，慢慢地"舔"一根冰棒……她眯起眼，很享受这种"小确幸"。可是，想着想着，她一会儿就噙满泪花，不知是因为喜悦还是忧伤？

她曾是骄傲的"撒娇女"。丈夫由于肾无法排出毒素，过高的尿酸引起关节针扎似的痛，并且发烧，呕吐，拉泄……她心想：自己要坚强，不能撒娇，把"撒娇"专利让给丈夫。那年冬天，朔风凛冽，病房里寒气逼人。用脸盆接了丈夫的呕吐物，她都不想吃饭了。她心疼丈夫躺床上半个月了，她在日志中写道：

阳光
就在窗外
触手可及
然而
却因一墙之隔
可望而不可及
多想把散落一地的阳光
收集在小屋内
让温暖抚慰你的苦痛……

为了节省费用，她到医院外的小吃店买饭菜。一位前来治病的残疾兄弟为了省钱，比绞哪家饭店便宜进出饭店二次，最终还是选定这家饭店买饭。如昔觉察到了他们的不易，付账时多给了点钱，悄悄嘱咐老板多打些饭菜给他们。她难过极了，自己没能力帮助他们，只希望他们今晚能吃饱。然后，忍住眼泪，走到僻静处，想起同病相怜的痛苦，蹲在地上痛哭……

19年的时光，分分秒秒，大多消弭于病房透析机轻微的"沙沙"声中……所有的烦躁、难受、单调、寂寞都化为眼神的交流、平静的恬淡。为了排遣丈夫的内心烦闷，她学会了唱歌，用的是"全民 k 歌"的软件……她的歌声有一种忧郁的柔美，如一缕轻柔的春风，拂过不安的灵魂。

凝神静听时，一个细微的有节奏的"哒、哒、哒……"声，有渺远的歌声中，若隐若现。问这是怎么回事？她笑了，羞赧地道出实情。

原来，她白天练歌，夜晚悄悄在租房的卫生间里录音，说它空间小，关闭窗户，录音效果出奇好。而卫生间的一根旧水管有点渗水，她不好意思叫房东修。我心里颤了一下，却嗫嚅着不知说什么好。

那晚，我在睡梦中又听到如昔的歌声，低吟而悠远，深情而淡散，伴随着一下一下的"哒、哒"声。它似乎在诉说什么，又似乎什么都没表达，好像在絮语自己，又好像暗示别人。这从容恬淡的歌声有一种特别的爱的味道……哦，忘了告诉你，她的真名叫刘志华。

每个人的生活，常不知下一秒会发生什么意外，哪怕天很黑，只要你勇敢地唱出自己的歌声，或许生活的萤火虫就会飞出来，为你照亮前行的路。

（原刊 2021 年 11 月 30 日香港《文汇报》）

谜圣故居遐思

初冬时节，碧空如海，湛蓝若梦。远处山岚笼着一层淡淡的雾霭。斜晖脉脉，映在"观察第"的黄墙黑瓦上，淡泊的阳光有一种苍凉又温煦的味道。

记不清多少次来参观"观察第"了，每次都心绪不宁。印象中，维修好几年了，进展迟缓，不知什么原因，文化名人故居总显得寂寥而落寞。

"观察第"是中华谜圣张起南的故居。它坐落在永定陈东乡城东村瑶厦庄，是一座方形土楼，坐东北朝西南，三堂式结构，前低后高，底层14个房间。此楼原名"启宇楼"，张起南的哥哥张超南中了进士，其家人便改名为"进士第"，张超南升官为湖南省观察使，家人又把楼名改为"观察第"。此楼建于1908年，曾遭火灾，后由张超南寄钱回来重修。

花岗石条大门两侧，是张超南撰写的嵌名联："启迪有命，宇宙大同。"流泻出清末民初的时代印痕。穿过低矮的中厅，四周人去楼空。溪石墁地的天井，青苔漫漶，却掩抑不住石铜钱的图案的祈盼。后厅两侧墙脚的缝隙，挤出几丛青草，葱绿绿的，漠视着世事的流徙沧桑。后厅白墙上的神龛里，小香炉插着几支线香，煤油灯让人想起灯火摇曳的岁月……厅联红底金字，闪光耀眼："启后承先德门有庆，宇下栋上安宅是居。"楼中还保存着"肃静""回避"开道牌匾、彩旗和刀枪剑戟兵器，见证着官宦人家的昔日风光。

踅进观察第中厅，但见镂空花窗，通透空灵，做工精细，寓意吉祥。两尊铜像赫然入目，张起南伫立，两手捏书，注目默读；哥哥张超南端坐，双手按膝，凝神静思……这是过井厅，厅门悬挂金字牌匾楹联："山作惊涛时集云气，辉生明月可沁诗心。"原来，这两块牌匾是张超南撰、起南书的对联，是为他们兄弟幼时读书的私塾"山辉书屋"而题吟。

民国版《永定县志》载：张起南（1878—1925），字味鲈，号橐园，福建永定陈东乡共星村瑶下启宇楼人，清末光绪进士张超南（曾任湖南省布政使、省长）之弟。童年时即聪颖过人，他10岁赴县试返闽，即在邻村谜会上连揭数条，旁观者皆骇然赞叹。其读书过目成诵。受其父兄熏陶，少年时即卓尔不群。16岁中秀才，终日手不释卷，博闻广记，倚马成篇，骈散兼工，曾为人作骈体寿序，时方午夜，成2000余言，典丽堂皇，见者莫不惊服。

1901年，张起南赴湖南辰州，随兄长张超南在矿局任事。辰州地处僻壤，当地文人不知灯谜为何物。后来，张起南出任辰州（沅陵）中学校长。他重视开发学生智力，提倡课余开展灯谜益智活动，寓教于乐。以后推广到社会，创办谜社，讲述谜学。辰州元宵谜事分设三处，张起南一人主持，"谜题层出不穷，尚有暇猜射他处之作，且射必有中"。众人在叹佩之余，称之为"谜圣"。在张起南的带动下，"误入谜途"者颇多。灯谜成为当地元宵不可缺少的娱乐节目，从初九到十九，夜夜观者如堵。

1915年，他叹世上自制谜话太少，将"谜学"理论和自制的灯谜3000多条，写成当时理论体系最完整、谜作内容最丰富的谜书《橐园春灯话》。该书被推为"体例之精详，议论之警辟，前人所未发，古今有一无二之作"，遂成谜学经典，由上海商务印书馆正式出版，著名文学家林纾为之作序。该书主要篇幅细论灯谜的源流、法门、谜格、谜材、审底、择面、评赏、谜风等，对猜制技巧进行总结，提出了许多新颖精辟的谜学观点：比如他主张将科学、时事新内容充实于谜中；提出创作应注重"别解"和"谜眼"；倡议制谜要典雅贴切；制定评谜标准；反对底材生僻和滥用谜格；注重培养新人，把灯谜教育引入学校等，无不展现一代宗师的睿智眼光和超前思维。它是一盏划时代的明灯，是指导后人创作研究灯谜的圭臬。

1916 年，张起南随胞兄寓居北平（北京）。他加入"北平射虎社"，该社社员曾多达 300 余人，张起南与孔剑秋有射虎社"一时瑜亮"之称。张起南流传民间而为人称道的谜作，都是那些浑成典雅又通俗浅近者，如以"凭君传语报平安"射外国文学家"托尔斯泰"，以"云破月来花弄影"射字"能"等，其实，这只是张氏谜库如林佳构中的很小部分，大量谜珠有待后人拨尘见光。1922 年，张起南迁居湖南衡阳，他曾撰《春灯续话》。逝世后，遗有未刻谜语数万条，后由其兄张超南整理编成《橐园春灯录》。

张起南的谜作以典雅蕴藉为宗，喜运典章词赋布面；手法新颖别致，这是他高于同辈而称谜圣的主要原因。"伤心桥下春波绿，曾是惊鸿照影来"射词牌"忆旧游"，"竹外一枝斜更好"射"介"字等，诗情画意，令人流连，倾倒几代谜人，拥趸无数。近代民俗学家杨汝泉著《谜语之研究》时，其中"制谜""猜谜"两章及谜格举例，悉录自《橐园春灯话》，并赞叹道："张氏为谜学大家，对谜语学理，造诣极深。有清以来，得谜语三昧者，惟张氏一人矣！"自 20 世纪 20 年代至今，在大陆、港澳台以及新马泰等地华人谜家，对张氏执弟子礼。1992 年，漳州中华灯谜艺术馆特地为"谜圣张起南"树立一座半身铜像，供后人缅怀瞻仰，其影响所及，广被中外；流风余韵，超越古今。

2007 年 11 月 24 日，新加坡黄俊琪、叶明德，中国台湾萧尧仁，中国香港刘雁云、张伯人以及漳州、晋江、石狮、永安的专家学者齐聚龙岩，他们抵达城东村瑶厦庄瞻仰谜圣张起南故居观察第。晚上，在龙岩文化广场举办海峡两岸灯谜展猜活动。25日上午，在闽西宾馆举行海峡两岸"张起南灯谜艺术"研讨会。龙岩市有关领导出席讲话。龙岩市灯谜协会会长翁卫做"张起南灯谜艺术"简介，张奕虎作了"近代谜圣张起南的从谜业绩及谜学思想"的专题发言，张起南的侄孙张春成介绍了张起南的宗族情况，各地谜友余亿明、卢春辉、胡初炳等围绕张起南的灯谜艺术踊跃发言……

不久，龙岩新罗区、永定县相继成立张起南灯谜艺术研究会，聘请中华灯谜学术委员会领导、谜家为首席顾问，向龙岩图书馆赠送《橐园春灯话》《玩转猜谜》等谜书。

多年来，张春成老人为维修谜圣故居观察第而奔走呼吁。有一年，我在永定开政协会议，他特地来凤城宾馆向我详细反映张起南故居情况，我向政协提交了保护名人故居的提案。他告诉我：前几年，张起南的孙女从山东临沂回到故乡瑶下，参观"观察第"，抄录族谱资料，回到山东后不久就去世了……

走出观察第，我看见大门侧旁的山辉书屋已经坍塌，古址墙泥荒草萋萋。我想起了在中华大地上奔走、呼吁抢救文化遗产的冯骥才先生。在夕阳照射下，观察第如一盏写满谜语的灯，散发出中华文化瑰宝的绚丽亮光。

（原刊 2021 年 12 月 25 日香港《文汇报》）

汤子阁温泉

新加坡的朋友黎莉发微信给我说："你生活在下洋很幸福啊？"

我好奇地问："怎么啦？"她回复说："你可以天天泡温泉啊。"

我笑笑说："哈哈，我拧开水龙头，就可以泡温泉。"黎莉祖籍是广东大埔，她叹气说："可惜，大埔没有温泉。"

几年前，有位江西作家委托我在下洋找间民宿，他想在这里住下来写作品，他看中的就是我家乡晶莹剔透的温泉。我早已从外地人对家乡羡慕的眼神中，读懂了温泉的意味。

在下洋溪畔，也许是一条上天赐予的温泉带，一眼眼温泉宛若澄碧温润的翡翠，镶嵌在故乡并不富饶的土地上。故乡开发的温泉旅馆约有 100 多家，可是我最怀念的仍然是汤子阁温泉，那种大汤池的温泉。

童年时，我对温泉的印象是邀上小伙伴去洗汤。穿过起伏的稻田，稀疏的芭蕉林，跨过几座石桥，逶迤来到汤子阁。汤子阁风景旖旎，一座石拱桥彩虹般横踞溪水两岸，碧绿的溪水淹没了桥墩，桥下散布着乌黑粗大的溪石，溪畔蔓延着毛毯般的茵茵碧草，踩上去卟卟地响。

汤子阁温泉就在中川溪与下洋溪合流的拐弯处，一丛茂密的竹林掩映着一条小道。温泉池砌的石墙有半人多高，站在放衣服的台子上，能望见绿带子似的溪水，哗哗地流去，蜿蜒流向广东大埔的汀江、韩江……温泉池门口平缓的山坡上，有老伯在卖香喷喷的牛肉丸。对面树木葱茏的旗山上，天后宫"悬挂"在山腰峭壁上。山麓下的西觉庵，阁楼高耸，梵音清渺，弥漫出一种时光沉淀后的古意……

夕阳西斜，淡淡的余晖飘落溪面，戴着竹笠的渔翁撑着竹排在溪面上撒网；也有垂钓者沉静地坐在草坡上，凝视着浮标的动静。

温泉池并不大，约真半个教室的模样；池水仅能没膝，绿光潋滟，水汪汪得晶莹。温泉从一个大石窟窿里汩汩涌出，贮满池子，又从池尾缺口处溢出，流入溪中……

故乡泡温泉，叫"洗汤"。汤池最早建于何时，已无从考证。清代长汀县尹胡治菁写有《汤阁温泉》："石液潺潺温且清，依稀沂水得标名；胸中尘俗多如许，一见温泉移我情。"诗中吟咏温泉的清澈温暖，孔子在沂水泡温泉的典故，抒发诗人见温泉忘尘俗的情怀。诗人对温泉的喜爱与沉迷，在字里行间跃然而出。

乡人泡温泉是与别处不同的，是"躺泡"。头枕着低矮的石台阶，半睁着眼，身子半浮半浸在温泉里，边聊天边揉搓，静静享受温泉浸润、阳光柔拂、空气滋养的那种。哪怕是年少的我们也学着大人的模样，静静地躺在池水里，似乎不这样，就不是下洋人了。起汤后，满脸红润，全身舒坦，仿佛每个细胞都被激活了。

寒冷的冬天，瑟瑟地跳入温泉池中，泡好起身，只觉全身有一股温热的气流在血管里流动着。突然，有个小孩在戏水中滑倒呛水了，爷爷慌忙将他拉了起来，拍拍他的背，小孩咳出一点水来。爷爷笑道："汤水甜吗？"小孩抹下脸，说："甜。"爷爷说："喝了会比较乖哦。"哈哈哈，汤池里的人都笑起来。回家路上，冷风吹来，香皂的清芬飘散开来，人如玉兰花开，不觉风霜，反觉越吹越爽快。

　　而夏天是另一番景致了。邀上二三知己去洗汤。洗罢，或蹲在山坡上喝一碗鲜美的牛肉丸，或坐在溪水中突兀的乌石上，吹着清爽的溪风，望着远处隐约的舟子渔火，絮叨风土人物掌故……

　　最难忘的是"洗年汤"的习俗。因为小时候大人就反复讲这个传说："如果除夕没洗汤，一觉醒来，你会发现自己变成了一头牛。"除夕那天，浩浩荡荡的人流，从各村倾巢涌出，或骑车，或步行，或坐车，汇聚汤池，宛如暴涨的小溪奔赴大河，虔诚的信徒朝拜麦加……汤池里密密匝匝都是人，池台上衣服层叠着。袅袅娜娜的水汽中，迷迷蒙蒙，看不清别人的脸，但嬉笑声、交谈声、喧闹声在汤池中飘荡……

　　孩童时，我们总会吟唱歌谣："下洋好地方，日日有洗汤。讲到要出门，全身就发痒。"炎夏，寒冬，雨季，晴天，星辰，暮霭，迤逦的乡间小道上，总流动着"洗汤族"：或是成群的中学生，或是唠嗑的乡邻，或是踽行的老人……洗汤已经成为故乡的一道风景，也是乡亲的生活方式！如果哪天不洗汤，他们就有丢魂的感觉。

　　长大后，我更喜欢独自一人去洗汤，在一个清朗散淡的上午。那时，嫩绿的池水，仿佛一块块贮满生命的翡翠，又如一缕缕莹莹流动的水晶，粼粼的波光，在脉脉地流转顾盼，有一种难以言说的美。有时，石墙边轻悠悠飘下一片竹叶，悄然籴进波光潋滟的池里，微微漾起一圈涟漪，或是一只紫蜻蜓，翕动着玻璃样的翅儿，定在空中。倏尔，尖尖的尾巴一点一点地掠着粼粼的水面……

　　这时，独自闭着眼睛，躺泡在柔绿的温泉里，感觉所有的忧愁被吸得一干二净，脑中只有静谧的空白！浴罢，坐在溪石上，柔爽的溪风在脸颊上淡进淡出，望着溪水潺潺流去，感觉生命变得纯净、轻柔、快乐。所以，每当自己心境困郁时，想到的就是去泡温泉。

遇上下洋溪洪水暴涨，汤子阁温泉就无法洗汤了。溪里浑黄的河水一直涨高，漫过了矮矮的石墙，淹没了汤池。洪水退去，汤池里填满了泥沙与杂物。等汤池员清理后，温泉又渐渐恢复了晶莹剔透的面貌。后来，乡人去信到南洋，马来西亚华侨胡曰皆先生出资砌高了围墙，封住了原石墙上的四方形小窗。人进入汤池，有下到深井里的感觉，只看到四方形的天空。不知怎的，我还想怀念以前低低的石墙，还有那个可以呼呼吹进溪风的小石窗。

这个温泉池的泉眼并不大，听不到它潺潺的流动声，池里的水温也不太高，但如果你靠近它的泉眼处，还能感觉到它的热情。它不像下圩的温泉，最高温度有 68 度，将鸡蛋扔进温泉眼，洗完澡就能吃"温泉蛋"了。它正像一位温婉的知识女性，待人接物恰到好处。

山不在高，有仙则名；池不在深，有泉则灵。温泉是有灵性的生命。古代诗人写过不少吟咏温泉的诗，但他们对故乡温泉的感觉，并没有超越士大夫清高孤拔的境界。

其实，汤子阁温泉具有高贵的品格。它总是温婉待人，默然做事，没有抱怨，没有偏狭。它热情温婉的气质，深深浸染了故乡的民风，百姓的性情，就连乡音都如温泉一样柔婉。它默默流动，沉默思考，像极了"不语勿伤"的哲人先贤。

无论外界环境如何变幻莫测，遇到何种困境，它都能接纳包容、自我疗愈，第二天又热情奉献，碧水澄澈，宁静如初，如一块温润的翡翠。洪水也有无情时。"水利万物而不争"这句话，更像是送给温泉的礼赞！现在，汤子阁温泉池改建了，它新设计了中心池，更加干净卫生了。去泡温泉的乡亲更舒适了……

我怀念汤子阁的温泉，怀念它的默默奉献，怀念它的温婉大度，怀念它的不争自愈。我做梦都想住进温泉的晶莹剔透里。

（原刊 2021 年 12 月 21 日《闽西日报》"山茶花"栏目）

土楼王后

这几天，庆祝"福建土楼"列入世界文化遗产10周年系列活动，在土楼核心区龙岩市永定区举行。7月9日，"国际越野摩托车挑战赛"在下洋镇初溪土楼群举办。它让我想起了"土楼王后"集庆楼的今昔与守护人徐松生。

早在集庆楼列入世遗前的1999年，《闽西日报》刊出《"土楼王后"集庆楼》，成为描写初溪土楼的第一篇文学作品。"土楼王后"的雅号逐渐为媒体所引用。2006年，下洋镇方圆旅游公司开发初溪土楼，最早开辟集庆楼景点。2007年，初溪村建筑师徐松生被文化部授予第一批国家级土楼营造技艺传承人。2008年，以永定客家土楼为核心的46座福建土楼被列入世界遗产名录。从此，"东方古城堡""世界建筑奇葩"的客家土楼闻名天下。

从观景台俯瞰，初溪土楼群由5座圆楼和31座方楼组成，层层叠叠，参差错落，与蓝天、白云、高山、浓雾、梯田、翠竹、人家、小桥、流水融为一体，构成质朴自然、天人合一的境界，美不胜收，悦心摇神。而其中倚山临溪的4座土楼，圆圆圆方，既相连又开放，造型别致，犹如天书，气势磅礴，震撼心灵，是最壮观最具冲击力的土楼，成为福建土楼旅游对外宣传的标志性符号。因此，初溪土楼群被誉为"中国最美丽的土楼群"。

坐落于下洋镇初溪村的"土楼王后"集庆楼，是初溪土楼群中"三圆一方"中的一个亮点，素有"最古老最奇特"美誉。据

《徐氏族谱》记载：该楼由初溪三世祖徐仲富建于明代正德年间（1506 至 1511 年，约 15□5 年），距今有 500 多年历史。该楼为两环圆楼，占地 2826 平方米，全楼计 247 间房，居住徐姓宗族几百人。集庆楼的"最奇特"表现在：全楼设有 72 架楼梯，便于楼中上下；外环 2 层以上设有多道暗梯，遇危急时使用；外环外墙设有 9 个瞭望台，可架设土铳防卫；外环底墙设有 1 个秘密暗道；全楼木构件全靠榫头衔接，未用 1 枚铁钉。

可是，由于年久失修，2001 年 6 月它面临全面倒塌的危险。作为申报世界文化遗产的集庆楼，当时的破烂面貌让人吃惊：屋面大部分檩椽腐烂不堪，瓦顶透光，楼层水平高差 30～50 厘米，挑梁腐朽折断，墙体严重变形，72 架楼梯残损歪斜，特别是 510 根立柱全部倾斜、上下扭曲如跳摇摆舞一般，整座圆楼几近危楼，当时无人敢承担维修重任。

徐松生临危受命，接受了维修集庆楼与余庆楼的任务。徐松生 1953 年出生于初溪村余庆楼，初中毕业后跟随父亲学习土楼营造技艺。徐松生没想到维修的困难超出自己的想象。当他想矫正 1 根歪斜的立柱时，根本扳不动它，似有几千公斤的暗力在推着立柱，原来整座楼 510 根立柱都是与众多梁、檩相勾连的，它们形成了不同方向的向心力；就像一排排欹斜着身子站队的人，有一股看不见的倾斜力冲向中心点。这也是形成上层立柱向左倾斜，在力点强力的作用下，下层立柱必然向右倾斜的力学原理。

悟性过人的徐松生，明白了它的原理后，采取了先另立旁柱、锯断横檩，阻断向心压力的办法，然后再或更换蛀蚀的立柱或矫正立柱，一步步地把 500 多根柱子维修好了。接下来，梁檩椽瓦、楼梯楼板的更换修正就容易些了……维修后的集庆楼面貌焕然一新，重现了昔日集庆楼古朴沧桑、气势磅礴、恢宏壮观的王后风采，成为"中国最美丽的土楼群"中最奇特、最雄浑的地标性景观。

集庆楼整体结构是按照"八卦九宫"的结构建造，文化内涵十分丰富。楼内儒家的楹联，道家的雕刻，佛家的供奉，都含有深意。集庆楼木门石框、黄墙灰瓦，外形如鼓，石裙高砌，质朴斑驳，如一位历尽沧桑、低调内敛的"王后"。大门联曰："集益都从谦处受，庆馀只在善中求。"意思是：各种好处都要从谦逊中才能得到；喜庆的富裕也只能在慈善中求得。横批"物华天宝"，意思是：人最珍贵的宝物就是谦逊慈善的品格。所以，这副对联是教化人们为人处事的。永定土楼每座楼都有固定门联，是客家人每天要温习的功课，客家人崇文重教，实际上就是从小读门联开始的，这是一种很特殊的文化现象。你来到楼前，眺望屋脊之上铸有一只白色的公鸡与狮子，你知道做什么用的吗？嗯，是镇宅避邪的。所以说：土楼的门道寄寓于这些看似平平淡淡的细节。以微见著，以小知楼，从细处读懂客家文化，是参观土楼的乐趣与玄妙。

集庆楼的外墙像"鼓形"，高高的墙脚是用大青石或卵石砌成。为什么要设计为"鼓形"？有喜庆吉祥的含义。而石脚砌得高，是为了防雨防水。外墙上设置9个瞭望台，暗合《周易》"九星护卫，镇宅避煞"。集庆楼是客家土楼中"创新典范"：一般土楼都设置二三个门，而它只有1个大门。这是出于什么考虑呢？土楼地处偏僻山区，古时盗匪猖獗，为了安全避害，常常要建二三个门，以便危急时逃生。可是，集庆楼只设有1个铁皮大门。原来，楼主认为门开多了，不仅费钱，反而更不安全。1个大门，可以集中力量来抵御外敌。但是，如果万一大门被攻破呢？别急，楼主早想有妙招！他在楼后侧底层设有"秘密暗道"：1个房间的外墙上，距地面高1米处，开1个长1.6米、宽0.7米的缺口，外用夯土墙封住；其内如小洞，平时用木板遮住，外人无法发现其中奥秘。当楼内居民需要向外紧急疏散、逃避时，可迅速捅开这个秘密通道，直奔楼后的山坡，隐蔽在树林之中……

集庆楼楼内无井，这又是一个"另类"。原来，集庆楼的大门属"水位",加之门外双溪并流,从风水学来说,过多的水必将"沉金,浮木,灭火,冲土",故不挖井,而在楼的右侧设有一个"水井"。

集庆楼的通廊、天井由溪石铺砌,自然生态,清爽宜人。门厅、中厅、后厅布置于中轴线上,但它却是一反常态,按照由高到低来设计的,这是为什么?当你离开土楼,从中厅走向大门,台阶一步步由低到高,你知道它什么含义吗?……对了,步步高升啊。中厅是客家二楼不可或缺的建筑元素,是土楼人家族议事、祭祖、敬神、聊天、办红白喜事的公共场所,也是客家人最具童年文化记忆之地。中厅的神龛供奉观音菩萨,厅中摆有长条供桌,木交椅,墙上弓有"东海世泽,许国家风"以及徐氏家训、"节孝廉义",揭示客家人的精神信仰、崇祖重本。

参观集庆楼4楼时,我观测到一个奇异现象:4楼墙体内倾得很厉害,达到30多度,似乎岌岌欲倒的样子。守护人徐松生大师瞅见我小心翼翼的神态,笑着说:"这就是'日送墙'的结果。""日送墙"?我一头雾水。徐松生解释说:"土墙不像砖墙,日照多的一面干得快,往往会向日照少的一面偏斜,好比人站立时,左脚踩在岩石上,右脚踩在沙地上,在重力的作用下,右脚一边会慢慢低下去,人的姿势会倾斜一样。""日送墙"是许多建筑师没注意的技术细节。这完全靠经验判断,是最难把握的。所以,经验老到的师傅,不会呆板地垂直整墙,往往要外倾一些,让太阳晒上一段时间矫正过来。集庆楼4楼的"日送墙"虽然是反例,但因为整座楼的墙体是牵拉稳固的,所以它仍然固若金汤地屹立500多年。

圆圆的廊道,圆圆的天空,圆圆的屋瓦,走进集庆楼犹如走入一座迷宫:曾有美国游客住在集庆楼,走出房间下楼去了,回来时却怎么也找不着住哪间了。最后,他只好摘了朵小花插在自己房门上。这个小插曲,折射它结构精巧。

集庆楼被开辟为"客家土楼文化博物馆"后,分层陈列客家民俗、姓氏源流、土楼建筑、土楼摄影展。底层客家民俗文物有20000多件，游客进入楼中，观赏这一雄奇壮丽的世界文化遗产，让人感叹客家先民的伟大创造。"土楼王后"集庆楼，作为电视剧《下南洋》、电影《大鱼海棠》拍摄地后，更是名满天下，游客火爆。

如果说初溪土楼群是"中国最美丽的土楼群"，那么"土楼王后"集庆楼就是初溪土楼群的一颗闪亮的翡翠。

（原刊 2018 年 7 月 28 日香港《文汇报》）

永隆寨探源

　　遇见永定下洋镇圆楼永隆寨，我还是睁大了眼睛，内心的惊喜与惊讶，只有我知道。这是永定土楼中唯一雕刻有明确纪年与以"寨"字命名的圆楼。

　　圆楼的起源是什么？多年来，学术界争论不休，莫衷一是。原因是现在找不到哪座圆楼是最早的，因为永定土楼几乎都没雕刻建楼时间。

　　永隆寨娴静地站在福建省文物保护单位永康楼右边。它像一位睿智而神秘的老人，静静地打量着我，宛如我沉静地端详着它。似乎没有话语，又似乎早已命中相约相识。我考察过它多少次，已经记不清。它好像在亲近我，又仿佛在躲避我，想知道它的秘密，想了解它的源头，没这么简单。生命中的许多东西，都有宿命，往往一个偶然，就决定了一次探源的命运。

　　下洋的土楼，总有侨乡文化的影子。它有澄澈温泉的闲适温暖，更有南洋风情自由而睿智的灵魂。它有多少包容，就有多少创新；它有多少博大，就有多少神奇。永隆寨也不例外。石制门楣上，赫然雕刻着"永隆寨"3个黑体大字，左边刻着小字"本宅胡对扬、胡弘学等同立"，右边镌着"雍正乙卯年仲冬月吉旦立"。一个"寨"字，一个"雍正"，传递出多么丰富的历史文化信息！

　　永隆寨规模宏大，给众多土楼提供了一个历史的范本，一个研究的实证！雍正乙卯年，即公元1735年，距今近300年。我想知道，建楼者是什么人？他们为什么会镌刻纪年？为什么"隆"字要用异体字（字右边反文下是正字）？

可是，第一次来探访时，人去楼空，面对空空荡荡的永隆寨，几位老人也说不清它的历史，甚至我看不懂建楼者漫漶模糊的全名。拍拍长满青苔的厅堂，黑黢黢的墙壁，密密麻麻的直棚盛，曲曲弯弯的廊道，眼神里贮满失望，沮丧地走了……

有几次，为了撰写乡土教材《客家土楼营造技艺》，邀请营造技艺传承人徐松生大师一起考察霞村土楼，又转到永隆寨，弄清楚了厅堂上的榫卯结构、屋顶的抬梁式构架等等技术细节。但是，脑中的一系列疑问，仍是一团乱麻。

巍然屹立的永隆寨，是四进深的圆楼，3层，4梯，3个天井，底层40间，共120个房间。阳光如浅淡的蜂蜜，轻柔地洒在错落的黑瓦上，映衬着时光的空寂。中厅的木雕屏风精致而古雅。门厅摆放的木碓，让人想起舂米时碓子起起落落，"咯吱—咚，咯吱—咚"的回响……

前几天，我再次走进永隆寨，走访楼主，终于解开了一些历史谜团。

史书上记载：宋代，寨已在闽西出现。元代，为避寇乱，百姓建立民寨，拥立寨长，积粮据险，保全族人。明嘉靖年间，永定下洋设有太平寨、三层岭寨、龙岗寨，是"乡兵保障之所"。清代，有30多个以"寨"命名的村庄或庵庙。无论是军寨，还是民寨，都有防御的功能。而以"寨"为楼名，下洋霞村永隆寨是至今发现的唯一土楼遗存。建于清康熙年间的"土楼王"承启楼，也是依据族谱上记载楼主江集成生卒年而推断。

永隆寨的建楼人胡对扬与胡弘学是什么关系呢？我翻阅了《永定胡氏族谱》，上面记载："胡对扬，万成长子，敕赠文林郎，字廷策，讳弘谋，康熙六年丁未（1667年）三月廿六日生，乾隆十五年（1750年）十二月初九卒，葬本村横乾冈田中……"可见，胡对扬活了 83 岁，68 岁才建永隆寨。胡对扬死后敕赠文林郎（七品），是因为他的孙子胡大年中乾隆恩科武举人，任山东曲阜县知县。

胡弘学是胡对扬的堂弟。族谱上载："胡弘学，宗圣长子，乡宾……"胡弘学活了 69 岁，建永隆寨时他已 63 岁。胡弘学是当地德高望重的乡绅，他与堂兄胡对扬建永隆寨，都已进入老年，应该是靠子孙积聚财富才建巍峨雄浑的永隆寨。

《永定胡氏族谱》还有胡对扬的小传，是励志故事：他 7 岁丧母，事继母以孝闻。他隆冬盛夏，手不释卷。可是，一再童试不第，于是弃文就武。清乾隆壬午年，他考中武举人，然而他想考武进士，显扬先祖，结果命运不济。清乾隆庚寅年考中恩科武举人，补任曲阜县知县。他抑强扶弱，士民莫不慑服，就要升职时，遇上父亲去世，要回乡服孝，乡民不忍他去，相送十里，送凉伞纪念。复职后，碰到皇帝拜谒孔陵，营办差务，极其劳瘁。不久，积劳成疾，告假回乡……

永隆寨的"隆"字，采用了异体字。据说是此楼兴建时是雍正最后一年，完工于乾隆年间，为了纪念跨越两个皇帝的年份，采用了异体字。永定土楼几乎都没有镌刻建楼时间，中川村南金堂兴建于清代顺治年间，外大门采用石门，亦未见雕刻建楼时间。而下洋霞村的土楼大多在石门上雕刻建楼时间，谁是第一个在石门上纪年的？现已无从查考。我猜测或许是受到闽南土楼纪年风俗的影响，历史上霞村有许多人在漳州开设药店行医。

永隆寨漆黑的墙壁，仍然留下长长的时光的影子。据说，以前它是不开烟囱的，因为永隆寨是"田螺形"。讲究风水，是客家人的价值追求。楼主怕开烟囱，碎了田螺壳，失去生命与运气。就连分房子，也成了追求风水公平的一个载体。底楼 40 间房怎么分？胡对扬对堂弟说："东南搭西北的房子归一房，西南配东北的房子归一房，门厅后厅公用，风水均占，合理吗？"胡弘学点点头，说："合理。"他们拈阄决定房子的归属。最后，胡对扬分到了东南搭西北的共 20 间房子。二三层厅棚间，也是各有归属。底层廊道设有 6 扇廊门，打开全楼贯通，关闭各自独立。

圆楼的起源是什么？学术界争论不休，防御说，抗倭说，祖祠说，避煞说，公平说……纷纷涌起。我认为从土楼的形态变化来看，从一字形的土楼，到口字形的方楼，再到三堂屋（后变为四、五堂），又到半圆形的围龙屋（以化胎为文化特征），最后发展到圆楼，是客家人所追求的更实用、更舒适、更吉利、更圆满的"风水"。所以，我倾向于圆楼起源于"风水说"。当然，圆楼本身自带防御功能，如果在寇匪之乱频起的古代山区，连家人都不能自保，那还有啥风水可言？生活总像秋天凌霄的残月，而客家人的心总是眺望那轮皎洁的圆月。

永隆寨嵯峨地矗立在霞村土楼中，犹如一位孤寂失落的老人。一个"寨"字，一个"雍正"，时时在我的梦里闪现。它时而幻化成一轮圆月，时而渐化成一颗温暖的心，要说的似乎很多，而终究欲言又止……

（原刊 2021 年 4 月 24 日香港《文汇报》）

客家山歌的魅力

　　"李老师，您觉得美国人更喜欢客家山歌，还是日本人更喜欢呢？"他大概没想到我会这么发问，愣了一下，说："美国人更喜欢。"为什么？我盯着他。他告诉我在美国、日本演唱的一些故事。

　　认识"山歌大王"是十几年前的事。那时，我们聊客家山歌的传承，他言语谨慎，语气感伤，忧心忡忡：为没有经费出版《客家山歌选》而嗟叹。今天，他坐在宫背村庆益楼的客厅中，时光没在他脸上流下驶过的痕迹。87岁，仍然健壮硬朗，红光满面，精神矍铄。阔大的天井庭院里，茶树碧绿，桂花馨香，空气中飘着淡淡的白雾……他左手拿着小竹板，右手拿着大竹板，边敲边唱客家山歌，曲调婉转而悠扬，沧桑又忧伤。他解释说，客家各地的山歌音调略有差异，演唱出来的风味迥然不同，永定山歌风格婉约，动人心魄……

　　他居然没进过一天学堂，履历表却写着：中国曲艺家协会、福建省民间文艺家协会会员。小时放牛，他跟古竹乡彭坑村老艺人学唱山歌，掌握了"采桑""探郎"等10多种客家山歌的基本唱法，成为当地小有名气的山歌手。他能即兴演唱，反串演唱，音域宽广，音色明亮，音变婉转，山味浓郁，风格独特，粉丝众多。1955年他先后参加县、专区、省的农村文艺调演，一路过关获奖，成为福建省文艺代表队成员。

"八月十五看月光，看到鲤鱼腾水上，鲤鱼唔怕漂江水，连妹唔怕路头长。"这首李天生真情演唱的客家情歌，表达了客家儿女对美好爱情的执着追求，在1956年全国首届农村文艺调演中荣获优秀节目。他又被请入中南海为毛泽东、周恩来、刘少奇、朱德等演唱客家山歌《金丰大山不寻常》。后来，在上海等地巡回演出时，中国唱片社为他灌制了留声机唱片专辑，使他的客家山歌、竹板歌传遍大江南北，从此获得"客家山歌大王"称号。2000年世界客属第16届恳亲大会在龙岩召开，李天生在大型交响诗《土楼回响》中演唱原汁原味的客家山歌，倾倒了数千世界与会听众，一炮打响。《土楼回响》荣获首届中国音乐最高奖"金钟奖"的金奖。从此，他随着《土楼回响》，参加央视音乐频道"民歌中国"栏目的录制；为央视电视剧《下南洋》配唱主题曲……

那年，他赴日参加佐世堡建市100周年暨中日邦交正常化30周年纪念等活动，演唱客家山歌竹板歌引起轰动，演出一结束，观众们纷纷拥上来，他的4块竹板被日本朋友传来传去，最后不知传到哪里去了，一位日本市长还说要请他教唱山歌。2002年11月，他又应邀赴美国参加"中国当代音乐与西方音乐的互相影响"音乐节，演唱客家山歌。那晚，威斯里安大学音乐厅人如潮涌，许多美国朋友、华侨华人驱车三四小时从纽约赶来，美国电视台在录像……"阿哥出门往南洋，一路行程路头长，阿哥到了南洋后，书信赶快写回乡，免得老妹挂心肠……"，李天生婉转深情、苍凉浑厚的歌声，让不少观众感动得流下了热泪。一位华侨在后台找到李天生，激动地说："当年我下南洋就是这样的，谢谢您！"说完，他噙着泪花，想起往事，喉头哽咽，再也说不出话来。李天生眼眶湿润，心湖泛起阵阵涟漪。

"我的竹板不知被传到哪里去啦？"李天生焦急道，"不用担心，美国人不会随便拿别人东西的，等下会送回来的。"朋友抚慰他说。果然，竹板被人送回后台来了，原来这简单的几片竹板，竟然能敲打出这么美妙的音符，美国观众觉得太不可思议了！太神奇了！他们将竹板传来传去，都想亲眼瞧瞧这竹板有什么"机关"没有。李天生如客家山路千回百转的歌声，穿越历史时空飘来，在音乐厅上空久久回荡，激起美国观众的心灵共鸣，掌声哗哗响起……在说话平平直直、不会拐弯的美国观众看来，跌宕起伏、婉转悠扬的客家山歌，无疑就是天界仙乐，美妙撩人，具有神奇的艺术魅力。看到美国观众这么喜欢客家山歌，他与大学师生作客家山歌、竹板歌的示范演唱，赠送他们竹板，使客家山歌首次在美国大学中流传……

李天生于 2008 年被选为福建省第一批非物质文化遗产项目·福建客家山歌传承人。他将传承客家山歌技艺，培养优秀青年山歌手，作为自己义不容辞的职责。他说："客家山歌是我们非常珍贵的非物质文化遗产，一定要领导重视，想方设法把它传承下去。"去年，他自筹资金出版了《客家山歌选》，解决了乡土教材的忧虑。但是，培养优秀山歌手，不是一朝半夕之功。"现在，懂音乐的对客家山歌没有多少兴趣，感兴趣的又不懂音乐。"他神情凝重说，"更关键的还要有演唱山歌的悟性。"值得欣慰的是：龙岩学院的师生来采风，准备将客家山歌列入音乐系学生的教学课程。

鲁迅先生说：只有民族的，才是世界的。客家山歌是乡土的，民族的，它具有走向世界的神奇艺术魅力。

（原刊 2014 年第 4 期《客家潮》）

"海丝古镇"茶阳

当我站在"海丝"古镇——广东大埔茶阳的城墙边上，抚摸着厚重的褐黄砖墙，思绪穿越千年时空。没人知道我内心深处的波澜涟漪。

沧桑的墙砖字迹漫漶，宛如寂寞的时光老人，默默地凝视我，任何言说都显多余。问是什么字？陪同我的吴建华、王绍沪老师指着模糊的刻字，喃喃念道："恋州乡泥水匠头饶之美城墙至此。"此刻，我真想拥抱这被泥土掩埋了一半的粗粝而温暖的城砖，犹如拥抱失散的红尘与前世的亲人，我的眼眶有些潮热……

千年古镇茶阳，地处粤闽边壤，被客家母亲河汀江与小靖河、漳河萦绕，舟楫如织，商贾云集，自古就是"海上丝绸之路"的起点码头。著名实业家、张裕葡萄酒创始人张弼士、世界万金油大王胡文虎的父亲胡子钦、艺术大师胡一川等众多客家先贤，都是在茶阳码头登船，走向印尼、马来西亚、缅甸等东南亚国家。

小时候，我就对茶阳古镇充满美好神往。家乡中川村前后有200个"挑妇"，挑着草纸、大米、海产品往返于下洋与茶阳间的崎岖山路……那年，我还没出生，伯母带着堂姐，跟随水客去缅甸与大伯团聚，从此再也没回家乡。我想象不出伯母的音容笑貌。母亲说：你伯母是大埔大麻人，她去缅甸到茶阳坐船前，还在茶阳街买了你大哥的满月衣帽捎回来……啊，伯母的形象一下在我脑海中跳了出来。结婚后，妻子回娘家，带我在茶阳古街转悠，印象中除了大埔中学门口矗立的父子进士牌坊打眼外，似乎并没有特别厚重的景致与韵味。

其实，我错了。茶阳就是一个望去外表质朴的客家老乡，外地人是很难读懂它深藏不露的性格与神韵的。茶阳的风华情致，散落于一条条古街、一排排古碑、一座座古屋、一个个古庙、一棵棵古树里，流动在家族的故事与血脉里。

茶阳古街保留了明清时期"粤东第一骑楼群"的建筑风格，逶迤曲折，叉巷纵横，婉转动人。它似八卦，如迷宫，走着走着，尽头一转，突然闪出另一古街来，让人不辨西东。我揣测它是古代风水师的杰作，具有东方园林曲径通幽的韵致。狭窄的街道，栉比的店铺，砖混的建材，圆方的廊柱，弧形的拱门，方正的窗户，突兀的阳台，融合中西建筑艺术的长廊迎面扑来……最典型的是马来西亚华侨何旋美所建的"旋庐"，拱门圆柱，雕刻精美，石框门楣之上简化了"门当户对"，却铸上八卦太极图，4只烧香炉；红色门木，安装乳钉门铛，寓意多子多福；门廊上方悬挂2只大红灯笼。其实，即使没有红灯笼，细微的乳钉门铛，也流露了浓郁的中原古风的味道。

关岳庙是镶嵌茶阳古镇的一颗珍珠。但凡了解一个地方民众的精神信仰，古庙古寺是必定要去的。客家地区观音寺、天后宫、关帝庙较普遍，但将岳飞与关羽一起合着敬奉，我还是第一次看到，内心悸动，惊喜。可见，茶阳人精神向度的宽厚包容，是客家泛神论的见证。"义气贯乾坤，精忠冲日月"，关岳庙建于明代万历年间，小巧古朴，神龛外悬挂着金碧辉煌、美轮美奂的华盖，又恍如一个小戏台。白脸的岳飞与红脸的关羽，穿越时空，仿佛在台上表演忠义的人生戏剧……

踯躅大埔中学前的"父子进士"石牌坊群，茶阳文化的厚重震撼了我。这座耸峙的明代牌坊，现为全国重点文物保护单位。

它是饶氏族人为纪念茶阳的"父子进士"、中书舍人饶相与饶与龄父子而兴建的。牌坊高达3层，以生铁铸基，以花岗石构砌。整座石雕层叠错落，巍峨赫赫，底下蟠龙翥凤，栩栩如生；中层匾额阴刻"父子进士"，配以博冠峨带的文人雅士、吉祥喜庆的麒麟白鹤，或吟诗诵书，或蹙眉凝思，或展翅欲飞，或藤蕊葳蕤，惟妙惟肖，空灵飘逸。背面刻有"丝纶世美"，寓意"中书舍人世人赞美"。

原来，"丝纶阁"是中书舍人为朝廷撰写皇帝诏令的地方，"丝纶"又借指皇帝的诏令，白居易有诗云"丝纶阁下文书静，钟鼓楼中刻漏长"。中书舍人是皇帝的亲近侍臣，职掌诏令，官阶不高，权力极重，难怪牌坊顶层设计为如意斗拱，飞龙口衔"恩荣"匾额，显示牌坊主人的恩宠与荣耀。整座牌坊结构精巧，镂雕精美，雄浑古朴，弥漫着潮汕石雕艺术精细雅致的艺术风格，成为中外建筑学家研究的石雕珍品。

四周古碑林立，风雨沧桑，大多字迹埋没，亦有规制较小的张氏牌坊、肖氏牌坊等，让人兴起怀古追远的情思。其中一支"大清父子进士"石笔，吸引着我探询的目光。一问，让我大为惊讶：原来，饶相的直系后裔在清代又涌现一对"父子进士"饶芝与饶褒甲，并且还出了翰林饶鸣镐、工部侍郎饶崇魁，形成"明清二对父子进士""一门六进士""钦点翰院"的文化奇观。

我蹀躞"昆仲三翰院"的诒谷堂、迁广公祠，走过水部书院、文献世家、文澜第、一斗堂，它们如散落古镇的粒粒珍珠，圆润而柔和。宛如读到小说的一个小高潮，饶相的故居"冬官第"猝然让我惊喜起来。未进冬官第，却见门前几十米花岗石甬道，两旁石笔林立，褐灰斑驳，"文魁连捷进士""恩科进士"列列刻字扑入我的眼眸。桂花树下两只石狮踞坐石墩上，昂首相向，神态拙朴温顺。我仿佛进入一个久违的时空隧道，感受到那种"武官下马，文官下轿"的肃穆气氛。门楼并不高大，黄墙黑瓦，但门联红底金字，赫然醒目："家传紫绶，世宴红翎。"凛凛然一副官宦世家的气派。按周礼，"冬官"对应六部里的工部，显然是指工部侍郎饶崇魁、中书舍人饶相的高贵门第了。我轻抚石狮，拥抱石笔。几百年时光如水，消逝而去，我看不清石狮迷离的眼眸，但石狮能看清我孤独而喜的眼神。据载，嘉靖年间，饶相被贬安徽无为州州同。遇大旱，饿莩遍野。饶相请上司开仓赈民，上司称须奏圣上恩准。饶相恚怒，他一面代民奏请，一面"以头为质"开仓济民，救活3万多人，全州欢腾，泣呼"饶青天"。离任时，数万民众夹道远送，挥泪跪别，留其靴为念，还建饶相生祠纪念其德……

饶相为民请命的故事，让我联想到国民党元老邹鲁的故居敬爱堂。它坐落于花窗下仁厚村，背倚树木葱茏的蜈蚣山，遥对三峰绮丽的笔架山，是典型的"三堂二落"特色民居，被列入广东省文保单位。它白墙黑瓦，飞檐翘角，层层叠叠，错落有致，韵律优美，宛若一只要飞起的蜈蚣。这种外表特别像宗祠的民居，正是梅州地区"家祠合一"的独特文化符号，是梅州客家人崇祖尊亲遗风留下的历史痕迹。

敬爱堂有三奇：一是数百年后山的树叶，从无一片飘落到屋瓦上；二是春季某一天阳光穿过中厅屋脊，恰好射到后厅供桌的水碗里，突然呈现"蜈蚣吐珠"奇观；三是深夜远望屋顶，上空有一道明亮的白色光彩。这三道神奇的谜，或许给少儿时期的邹鲁带来了瑰丽的想象。他青年时代留学日本，加入同盟会，成为孙中山先生的亲信，广州起义、武昌起义、讨袁战争、护法运动，都有邹鲁前行的身影……1922年冬，孙中山任命邹鲁为大总统特派员，主持讨伐陈炯明叛军，并一度代行大总统职权。二年后，孙中山在北京病危，邹鲁在病榻前签名见证孙中山的遗嘱。邹鲁大半生为推翻帝制奔走效力……

不过，在我看来，海丝古镇茶阳的最美风景，在于那棵首任县令手植的"大埔第一榕"。

明嘉靖五年（1526年）大埔置县，县治设于茶阳。江西乐平县举人殴淮成为首任县令。3 年后，欧淮病重，想起周朝召公"甘棠遗爱"的故事，亲手植一株榕树于县衙门前，嘱咐衙役："尔曹勿伤残，勤育护，以留百年之纪念，我之功过使后人知之。"是年秋，欧淮卒于任。

欧知县政绩如何，史书语焉不详，但从其遗嘱可推知：他是召公的"粉丝"，效法"甘棠树下办公"的知县，自认不只办事公正，而且亲民高效！如果没有甘棠遗爱、勤政惠民，他又岂敢植榕留念，让后人评说自己的荣辱功过呢？难道不怕百姓睹树思人、伐树咒骂吗？

500 年漠漠风尘驶过，这棵"良心榕"根虬枝硕，郁郁葱葱，亭亭如盖矣。它是古代清官能臣人品良知的象征，也是海丝古镇茶阳民风民心的见证。

人生何其短暂，不必让他人树碑，为自己植"良心树"吧，给子孙造福，让后人评说！

（原刊 2018 年 10 月 13 日香港《文汇报》）

山村迎花灯

元宵节迎花灯，是故乡春节重大的民俗活动。"迎灯"与"迎丁"谐音，含有期望人丁兴旺的意思，所以故乡中川村对迎花灯情有独钟。故乡迎花灯是巡游迎接的，像游动着的一条条火龙，这与大城市悬挂花灯供人赏玩，韵味完全不同。

全村出迎的花灯多达 20 多"伙"，一伙花灯有几百只，整个村子有近万只花灯在闪闪游动，宛若天上的星星眨呀眨的。元宵节那晚，故乡被绚丽的花灯包裹着、映衬着，好似进入了童话世界，如梦似幻，绚丽极了！

故乡迎花灯多以祖楼为单位来制作花灯。这不，正月初五"开小正"的晚上，就有村中双桂堂明清房的人来"炒灯"了。咚咚锵，咚咚锵……每到一楼门口，炒灯队就扛着二架花灯，拼命敲锣打鼓，震得人耳膜嗡嗡响。然后就在楼门口嘭嘭地放铳……所谓"炒灯"就是炒人来迎花灯的意思。

"炒灯"是"牵头"人组织的。村中各楼的热心人喊话说：某君是新婚，该去牵头！某君还在犹豫，楼中人就起哄说：你不牵头？不想生"丁"吗？

大家哄地大笑。某君红着脸，一言不发。这时，楼中人又起哄了，一个说："你敢牵头，我出 500！"

另一个抢白道："他有什么本事牵头？他敢牵头，我出800！"……

某君梗着脖子，涨红脸说："牵头就牵头，我怕你打落？"哈哈哈……

记得那年，炒灯队来到我的祖楼奋跃堂门坪前，一直滞留不走，锣鼓喧天，火牌上"明清"两字闪闪烁烁。奋跃堂是七世祖行素公建的，厅堂上还悬挂有一块清顺治癸巳年（1653 年）"温恭令望"匾额，是永定教谕吴佺鼎（晋江举人）题赠乡宾行素公的，据此推测奋跃堂约有 400 年的历史，但行素公的子孙大多外迁了，留居此楼的后裔只有十几家人，属于弱房弱枝。往年，炒灯队一来，楼中的渊叔或雄哥、光哥就拿着一串鞭炮，点燃迎接：表示响应做灯。

这次，当生产队长的大哥左等右等，见楼中无人去接，只好自己打开楼门，点燃鞭炮……炒灯队见大哥接灯了，抬起大鼓，走村串巷去了。

大哥牵头做花灯。他拿着红单，到本房或亲友中去募集灯资，把谁写多少只灯，出多少钱，一一记下来。他安排楼中的嫂子、姐妹们去山上砍竹子。莲灯制作工艺太复杂了，我楼一般是不做的。鼓子灯、鲤鱼灯、走马灯、花篮灯就简单多了。

纸、竹等材料备办齐全后，本楼的老老少少都来帮忙制作花灯。汉哥先制作 8 只鼓子灯和写着楼名"奋跃堂"的"火牌"，在夜幕降临时，敲锣打鼓"迎"到各楼去"炒灯"，全村迎花灯的气氛渐渐浓郁起来。有的楼说：奋跃堂都做花灯了，我楼怎么能不做呢？

竹篙灯制作较简单，经过裁竹、剖篾、扎架、糊纸画、饰丝绦子等工序，就可做出形状各异的走马灯、书卷灯、鼓子灯、鲤鱼灯、花篮灯等，然后每 4 盏灯挂在 1 根 6 尺长的竹篙上，这竹篙一根根连接起来，并在竹篙接合处安上 1 支竖竿，迎灯时统一擎着走，像一条长龙，称为"竹篙灯"。

而富紫楼还制作洁白高雅的莲灯。每架莲灯有"莲花"33朵、"花蕾"72 朵、"莲蓬"（花王）3 个，每个花灯里面放牛油灯 1 盏，共 108 盏。整架莲灯上有"宝盖"，上面写着"景赛西湖"；"宝盖"下面是"花缸"，可插花灯。

"迎灯"是整个元宵节活动的重头戏，正月十四晚迎花灯到集镇，虽然类似彩排，却将下洋集镇都带入到狂欢之中，鞭炮齐鸣，锣鼓喧天，烟花四射，人潮如海。十五夜晚，才在中川村正式登场。"迎灯"路线是：从各祖楼出发，汇集到村中心"和好坊"，再至水口坝、江仔下、南片角，最后集结在胡氏家庙广场上。

"迎灯"又可细分为出灯、顿灯、走灯、灯祭、闹灯、回灯、送灯、接灯等环节。夜幕降临，"三把连"响过三声，便可"出灯"了，各架灯都有火牌、锣鼓作前导。各路花灯汇合到"和好坊"后，停下来让观众赏灯，并按祖上的规矩调整好各路花灯的行进次序，趁机护灯换烛，谓之"顿灯"。然后一路向水口坝迎去。这时，村中小溪两岸早已人山人海，挤得里三层外三层。一间间店铺鞭炮绵延不绝，花灯的烛光将整个溪面照得宛如化了粉妆。中川村楼房密集，巷道窄小，三步一折，五步一叉，外村来看花灯的人，穿来转去，有趣极了。

花灯队伍到汇仔下后，乡贤第、世德堂、永盛楼、奋跃堂、富紫楼、庆余楼、庆昌楼、马山楼、长盛楼等各架花灯，就沿着一条蜿蜒崎岖的山路爬上狮形岗，到行素婆坟地行"灯祭"。此时，一架架花灯如一条条游龙，缓缓地向山上移动。下过雨的山路又陡又滑，扛灯的小孩脚下一滑，护灯的大人慌忙扶起灯架，大喊一声"小心"！小孩站起一看，差点烧了灯面。等到各房花灯一环环围拢在坟地后坡上，护灯大人慌忙将掉落的蜡烛重新点上。铳炮齐鸣，香烟袅袅，祈声悠扬。整个坟地花灯璀璨，恍若莲花盛开……下山时，一队队花灯，或断或连，时而直行，时而转弯，闪闪烁烁，转角处护灯人拉住灯架，呼声时起，惊险刺激，浓浓的亲情在心中惊醒……

从山下遥遥望去，只见花灯队如火龙缓缓下山，静默无声。

"灯祭"实在是故乡迎花灯的一个特色，几十年过去，仍然让我历历在目，赏心悦目，意犹未尽……

灯祭下来，迎灯队向胡氏家庙进发。胡氏家庙早被几百只彩灯装饰得金碧辉煌，高耸林立的石旗杆上安放着烟花。草坪上人山人海，等候"闹灯"的到来。"闹灯"要经过穿灯、摆灯、赛锣鼓、舞龙、戏狮、装醮、烧花几个阶段。每队花灯都要在家庙厅堂、天井、巷间穿来穿去，烧香祭祖放炮。穿过三五回合后，花灯在后山、草坪上摆开展览，比谁的灯做得精巧，谁的灯做得漂亮，观众评评点点，拍照赞赏……

此时，在胡氏家庙的天井中，赛锣鼓更是爆热，三五伙人各占一隅，锣鼓敲得铿铿锵锵，咚咚震天，时而鼓声大作，时而渐响渐远，时而戛然而止……作鼓板的人也各具神态，各有打法，尽情表演，一拨刚走，一拨又来，敲得人心跳也加快起来。除了赛锣鼓，还有舞龙、耍狮、装醮。下圩的狮队，下赤坑的龙队，觉坑的装醮，各有绝活，各有精彩，让观众目不转睛，痴迷不已。

"烧花"则是"闹灯"的高潮，只见条条火龙从石旗杆上腾空而起，一声脆响之后，各自散成火树银花状，夜空顿时变成瑰丽多彩的光色海洋。天上光华璀璨，地下欢呼雀跃，全都笼罩在硝烟和狂欢之中。

"烧花"过后，花灯队伍敲锣打鼓次第退去，回到祖楼厅堂。大哥指派人员分成几个小队，敲着锣去给写灯户送灯。花灯到时，写灯人燃放鞭炮，向送灯人递茶敬果，互致吉祥。送完灯，大哥招呼理事人员吃"花灯酒"，扛灯的小孩则吃"花灯粥"。

此时，已是半夜，各家各户亲友来得太多了，没有房间可睡，我们主人或者到村中心看电影，或者喝茶聊天，一直到天亮……

（原刊 2023 年 2 月 4 日香港《文汇报》、5 日《福建日报》）

侨台风韵

瓦城的那朵云

读英国诗人吉卜林的诗歌，看到他在《通往曼德勒之路》中写道："在去曼德勒的路上飞鱼在嬉戏，黎明似雷从中国而来，照彻整个海湾。毛淡棉古塔旁，慵懒地面对大海，那里有一位缅甸姑娘，她正想念着我……"

夏雨潇潇，时落时歇。玻璃窗上迷蒙一层雾气，我在它上面画了一个字。

这个季节，适合怀念，适合想念。怀念缅甸的亲人，想念古都皇城瓦城。

缅甸瓦城，又称曼德勒，在万里之遥。巍峨的曼德勒山，像慈祥的大佛，静谧地守护它。缅甸的母亲河伊洛瓦底江，跳着婀娜的舞姿，娉娉婷婷，萦城而过。澄澈碧绿的江水，倒映着一座座红顶古塔，让人仿佛走进佛的国度……

古老的城墙，辉煌的皇宫，载歌载舞的泼水节，色彩缤纷的纱笼裙，长长的乌本桥，披着袈裟的小沙弥，拿着鸡蛋花的羞涩小姑娘，梦幻般铭刻在我的脑海里。

想念瓦城。时光一寸寸覆盖鲜活的脸。春雨打湿了经年思念。所有诉说与眼泪，欢笑与温馨，已失去了重量，变成了无法言语的树。

不知道大伯的坟茔是不是朝着故乡的方向？大伯是不是曾坐在乌本桥上遥想东方的家乡？横贯东塔曼湖的乌本桥，是世界上最古老的柚木桥。大伯一定曾静坐桥上一隅，夕阳下的云朵擦着他的双脚，一寸寸隐没在瘖哑的菩提树后，大气磅礴的玫瑰红，将他孤独的身影定格成一帧思乡的剪影……

20世纪40年代，大伯胡纯锐从福建永定来到瓦城谋生，一去未返。大伯留给我的是一幅全家福照片，还有故乡怀乡亭功德碑记上镌刻的名字。我只能从归侨的讲述中，想象大伯的音容笑貌、神情气度。

大伯身材魁伟，气宇轩昂，西装革履，系着彩纹领带，头发梳理得纹丝不乱。瓦城市中心矗立1座5层的古钟楼，佛塔形顶，镶金楼身，时钟转响。大伯就在钟楼附近，租赁"木夹砖房"销售日用百货，维持生活，接济亲友。这种房子盖着铁皮屋顶，四角立着砖柱，四周却用木料围合。

大伯与体弱多病的父亲，情如凡·高兄弟。以前大伯一直对我家寄钱寄物。据说，大伯一生热心公益，缅甸的乡亲邻里对他非常敬重，婚丧娶嫁之事，常常请他主持操办。邻里有纠纷，他还暗中自己垫钱平息事态。

我刚考上大学那年，因父亲常年生病，生活费都没有，满叔还鼓励我给大伯写信，说：大伯非常重视读书人，支持读书人……可是，听说缅甸的钱非常小，200缅甸元才换1元人民币。当年大伯兄弟情深，为了接济我家，花了多少钱财啊。我心里感到很惭愧……

大伯的家在瓦城29条街，胡同里长着高大繁茂的玛基树，果实形如四季豆，味道或酸或甜。夏季大风哗啦啦吹过，树上扑簌簌掉下果实，去捡甜果来吃，豆果拿来煮菜，别有风味。可是，那年有市民卖洋油，油桶爆炸引发一场火灾，焚毁了瓦城3/4的房屋。大伯的家也被焚毁。

20世纪50年代，伯母带着奶奶、堂姐来瓦城相聚。临行前，伯母将大伯买房间的地契交给母亲保管，说："秀英，我出缅甸了，不知何时才能回呢？房契交给你保管吧。"母亲凝视着伯母，眼圈一红，说："阿嫂，你想家了就回来。"

伯母到达广东大埔县城茶阳码头，到街上买了1副婴儿衣帽，托人带回送给即将满月的大哥。

20世纪60年代，缅甸军政府没收生意人的商铺，大伯一家只能在街头摆摊卖杂货。后来因排华加剧，大伯只得安排堂姐堂哥回国，被分配到河南、广西的华侨农场。但大伯没有回归家乡，仍然带着两个孩子逆境求生，大概是家乡太穷困了，回乡也没有更好的出路。

泼水节来了，瓦城到处搭着供台，花车巡游着，播放着婉转深情的缅语歌。人们在台上唱歌跳舞。伯母带着孩子们去街上游玩，被泼得水淋淋的，笑靥如花，接受人们施水的祝福……

我读初中的一天，父亲收到堂哥的来信，说他要去澳门了，将一些衣服寄回给弟弟穿。父亲脸上溢笑，扬着信，对我说："你看，建标哥的字，写得多漂亮啊！"我接过信，仔细地读下来，那些带点繁体的美丽字体，让书写不佳的我既羡慕又惭愧……

父亲去世时，大伯给我家寄来了800元，那时它可是一笔巨款。不久，又收到瓦城国标哥的鸿雁，寻问亲人的近况。那些温热的文字，在我眼前亲切地跳动，我的心跨越万水千山，飞向了瓦城……

李瑞兰大姐、许均铨兄是我的澳门朋友。他俩都认识我的亲房胡好标堂兄。李大姐祖籍云南腾冲，出生于缅甸温助埠，却在瓦城长大。清朝，爷爷在广州做玉石生意，因为叫中国人不要买英国的鸦片，英国人就买通汉奸杀掉爷爷，扬言要斩草除根。奶奶带着她的爸爸和姑姑，连夜逃到缅甸。她在瓦城华侨中学读书，度过了幸福的少儿时光。她在瓦城结婚，当过老师，1968年秋回到广东清远华侨农场，1979年定居澳门。她5次回到缅甸探亲，凝望着自家被烧毁的屋址，她的内心涌起复杂的情愫，往事一幕幕闪现：

她的家在市中心的 84 条街。玛基树果核黑黢黢的，成为小伙伴的玩具，撒在地板上，小指在两粒核豆间轻轻划一下，碰到即输；或者用食指将一粒豆弹向另一颗豆，拿掉被打中那粒豆，打不中者为输。小伙伴们嘻嘻而乐。胡同尽头有口古井，上面搭个滑轮架子，用来支撑水桶抽水，时常充满孩童的欢声笑语……

　　学校在观音亭边，植着几株葳蕤的卡越班树，果实能吃出黄糖的味道。节庆日，学生们穿着整齐的校服，参加表演节目。她眉清目秀，身材高挑，被选到铜乐队吹大号，英姿飒爽。周总理访问缅甸时，在 34 条街搭建天安门。周总理剑眉俊目，穿着大风衣，微笑着与学生交谈，三哥有幸给总理敬礼，献花。

　　有一年，宋庆龄到缅甸访问，担任妇女会主席的姑姑去拜见。皇城外边搭建了一座竹亭子。姑姑去亭子里，她只能在外边悄悄地看。她瞅见国母穿着小皮鞋，挽着发髻，皮肤细嫩白皙，气质优雅，温婉迷人。

　　一次，李大姐去看望她的老师。老师当过远征军，床上铺着 1 张草席，中间破了 1 个大窟窿。老师太苦了，她眼圈酸涩，将 1 万澳元送给老师。老师回赠一幅书法作品……

　　相信爱的人，终会遇见爱。我知道自己无法掌握命运，但我可以把握爱之幸运。想念瓦城，想念瓦城的亲人，宛若澄澈的伊江撒满静静的佛光。

　　想去拜谒大伯、伯母的坟茔，想去探访堂姐、堂哥生活的神秘瓦城，想去瞅瞅瓦城遍地生长的鸡蛋花和火焰似的木棉花，想去柚木桥上坐着感受渐渐隐没的时光，想捧住一朵云问问：哪一朵是大伯的灵魂所化？

　　（原刊 2022 年 6 月 20 日《福州晚报》、7 月 16 日香港《文汇报》，选入《缅华文学作品选》2022 年秋总第八期）

缅甸的尚信叔

今年暑假，收到缅甸瓦城（曼德勒）尚信叔的两封电子信件，让我兴奋而亲切，一下想起尚信叔的往事。

尚信叔今年已经 97 岁高龄。他的电子邮件信件，是写好后叫孙女拍成照片，再发给我的。一封信是给我的复信，另一封信是叫我转给他的表叔的。信中字迹歪歪斜斜，一些地方还有涂改痕迹……

那年，我曾听侨生胡诗林医生说：有一位中川村旅缅老华侨80 多岁了，很想再回家乡看看。胡诗林到缅甸探亲回国向他辞别时，这位老华侨，抱着诗林先生不放，泪水纵横，因为他太想家乡了。他就是青年时去缅甸谋生的胡尚信先生。

5 年前，定居缅甸瓦城的尚信叔，思乡心切，不顾耄耋之年，毅然带着女儿胡淑卿和孙子、外孙踏上回故乡中川村的旅程。中川村是爱国侨领、世界万金油大王胡文虎故里，也是我的家乡。尚信叔回到家乡，这是我们第一次见面。我欣然，惊讶：92 岁回乡，这可能已经创造了华侨高龄回乡的奇迹。在华都宾馆见到尚信叔，他刚坐着轿子上山祭祖回来。我不敢相信他是耄耋老人：他穿着一件灰色衬衣，蓝色裤子，白发白眉，却脸色红润，身体硬朗，手劲有力；尤其是与我交谈时，精神矍铄，思维清晰。

尚信叔德高望重，热心公益，乐于助人，在瓦城乡亲中有口皆碑。富川村有位乡亲要与缅甸的嫂嫂联络，但嫂子不会看中文信，最后通过尚信先生，与嫂子沟通了乡情。尚信先生与我大伯是同城同乡梓叔，伯母的丧事也是他与几位同乡帮忙料理的。这次，他带着孙儿回乡，就是为了让孙辈知道自己的根，传承客家人不忘祖地的优秀文化。

尚信叔说：瓦城有 4 所孔校，华人子女现能每天上两小时（早晨 6—8 时或下午 4—6 时）的汉语课，能讲点普通话、缅语、英语。瓦城孔校有 2000 多名学生。他的女儿用流利的普通话告诉我：瓦城教育质量一般的中学，学生考上大学的比例约 50%。可见缅甸的教育普及率比中国低些。以前有一段时期，缅甸政府不允许华人办华校，所以有些华侨子女已不会讲汉语。幸运的是现在缅甸政府已允许华人办华校了。与尚信叔孙儿交谈过程，我发现他基本能听懂客家话、普通话。孙儿歉疚道：口语还行，写汉字就不很流畅了。尚信叔长长地叹了一口气。

尚信叔平时喜欢写点古诗楹联，却很谦逊道："自己没什么功底。"2008 年，他怕《永同胡氏族谱》全本遗失异乡，特地嘱咐定居昆明的儿子胡伟卿将它送回故乡中川村。2009 年正月初五，胡伟卿遵嘱将族谱从昆明送回故乡，恰逢四月《永同胡氏族谱》修编，原谱正派上大用场。这件小事，流露出他热爱故乡的浓浓深情。他的女婿听到家乡修编《永同胡氏族谱》，欣然捐资 1 万元。听我介绍《永同胡氏族谱》修好后，将结束几十本石印原谱难以查找资料的缺憾，尚信叔十分高兴，欣然与我们合影留念。

如果认为尚信叔仅是慈祥长者，那就错了。他回缅甸后，给我寄来一信。我读得百味杂陈。信中说，回乡时短未能细谈往事，他的一生是辛酸的血泪人生故事，在缅甸的历史可以写成一部书……信中还笑谈我村中药店的一件趣事："一年秋天，金银花开时节，在村中开药店的郎中声言要收购金银花。我与几个小伙伴去采摘到半斤送到药店，郎中给的报酬是甘草，同伴大失所望，而我上衣被棘蓬钩破一大洞，回家被母亲臭骂一顿。回思七八十年前事，兴味无穷。"这一历史细节，一下激活了我对郎中的想象。这是尚信叔送给我的最珍贵礼物。尚信叔天真可爱、淡定从容的境界就在这里：人到老来糗事香。"无欲无求无隐无畏"的境界，如没有厚重历史的铺垫与洗练，一个人恐难修炼到此种高度："回思前事，兴味无穷。"回忆历史，没有怨怼，只有恬静，只有慈爱，只有快乐。

"往事如烟。在 20 世纪 50 年代，永定同乡有二三百人，而中川胡姓也有四五十户，如今风吹云散，迁移的迁移，过世的过世，现存只有廿余户，国产的老人仅有我一个，其余都是土生土长的后辈，是否终会缅化？……"信末飘起一缕感伤语气，宛如一位历尽沧桑的老人遥望故土的沉重叹息。

2011 年 10 月，《永同胡氏族谱》终于出版了。收到族谱的尚信叔，激动地流下了热泪……这本新版族谱的蓝本就是他捎回家乡的完整族谱。新族谱将会成为缅籍华裔寻根的文化符号。我想：如果华校办得好，尚信叔的感伤也许就不会沉重了吧？

（原刊 2019 年 3 月 30 日香港《文汇报》、2023 年 2 月 3 日《国际日报》"东盟文艺"版、2 月 17 日《印华日报》"东盟园地"版）

虎豹花园的乡愁

　　美国教授朱迪与蒂娜当然知道世界万金油大王、报业大王胡文虎建筑有 3 座虎豹花园。

　　除了中国香港、新加坡各一座，还有一座坐落于胡文虎的故里——福建龙岩永定区下洋镇中川村。她们游历过中川村。大概是中川虎豹花园因历史原因，没有完全按照当初的设计图纸建造完工，无法与中国香港、新加坡的虎豹花园媲美，在其创作出版的《虎豹花园》（1998 年英文版，2007 年中文版）一书中被一笔带过。

　　朱迪与蒂娜历时 5 年，游览、研究中国香港与新加坡的虎豹花园，如同经历一场梦幻。她们在书中评价道："只有一个天才，才能有创意塑造出这样一个匪夷所思的世界，一个完全不同于传统概念的花园。20 世纪 30 年代世界还没有主题公园，虎豹花园横空出世，成为奇幻之境，向所有人开放，直到 50 年代才出现迪士尼乐园与之媲美，这是一位中国亿万富翁构建的太虚幻境……"

　　中川村虎豹花园的建造同样有着动人的传奇故事。

　　那是 1946 年的秋天的事。一天，胡文虎突然收到一封挂号的匿名信，叫夫人陈金枝拆开念念。陈金枝看完，不由潸然泪下，便随手递给身旁的佣人刘丫头。刘丫头情不自禁地用客家山歌的曲调唱了出来："中川是个好地方，东面有座马山冈，西面有个祖公堂，南片有座狮象把水口，北片有口大横塘……中川是个好地方，为何虎豹不归乡？"原来，这是一首流传了几百年的中川童谣，写信人只在结尾添加了两句。

胡文虎一听，心潮起伏，喉头哽咽，一连三天三夜寝食不安，思乡之情魂牵梦绕，怅然若失。是呀，他在故乡中川读了4年私塾，故乡的山山水水，一草一木，民情风俗，生活习惯，都给他留下了深刻的烙印。私塾先生经常带胡文虎等弟子，到中川胡氏家庙参观，家庙前矗立着36支"石笔"，这是胡氏族人光宗耀祖的石旗杆。先生向他们讲述马来西亚"胡椒大王"胡泰兴、槟城"中国锡矿大王"胡子春的故事，还考胡文虎："上胡氏家庙的石级有几级？"胡文虎愣住了，答不出来，同学们笑起来："你不是中川人，你是番鬼。"胡文虎脸红耳赤。先生为他解围道："以后要记住了，九级半，这是我们中川人的密码。九级半，每个中川人都要记住的……"这些中国传统文化与客侨文化的功课，对胡文虎以后的人生产生了深刻而悠远的影响……

胡文虎是个特别热爱家乡、注重亲情的人。有一次，胡文虎偶然看见《星洲日报》排字工胡赐峨11岁的女儿胡玉香，在新加坡永安堂包装万金油，便抚着她的头说："小孩子应该去念书！"接着，他便与胡赐峨商量让玉香读书的事。不久，胡玉香被父亲送回中川村上学，文虎伯还把捐给新加坡小学生的书箱送了1只给她。这只印有老虎的书箱成为胡玉香一生最珍贵而温馨的回忆。抗战爆发那年，从印尼考入燕京大学因北上受阻转读暨南大学的胡秀莹，父亲去世而免费食宿在上海永安堂。胡文虎知道后，给予学费，并动情地叮嘱经理胡桂庚："中川姑娘能出来读书的很少，一定要好好关顾！"胡秀莹后来成为印尼马辰中华总会副主席，写出自传《回首来时路》，感动了千千万万海外华人，引起轰动。又有一次，胡文虎到印尼永安堂考察业务，吃饭时对煮饭的胡玉香说："玉香，一粥一饭当思来之不易，剩菜剩饭不要倒掉，要留下餐吃。"每次来印尼他都与大家一块吃剩菜，打听家乡的消息，还说："吃来吃去，还是家乡的其头菜和猪肉炖菜干最好吃。"大家都笑起来。临走时，他总要给大家一个红包，叮嘱说："好好干，有了钱要回家乡看望亲人，给家乡做点好事。"……

他每年收到来自家乡的求助信竟达万封以上，但没有一封信像这封匿名信那么强烈地拨动他的心弦。

像建造中国香港、新加坡的虎豹花园一样，胡文虎亲自参与了虎豹别墅的结构设计。他聘请承建汕头市永安堂与《星华日报》大楼的建筑师，融合中西建筑风格建造。除了主体建筑虎豹别墅外，还设计有山水园林：绿草茵茵的门坪，雄鹰展翅的雕塑，碧水澄澈的游泳池，水花四溅的喷水池，逶迤起伏的石路，素雅的汉白玉栏杆，玲珑的石拱桥，休憩的凉亭水榭，六角形阁楼，七层高的浮屠……整个设计融合了中西缅马的文化特征。

胡文虎先生走南闯北，见多识广，又是想象丰富、特立独行的人。他要求设计师将主体建筑虎豹别墅，设计成一只具有独特文化标记的"坐虎"：前面左右半圆为两只"虎掌"，大门为"虎口"，门边的两个窗户为"虎眼"，后面两个扩宽的角间如两条蹲坐的"虎腿"，后厅向外伸出，宛若伸长的"虎尾"。整个楼基比门坪高出 5 级台阶，这只"坐虎"犹如蹲踞在座台上……"虎"谐音"福"，又蕴含"勇猛"之义，在中国传统文化中，吉祥喜庆，民间仍以画虎、穿虎头鞋、戴"虎头帽"为吉利。胡文虎的名字就是"温顺的老虎"之义。

虎豹别墅前有宽敞的门坪，围墙外有一座古朴的石桥，一条小溪蜿蜒淙淙流过，溪岸上是一丘丘广袤的农田，与远处的青山叠嶂相映衬……整座建筑前低后高，砖木结构，中间屋顶为歇山顶，八角形，重檐阁楼，取形"八卦"，寓意深邃，又暗示虎标良药"八卦丹"；左右"虎掌"屋顶，圆形重檐，琉璃绿瓦，中西融合。虎豹别墅占地宽阔，设计别致，天井采光充足，空气流通。高擎的圆石柱，质朴的木楼梯，明亮的大阳台，古雅的玻璃瓦，重叠的亭阁顶，回环的内通廊，无不显示它中西合璧的建筑风格，折射出浓郁的中国传统文化的味道，又彰显出西洋文明的风貌。

1947 年，胡文虎先生拨出 46 万港元，马上派专人在故乡筹建虎豹别墅，兴建园林，既供乡人游览，又准备告老还乡，安度晚年。但是，由于政局动荡、货币贬值等原因，虎豹花园到 1949 年冬仍然停留于图纸上，主体建筑虎豹别墅也只建成外壳，成为半成品工程。解放后，由于"左倾"思潮，胡文虎被错误地扣上"反动资本家""汉奸"等帽子，这个工程被一下搁置了几十年。胡文虎最终未能回到故乡。他临终前，口中呼唤着中川，要胡仙答应他回家乡一趟，替他漂泊的心寻找一个居所。

1983 年春，胡文虎先生洗雪冤屈，被政府重新确定为"爱国侨领""商界巨子"。虎豹别墅于 1991 年被列为福建省文物保护单位。1992 年冬，胡文虎先生女儿胡仙博士访问北京，受到党和国家领导人亲切接见。第二年春暖花开，胡仙博士首次回到故乡中川村，参观虎豹别墅，并决定捐资 250 万元重修。虎豹别墅整修后焕然一新，开辟为"胡文虎纪念馆"，于 1994 年 9 月 18 日正式开馆。它采用砖木结构，琉璃瓦装饰，中西合璧风格，既古朴庄重，又典雅精致。纪念馆开辟了 26 个展室，以图文并茂的形式较全面地展现了胡文虎先生作为爱国侨领、世界万金油大王、报业大王、国际大慈善家、客家事业奠基人的生平事迹，展现了胡文虎家族对国家民族所作出的巨大贡献，是福建省第三批文物保护单位、福建省侨联爱国主义教育基地。

胡文虎纪念馆的附属建筑还包括：雄伟壮观的虎豹牌楼；静穆庄重的胡子钦纪念亭、纪念碑；高耸入云的虎豹塔，参照香港虎豹别墅的虎塔进行设计，塔高 7 层，塔形为八卦式，琉璃葫芦顶建筑，矗立在逶迤的虎形山腰，巍峨古雅，雄浑壮观。虎豹塔象征启迪与教化，每上一层就智慧一层。浮屠的穹顶代表宇宙诞生，顶端尖刺代表菩提树的枝条，象征大彻大悟。此外，还有园林广场、胡文虎铜像、碑林、游步道等。它们组合成中川村的"虎豹花园"。胡文虎毕生奉行一个信条：取诸社会，用诸社会。虎豹花园仅是他对社会的一份微小回报。

当年，胡文虎先生看见旧上海海滨区公园挂有标牌"华人与狗不得入内"，感到十分愤慨，促使他为中国人在中国香港和新加坡兴建供众人游览的虎豹花园，既弘扬中华传统文化，又宣传虎标良药。而他在故乡中川村兴建虎豹花园，却是为了呼应家乡父老的热切盼望，纾解内心深处的悒悒乡愁，给魂牵梦萦的故乡一个交代。今天，胡文虎纪念馆成为永定土楼旅游的景点之一，感动了许许多多的中外游客；同时，它也是一个乡愁的文化符号，成为漂泊远方的游子的精神寄托与故乡念想……

（刊于 2022 年《福建侨报》）

马籍华人廖乐年

廖乐年老师早已大名鼎鼎，美国、日本、南非、菲律宾等世界 26 家全球报刊都报道他在中国义教英语的事迹，但我却是反其道行之，采写他学中文的怪事。其实，我换了一个角度，看到的还是同一个人。如果你正在为学英语苦恼，我敢说他是最值得去见的一个人。

廖轩公祠显出一时清静，祠前的柚树郁郁葱葱。高考已过，但大部分中学生还未放假。他的英语教学点廖轩公祠，还没出现暑期涌来的几百位学生学英语的喧闹。只见 10 位本地的学生坐在小厅里，拿着英语卡片互教互学，一位马来西亚的支教老师围坐着指点……

2011 年，获"中华之光"奖；2012 年，获"中国好人"奖；2013 年，获"全国最美乡村教师"奖……廖乐年这位头上闪着无数光环的退休英文老师，没想到行善义教竟收获了无数荣耀，客家山村长教村成为全国闻名的"英语村"。

"爷爷，你看我教得怎么样啊？"廖乐年走在蜜柚林的山道上，边走边自言自语，一口流利的普通话。他想起了葬在祖坟里的爷爷，眼窝里闪着泪花……

以前，他完全不懂中文，半句普通话都不会说。如果不是小时候母亲让他背这句客家话"广东大埔长教百江德心堂"，恐怕他连祖籍地都找不到。作为生于马来西亚的客属华人第三代，他自小讲英语，13 岁就到英国读书，大学毕业后成为一名英文教师。

那年，他退休在美国旅游，朋友听他说想到非洲义教，就问：你为什么不回中国？中国也需要这样的服务。廖乐年说自己完全不懂中文。朋友说："你是华人，中文肯定能学好。"2001 年，廖乐年飞到香港学习普通话。3 个月后，就可以讲粤语、普通话了。问他："你学习语言一定有天赋吧？"呵呵，他爽朗地笑了。他扭动一下身子，裤袋里的两串钥匙响了。橘黄 T 恤，蓝色长裤，凉鞋紫袜，让他的微笑看起来更显质朴迷人。

他凝视着我，说：在香港，我经常"自言自语"学普通话。一天早晨，在餐厅，他望着面包，就喃喃自语：嗯，今天的面包很香，很好吃。嗯，不错，面包很香，很好吃……他反反复复地说了好几遍。看见稀饭、小菜，也是念念叨叨：嗯，稀饭煮得很软，小菜很漂亮，很合我的口味。他反反复复地念，来来回回地记。旁边的人都盯着他，以为他是"神经病"，他毫不在意别人异样的眼光，回复陌生人一个甜甜的微笑……"学语言，首先就要敢讲，自己讲给自己听。"他笑道，"说没有语言环境是借口，自己可以创设语言环境啊。"

"我帮你，你帮我，世界更美好！"是廖乐年的口头禅。这是他教学生做人的理念——学会感恩；也是他学中文的独特方法。在课堂上，他对学生说：我教你们英语，你们要教我中文，因为我汉语是不好的。所谓"不好"，就是他觉得自己的发音还不算很标准。讲到"英格兰"这个词，他问台下的学生普通话怎么念？台下齐刷刷稚嫩的回答"英格兰"。噢，"英格兰"，他在过道上走来走去，俯下身仔细倾听，捕捉细微的读音差别……学生觉得他"格"字的声调不是太准，又再念一声"英格兰"。廖乐年又俯下身子，重复模仿了好几遍"英格兰、英格兰……"学生念，他也念，一次次地缩小发音差。

他觉得这样互帮互学，创设了学语言的绝佳环境。以前他在教英语时，发现国内有的学生很自私，不愿意帮助同学，总怕别人超过自己。他非常生气，这来源于他求学时得到一位校长的资助。他说：学英语不是主要的，最重要的是要义工思想，学会帮助别人。他将这种"互创语境"用到了自己学中文上。靠这种方法，他学会了讲流利的普通话。他还从与婶子的交流中，学会了地道的客家话。他独创了"基本音英语教学法"，让许多害怕英语的学生喜欢上了英语。它的内核就是：不要零零碎碎地背英语字母，而要整体地把握词句。看着我疑惑的眼光，他解释："就是你觉得念对了就对了，不要怕错……"他将这种思维转到了自己学中文上，大胆地说，整体感觉，有错再慢慢纠正。自言自语，互帮互学，整体感觉，是廖乐年学中文的 3 种方法，也是他教英语的奥妙。

长教村翠轩公祠教学大厅顶上，悬挂着廖老师设计的教学徽标：3 只展翅的海鸥，组成一个大写的"众"字。它寓意着众人互帮互助，展翅飞翔，实现自己的梦想……永远感恩的他，不也在助人为乐中，实现了学会中文的梦想？

（原刊 2017 年 2 月 14 日《梅州日报》）

永远的《音源报》

　　我们听说过厚如一本书的报纸，也听说过可当薄饼吃的报纸，但你听说过只发行 9 份的世界上独一无二的家庭报吗？

　　事情从"七子五教授"的胡顺源家族说起。胡顺源的祖父胡庆友，祖籍福建永定下洋镇觉川村，于清朝咸丰年间离开家乡，到马来西亚槟城巴六拜垦殖榴梿种植园等。同治年间，胡顺源的父亲胡贵纯就出生于槟城，他扩大创业，开垦椰子园、橡胶园、果子园，成为当地一位实业家。胡贵纯重视中华传统文化的传承，督促子女读书。他常常口头吟诵家乡的一副对联："教子读书，纵不超群也脱俗；督农耕稼，虽无余积省求人。"当时，巴六拜有上万华人，有两所华文小学，其中 1 所中山小学就是胡贵纯筹款创办的。1932 年胡贵纯逝世后，胡顺源兄弟成为中山小学的主要负责人。

　　胡顺源生有 7 子 2 女，由于他重视教育，他的 7 个儿子中有"5 个教授"。不仅"敬祖睦族、爱国爱乡"的观念，流淌在九姐弟的血液之中，而且"尊老爱幼、兄友弟恭"也深植他们的骨髓。他们姐弟 9 人分别居住在马来西亚、新加坡、美国和中国的 7 个不同城市里，如何保持中华民族崇礼重情的优秀传统呢？以前，父母是信息中转站，总是将兄弟姐妹的来信摘抄几段互寄给他们 9 人，培养了团结友爱、奋发上进的精神。

　　1977 年 4 月，胡顺源逝世。5 月老六耀达就写信给大哥勇达，建议九姐弟合力编辑一份在家庭内发行的刊物，来加强彼此间的联系。老六说，因为大家工作繁忙，没办法每月定时和其他 6 家人保持通讯。如不设法补救，一失去联系，久而久之，感情就会淡薄下来……勇达颔首赞同。

为了怀念父母，沟通感情，大家商定办 1 份只发行 9 份的家庭报。取什么报名呢？他们斟酌再三，决定从母亲名字翁英莲中取"英"字的谐音字"音"、父亲名字中取一"源"字，合起来作为报名《音源报》，寓意"纪念父母，传递家音"。

《音源报》为双月刊，每期由 1 人当责任编辑，负责将兄弟姐妹寄来的"稿件"（家书、孩子作品）分类汇总，复印 9 份，加上精美的自制封面，装订成册，分寄其他 8 位兄弟姐妹。

音源报定 22 日为每期的"截稿期"，并且捐资成立了"音源报写作奖励金"。22 日前投稿的家庭给予奖励，拖后几天投稿者予以罚款。《音源报》还特设了"青年园地"及"儿童乐园"专栏，刊登孩子们的稿件。孩子们每投一稿，无论质量好坏，都可得 5 美元"稿费"鼓励。他们将 9 期《音源报》合订为一卷。21年来，《音源报》坚持不懈地出版了 120 多期。从稚嫩的小手描下的第一幅图画，到会写的第一个"大、小、爸、妈"；从第一篇作文，到诗歌随想、人生感受，美妙的激励，使胡氏下一代成长出多位记者和许多硕士博士生。

虽然有音源报通报亲人的境况，但无法纾解他们对亲人的思念，尤其是年老一辈。1989 年 8 月 1 日，他们九姐弟家族成员由各国飞回出生地巴六拜团聚，上演了一幕幕温馨感人的故事：他们浩浩荡荡乘着大巴，穿着特地设计"九人标志"的 T 恤服，前往妙香林祭祀父母，再到胡氏宗祠祭祖，又到海边吃风楼畅叙 3天；5 日晚上又齐集中山学校礼堂，举行"胡顺源公儿女团圆联欢宴会"，邀请同乡同宗同学参加，设筵几十席。宴会高潮时，勇达九姐弟领着家人，一个个依次上台去点燃大蛋糕上的九去蜡烛。烛光闪烁，映红了一张张笑脸。这时，全场掌声雷动，欢声飞起。它代表着血浓于水的亲情，更象征着中华民族的文化传承。七日欢聚结束，依依不舍，他们相约二年后往北京探望老二孟达，举行第二次团聚。

这次九姐弟欢聚的消息，轰动了北马，当地《风采画报》报道时，开头这样写道：在我们这个亲情逐渐淡薄的时代，一切都讲求金钱，是否仍有深厚弥坚的手足亲情存在？有！胡顺源儿女这一段真实感人的故事，就发生在我们左右……

1991年8月，他们如约到北京举行第二次团聚，登上了万里长城。到北京之前，他们家族成员从美国、澳大利亚、南洋各国同时飞到中国厦门，2日到达永定县城，他们不忘故乡万里归来，受到永定县委书记和县城人民的列队欢迎，旗帜招展，盛况空前。3日回到祖籍地觉川村毓秀楼，祭祖宴亲，参加座谈，在觉川小学设立"音源图书馆""音源奖学金"，捐建"槟达路"，向永定县医院、下洋华侨医院捐赠医疗设备……他们的寻根谒祖、团聚畅叙，何尝不是用行动抒写家族亲情的另一种"音源报"呢？

人们曾询问勇达兄弟："你们姐弟的手足情谊为什么如此深厚，万水千山隔不断，几十年光阴冲不淡？"他们兄弟笑了笑，说："主要是祖父辈们的言传身教。我们九姐弟从小就团结友爱，感情很好。"

胡勇达讲述了一个故事：日军轰炸槟城期间，他和大姐丽娘在父母指挥下，背一个，抱一个，拉拉扯扯地将弟妹全部带到山上的安全之地。他们在山上亲眼看到日本飞机轮番轰炸巴六拜机场，火光冲天，爆炸声震耳欲聋。这时，姐弟们紧紧依偎，特别能体会亲情的可贵。从那时起，他们更加同心同德，相互扶持。勇达夫人苏翠金红了眼圈，感慨地说："我到胡家几十年了。我们这个大家庭几十年来感情没有褪色，有我婆婆的功劳在。我的家婆知书识礼，聪明能干，经常讲忠孝仁爱的故事给我们听，深刻地影响了我们。"

老三胡航达是画家，2016 年委托新加坡永定会馆董事徐永源女士承办他的画展。徐永源是一位热心公益、聪慧干练的知性女子，她收集了大量胡家资料，包括《音源报》。她读了那些文章，深感震撼与感动。她与策展的朋友将《音源报》等列入画展的第四部分"画家的家族背景"，参观者都被这部分磁铁般吸引，驻足观看，引起轰动。

其实，他们的家族成员多有艺术细胞。胡强达教授是国际泌尿科大家。曾任新加坡中央医院泌尿科专家、亚洲泌尿学院院长，先后荣获中国吴阶平医学基金奖、新加坡总统"公共服务银质奖章"、世界腔内泌尿协会"终生成就奖"。他回家乡，曾到我校举办医学讲座《如何保健养生》，着重讲心理如何影响人的健康，强调医生不只是治病，还要治"病人"，举老鼠因抑郁而致癌的实验，讲座精彩至极，让我们惊讶不已。而他的业余爱好是画画，多年给我寄来他自己设计的"胡氏年历"，里面印制他的绘画。

几年前，强达教授给我寄来了"2017 家族团聚照片"和"2018 年胡氏年历"。他委托徐永源每年给觉川村亲房所有在读孩子（包括幼儿园）发放的学费累积已有数十万元。

我问他：现在《音源报》还有编吗？他说：现在因为通信发达，《音源报》没出了。

我心里虽然掠过一丝遗憾，但很快就想通了。他们家族已经将《音源报》保存起来，成为世上唯一的永远的"传家宝"了，成为海内外中华儿女情感的一个文化符号。

（原刊 2021 年 11 月 20 日香港《文汇报》）

光禄第的洋桃熟了

光禄第是"中国葡萄酒第一人"张弼士的故居。我最不能忘怀的是：围屋里的两棵外国洋桃树，一棵是甜的，一棵是酸的。

秋阳一片片飘洒下来，天空如秋水般澄静。我感觉自己的思绪浮在秋光中散逸，梦幻而真实。光禄第在秋光中显得规模宏大、雄浑壮观，弥散出一丝宫廷的气息。广东大埔县西河镇车龙村，不过是汀江边的一个小村落，但因为清末民初张弼士的出现，这个客家小村变得熠熠生辉、名垂史册。没有人能记得住张弼士是中国拖拉机厂、玻璃厂、制砖厂、织布厂的创始人，但人们记住了他曾是"中国华人首富"，近代在山东烟台创办"张裕酿酒公司"的"红顶商人"，被写进了中国历史课本。

这座光禄第是张弼士被慈禧太后、光绪皇帝封为"光禄大夫"后兴建的宅第。光禄大夫是清代最高文官封衔，正一品。光禄第是典型的客家围龙屋，兴建于1905年（清光绪三十一年），历时7年竣工。它采用"三堂四横一围"布局，土木石水泥结构，共有18个厅堂、13个天井、99间房子，左右设有花园、书斋，楼后筑有七级防洪墙，右侧建有泊船码头，漳溪河从楼旁蜿蜒流过，流进汀江、韩江……整座建筑是中西合璧、富丽堂皇的官府院第。

走进光禄第，明显感到它的古色古香、恢宏大气。外大门上的"荫远流长"、正大门的"光禄第"几个塑字，都是清末重臣李鸿章所题，显示出张弼士与洋务派李鸿章的密切关系。厚重的石门，清丽的古画，高悬的宫灯，灰黑的屋瓦，古雅的瓦当，宽敞的天井，清冽的石柱，斑驳的漆色，鎏金的屏风，构筑起光禄第的轩昂大厦，成为张弼士衣锦还乡的精神家园。精美的绘雕，精巧的工艺，宏伟的建筑，让它成为国家级文保单位。梁栋上，绘画中，有不少彩雕麒麟，我不知道张弼士的生命里，麒麟于他是否有隐秘的含义？

大厅的墙壁上，陈列着一张张珍贵的图片资料。随着导游张利华的讲述，张弼士的传奇故事在我的脑海汇集，幻化出客家子弟走向南洋、创业致富、实业报国、落叶归根的脚步……

据说，张弼士13岁到姑父家放牛。一次，他在山上痴痴地看《三国演义》，边看边笑，把放牛忘到九霄云外去了。牛溜到稻田边，偷吃起别人的禾苗……田主骂骂咧咧，牵牛来到姑父家又哭又闹。姑父气得嘴唇发抖，骂他："活死佬！不，你连一个死人都比不上，死人还能守住四块棺材板，你连一头牛都看不住……"张弼士羞得脸红耳赤，流着泪，说："好吧，我不如死人。可将来我发了财，看你……"姑父一听，冷笑道："哼，发财？你会发财，我的灯笼倒吊挂！"张弼士自编山歌唱："满山竹子背虾虾，莫笑穷人戴笠麻，慢得几年天地转，洋布伞子有得擎；满山竹子笔笔直，莫笑穷人无饭食……"

1858年，家乡发生灾荒，17岁的张弼士漂洋过海来到印尼吧城，睡过街头的屠桌板，受过无数的冷眼、嘲笑与奚落。他当过米店、纸行佣工，开过酒行、药行，办过垦殖、航运、矿业公司，不到10年，成为亿万富商。当时，清朝1年国库收入才7000万两白银，而张弼士资财达8000万两，可谓富可敌国，而江南首富、红顶商人胡雪岩不过是3000万两白银。张弼士生前3次回乡，首次回乡来见姑姑，只见姑父真的将门前的灯笼倒挂，姑父脸上讪讪的。张弼士感到很内疚，含泪对姑父说："过去的事就算了，我还要感谢姑父呢，若不是姑父一番打落，或许没我的今天呢？再说，村里人都姓饶，你把'饶'字灯笼倒挂，不是得罪全村人吗？"姑父一听，心里又感激又惭愧，连忙将倒挂的灯笼反转回来。

黄河百万赈灾，兴办粤汉铁路，创办中华学校，他受到慈禧太后、光绪帝的多次接见，赐封光禄大夫，授官新加坡总领事、马来西亚槟城首任领事等。而他最为人称道的是：以超凡的胆识，响应国家"实业兴邦"倡议，回到山东烟台创办"张裕葡萄酿酒公司"，以实现"生为中华民族，当效力于中华民众"的夙愿。1892年，他已经51岁，头发斑白，面容清癯。此前，张弼士参加酒宴，法国领事无意中透露一个商机：用烟台葡萄酿造美酒，味道香醇，可与法国白兰地相媲美……张弼士听后大为惊讶，将此事牢记心中。

那年，他应督办铁路大臣盛宣怀邀请，到烟台商讨兴办铁路事宜，借机对烟台全面考察，最终决定投资300万银元建厂，请光绪帝老师翁同龢题写"张裕葡萄酿酒公司"。经过中外酿酒师的多年摸索，终于酿制出色泽金黄透明、酒质甘醇幽香的葡萄酒，风行全国，远销海外。1912年孙中山参观张裕葡萄酿酒公司，题词"品重醴泉"；袁世凯任命他为参政院参政，康有为下榻张裕酒厂亦写诗相赠。

那是1915年，巴拿马太平洋万国商品博览会在旧金山举行，所有的目光都聚焦在张弼士身上。张裕葡萄酿酒公司送展的系列葡萄酒，一举荣获4枚金质奖章，这是中国商品首次在国际上获得殊荣，消息传开，唐人街沸腾了，中国轰动了！原来，中国人也可以创造出驰名世界的品牌！葡萄酒只属于西洋的历史被永远改写，"张裕"成为中国民族工业的一面旗帜。美国总统威尔逊在白宫接见张弼士，纽约时报称他为"中国洛克菲勒"。张弼士回到北京，黎元洪总统在东交民巷的一家酒楼，为他接风洗尘。曾经，张弼士为了抗议德国轮船不准华人购买官舱票的规定，而自己创办"裕昌远洋航运公司"，迫使德轮取消了歧视华人的规定……这次，与其说是中国商品评奖的胜利，不如说是中华民族文化自信的狂欢。

徜徉光禄第，我的目光落在正厅上方镶嵌的"五知堂"时，我似乎寻觅到了张弼士成功的秘密。五知堂是纪念其父亲张兰轩的堂号。私塾先生张兰轩，一次在山间小路拾到一包银子。他坐着银子守到日落，才见失主慌张赶来。失主给他酬金，说酬金无人知晓。张兰轩婉辞道："拿你酬金，天知、地知、神知、鬼知、我知，何谓无人知？"说完，踏着暮色，哼起小曲，头也不回地走了……父亲五知的故事，如一根良心的木铎，震响于张弼士的心灵。据说，张弼士到印尼一个纸行当伙计时，纸行老板在各个抽屉里放着一叠钱，暗中窥探张弼士的反应。不料，张弼士看见了，却劝老板将钱放好，不要丢了。老板欣慰地笑了，将店里财务交他管理，后来又将独生女儿许配他，张弼士获得了创业的第一桶金……

1916 年中秋节，张弼士病逝于印尼雅加达。八口灵柩途经新加坡、中国香港等地，英国、荷兰政府下半旗志哀，灵柩由汕头溯韩江而上时，两岸群众设牲仪致奠。叶落归根，他从光禄第的码头出发，又回到了故乡……

我还在咀嚼着一位名人"沧浪欲有诗味，酝酿才能芬芳"时，不觉已走到光禄第后围花园。围后植着百年荔枝林，虬枝蓊郁；围前植着百年洋桃林，亭亭如盖。导游说：洋桃有两棵是马来西亚引种的，一棵甜的，一棵酸的。我心倏动，抬眼望，洋桃熟了。

（原刊 2019 年 12 月 1 日香港《文汇报》）

土楼美女永康楼

福建省文物保护单位永康楼岑寂着，仿佛一位矜持贤淑、装扮典雅的少妇，美目流盼，抿嘴影笑，却缄默不语……我再次走入永定下洋霞村永康楼的时候，永康楼还是文文静静地伫立着，圆着一双秋水般的明眸打量我。它的目光也是柔柔的，静静的，宛如秋天的青海湖，澄澈得似乎什么都没有，又似乎蕴藏着无穷无尽的生命的秘密……

我走遍永定土楼之后，发现这座小巧玲珑、华美精致的圆形土楼，确实有些另类。永定土楼大多是质朴粗粝的，但永康楼外表是如此华丽，甚至金碧辉煌。难怪拉美建筑研究中心主席马克图女士，从太平洋彼岸的秘鲁来考察后，对永康楼赞叹不绝，说："永定圆楼数永康楼最为华丽，设计最妙，是一流景观！"它白墙黑瓦、石门石檐，流泻出高贵典雅的神秘气韵，犹如一座圆润典雅的土楼明珠矗立于霞村土楼群中。

其实，永康楼的整体结构与一般土楼类似：单环，3层，4梯，4个廊门，每层26间，中轴线是"三厅堂两天井"模式。功能也相似：底层厨房，2层谷仓，3层卧室，中厅两旁配置浴室、杂物间等，中厅有两门与外环相界相连。

永康楼门镌联曰："永日和风一门吉庆，康衢乐土百代蒙麻。"一副祈求永久康宁的平民化对联，滤去了沉重的道德教化的意味。这座建于1938年的精巧圆楼，坐西北朝东南，圆中有方，相较振成楼、承启楼而言，其建筑观念受儒家思想影响较小，受道家思想影响较深。它的建筑风格摆脱了北方建筑讲究整齐对称的观念，而更接近于江南园林建筑顺从自然、适心任性的理念。比如：打破大小门对称的观念，全楼只设 1 个大门而没有小门。全楼左侧设 1 眼水井，而右侧不设；外环底层设 4 道过门，而二三楼不设。楼门朝向与台阶方向来了个转折，既增添了委婉曲折的韵致，又符合率性而为、遵从自然的观念。这样，全楼的结构显得精炼而巧妙，干净又婉约，一切以自然为美。

这样的结构设计是振成楼、承启楼的主人绝对不会做的！凭当时楼主人的财力，加开 1 道小门是完全可以做到的，却省减了，而将大量的财力用在其他方面。比如：永康楼的环外檐台近 1 米宽，全部用精致的花岗石铺砌，显得洁净清雅；而檐外的一圈雨水沟砌得棱角分明，排水通畅；而楼门右侧的风水池，巧妙地引入洁净的泉水，显得自成天趣！如此注重细节，使环境清幽雅致，永康楼不能不说是独一无二的。

精雕细刻、华美别致是永康楼的艺术价值。永康楼的彩绘雕刻堪称永定土楼中的一绝。那彩色绘画不同于一般土楼的山水花鸟画，而是绘着洋气十足的火车轮船、新潮时尚的飞机战舰、气势雄伟的长江大桥，富丽堂皇的洋房塔影……侨乡的建筑总是蕴含着南洋文化的因子，建楼主人胡来兴曾三出新加坡创业，在新加坡还多次遭到歹人抢劫，但他矢志不渝，终于建成了永康楼，寄寓"永远安康"之意。

永康楼最为人称道的是那双面贴金的镂空雕刻，金碧辉煌，熠熠闪光，堪称雕刻艺术的精品。那栩栩如生的花鸟草虫，活灵活现的双狮戏球，盘曲游挪的双龙戏珠，腾云驾雾的八仙过海，情节生动的完璧归赵，以及历史人物的一颦一笑、举手投足，无不细腻逼真，惟妙惟肖，形神兼备，撼人心魄：它们或卧狮相视，双龙戏珠，万马交战；或花篮插花，凤凰牡丹，飞云卷草；或苍龙瞪睛，张口扬髯，势欲冲天；或瓜柱层叠，斗拱飞扬；或睡莲倒悬，花瓣重重；或牡丹雍容，花茎柔纤，花团锦簇；或彩凤展翅，野雉鸣枝，喜鹊闹梅……

据考证，这些雕刻作品是楼主胡来兴、胡云福叔侄专请上杭著名雕刻师方振荣、方福庆父子雕刻完成的。永康楼从动工到建成仅花1年时间，而请人雕刻却花了整整3年。

永康楼的石雕精雕细刻，更是别具一格。内拱外方的石门框上，或雕刻花瓶异卉，二雀争蜂；或镌刻书卷彩云，凤凰双飞；而门当上则雕刻吉树祥鹿，雄鸡大兔，寄意丰富："鹿"谐音"禄"，"鸡"谐"吉"音，鸡食五毒，寓意大吉辟邪。我国民间传说，兔子是由天上的玉衡星散开而成，象征吉祥如意、长寿多子。廊道石门上还雕刻"蝙蝠对飞"，"如意结"，一种温暖的祈盼，宛若空气中飘浮的阳光。石拱门，石天井，石廊道，石椅，石柱，无不显示出建楼者只求精美，不惜工本。客家人素来只擅长用土木建造土楼，墙脚或天井至多采用易于取材的溪石。而采用花岗石建房，似乎是闽南人的绝活。客家土楼一般都没有在大门上雕刻建楼时间的习惯。可是，我们发现永康楼却在门框镌刻建楼时间：民国二十七年。原来，这些石雕作品出自广东饶平工匠陈根、长春师傅之手。或许是楼主人见多识广，来了个一反常态的创新，或许是饶平师傅习以为常的随手雕刻，这已经是一个谜了。

永康楼精巧别致、典雅华丽的风格吸引了许多游客来观赏，国际古迹遗址理事会世界遗产协调员亨利博士参观永康楼后，高度评价它"雕塑精美，典雅堂皇"。我徜徉在永康楼。我不知道马克图主席、亨利博士为什么对永康楼的华美精致、富丽堂皇表现出如此浓厚的兴趣？难道西洋文化更看重"金碧辉煌"的价值吗？但是，我们不得不承认：各种文化都有自己的长处，中西文化的融合，正是回归"中庸之道"的智慧。所谓"美其之美，美人之美，美美与共，天下大同"！永康楼的真正价值大概也就是中西合璧、融会贯通的价值。

"轮奂增辉"的古匾，斑驳陆离的梁坊，"敦诗说礼"的经典，获 BBM 勋章的胡冠仁与李光耀总理的合影，环形廊道的红灯笼，我都淡漠了。天井里栽种的三角梅、五色茶、满天星……正风姿绰约，清气四溢。它让我突然想起天一合人的情趣与韵致。如果将永定土楼比拟为三类人的话，那么振成楼、承启楼无疑是端庄沉稳的大家闺秀，一般的土楼则是质朴粗粝的乡野村姑，而永康楼却是装扮典雅的小家碧玉了。

淡淡的阳光点亮了圆润的永康楼。空中游荡着清凉如水的遥远的气息，一如那凉沁沁的石柱、石廊、石天井赐予我的舒爽与惬意。这是一种大自然裸露纯朴的生命真气与灵气，没一丁点高档宾馆营造的令人窒息的俗气与高贵。蹬上嘣嘣作响的木楼梯，一种生命的绿色回响，遽然点亮了我邈远而深刻的记忆。多少年来，我已丢失了这种记忆。许多人正在丢失这种鲜活的根的记忆。生命变得畏畏缩缩，脆弱而苍白，宛若插在瓷瓶中的塑料花。深朴的杉木馨香阵阵扑来，弥散在我的胸腔里，一种沉醉让我痴迷。我在圆圆的楼道上踯躅起来。这时，我望见一根根粗大的木柱跟着我走动起来，廊檐上一片片厚厚的青砖黑瓦也走动起来，碧蓝的一片天空也转动起来。这种奇妙的感觉，一下把我镇住了。先祖的一种叫"智慧的美"穿透了我的心。无法想象，如果我跑动起来，那又会产生一种什么感觉？停下徜徉的脚步，我站在 3 楼后厅堂上，阔大的窗户里吹进来一缕缕绿色的山岚微风。鸟瞰中厅黛青的屋瓦上，苔藓蔓蔓，泛着青白的光。而那株荣枯了几十个春秋的狗尾草，像一支摇曳的小旗，踽踽倔立于青砖黑瓦之间，令游人遐思蹁跹。时光漫漶，还有谁是时光的真正对手？永康楼由喧嚣而沉寂，沉寂在时光之河的洗涤里……

我惊奇地发现：永康楼大门内侧，安奉着一位慈眉善目、手捧金条的白胡子神明，对联曰：公公公十分公道，婆婆婆一片婆心。原来是"手握黄金赐福人"的土地神、福德伯公。讲解员张凯告诉我：永康楼的观音供奉，放在大门楼上的厅里。我很讶异。在我的印象中，观音一般供奉在中厅或后厅神龛里。望着我的疑惑，张凯说：楼主当年安设观音时，就是想首先保佑南洋亲人的平安，在家千日好，出门一朝难啊。我一下读懂了永康楼的灵魂。

永康楼右侧，是一泓清澈的风水池，这在客家土楼极其稀罕。水聚气生，气生人旺。是的，永康楼就是一座温暖的家园，一个时时祈福的亲人。亲人的永康，人生最大的幸福。

（原刊 2018 年 12 月 15 日香港《文汇报》）

萨碧娜留恋的乡村

意大利博洛尼亚大学的萨碧娜老师，为了研究客家妇女，在世界文化遗产福裕楼住了一段时间，要离开洪坑时，发朋友圈说：离开土楼，心里有点难过。我问她：为什么难过？她说："舍不得洪坑。"理由呢？她没说。

青山萦绕、溪水氤氲、水车流转、静谧古朴的洪坑村，恍若隔世的梦，镶嵌在世界文化遗产福建土楼永定景区的偏僻一隅。而福裕楼静静地伫立洪川溪畔。

洪坑是一部需要不断解读的"活化石"。关于它的方圆及其他。

从巍峨壮观的洪坑民俗文化村新牌楼出发，坐着电瓶车，再回到黛瓦红柱的新牌楼原点，正好是绕着洪川溪的一个圆，它如一个花环披在这个"福建最美的乡村"上。

矗立在中轴线上的木牌楼凝视着我，像一位峨冠博带的官员。周围是鸭子地生态停车场。青石弥漫。碧草萋萋。中门拱立。香樟婀娜。几处黑瓦土墙小平房。几棵硕大的古榕，虬茎系着红红的带子。让我讶异的，是竹丛掩映下的方形小土墙：戴着人字形黑瓦，透着小气窗，穿着小石裙，腼腆而质朴。还有，大片大片的青石地面，居然镶嵌着一小撮、一小撮的黑瓦，画出短短的黑虹。木楼、青石、中门、土墙、古榕、红带、绿竹、黑瓦、中轴线，似乎都在暗示客家的文化密码以及"方"的蕴含。

走过宽阔的石拱桥，一眼望见塔楼旁的游客服务中心。一圆二方的造型，黄墙灰瓦的色调，让我有种亲近自然的怡然。服务大厅游客如潮。来到客家文化展览厅，1座2层楼高的客家灯盏让我震撼。它是由厦门大学艺术系教授设计的客家生活用品。土黄的灯身，圆润而柔婉，亲切而温馨；短小的灯芯，橘红的灯苗，仿佛时光穿越，温暖了童年的梦，是客家文化薪火相传、生生不息的艺术符号。

　　蜿蜒的游步道，青石墁地，宛如弧形树叶飘落在洪川溪两岸。碧绿的柚树，古朴的石桥，"客家星"树干扑来，如一朵朵群星璀璨绽放。画眉长廊，游人在休憩在赏鸟。庆云楼古戏台，艳丽古雅，恍若画境，但我更愿意凝眸方形景阳楼恢宏的气势，以及左角静静注视我的狮头图腾，它绚丽沉静的眼神流露出丰富意味，让我痴迷，让我忘记时光的飞翔，让我联想墙背有灵性的石敢当、屋脊的公鸡或者墙上挂着的镜子。不知什么前世因缘，蓝天、白云、田园、绿树、石桥、溪水、木廊、土楼，让我有一种亲近的念头，而且我喜欢它们营造的恬静、寂寞的幸福。我享受这种孤独而恬淡的美丽。我有时甚至幻觉：许多年以后，如果变成一棵树，那是多么宁静而美好的境界。

　　有一条曲曲折折的上山步道通向宫殿式的奎聚楼，我没有蹀去。府第式的福裕楼，也早已熟稔。我问萨碧娜老师对福裕楼的印象，她说："我觉得福裕楼很特别，与别的土楼不一样。它的雄伟不在大小，而在它的装饰。"这是一个意大利人眼中的福裕楼。楼主林中元介绍说，福裕楼兴建于清代光绪六年（1880年），耗资10多万光洋，坐西朝东，占地7000多平方米，由楼主林仁山的朋友、汀州知府张星炳设计。这是一座典型的"三堂二落式"建筑，中轴线前低后高，错落有致；两座横屋，高低有序，宛如5只凤凰凌空飞起，俗称"五凤楼"。

　　福裕楼外大门面迎溪水，石门砖墙，黑瓦琉璃，彩画木雕，飞檐翘角。进入外大门，河石铺砌的门院和青砖围墙，做工精细。透过围墙上镶嵌的"双喜"砖窗，可以瞅见澄碧的溪流、对岸的菜地。

福裕楼正门上方是张星炳的楷书"福裕楼"，笔迹圆润饱满，福态可掬，门联曰："福田心地，裕后光前。"它让我想到《六祖坛经》的故事：一切福田，都离不开善良的心地。心田上播下善良的种子，总有一天，会开花结果。古时有位善人，他福报很好，儿孙满堂。他临终时，儿孙们跪在床前说："您最后留点什么话让我们终生奉行吧？"善人说，你们只需记住 4 个字：学会吃亏。这位善人，他对儿孙最大的关怀，就是让他们懂得：吃亏是福。其实，善良的人不会吃亏。人生是一盘很大的棋，你在这里吃亏一下，福报在后面。爱出者爱返，福往者福还，你的善良里一定藏着你的"贵人"，等你陷入困境时，也总会有人让你度过"困境"。生活自有因果循环，它不满足任何人的私心贪欲。

进入门厅，4 扇雕花木门与天井相隔，门上雕刻花瓶，寓意平平安安。走过回厅是中厅，正中匾额书"树德务滋"，对联称："几百年人家无非积善，第一等好事还是读书"，流露出浓郁的哲理意味。这些题词对联，虽寥寥数语，却是客家土楼的眼睛，让人窥见内心世界的浩邈……中厅砖木结构，高大宽敞，面临天井，雕梁画栋，装饰精美。走廊两边各开一个门通往横屋。

从观音棚俯视两边横屋，中厅与横屋隔一堵青砖高墙，将廊门一关，自成三家独立院落。这种设计更像一种官府衙门的风格，有种"庭院深深深几许"之感。转到后厅"培德居"，巍峨的楼层，剥落的墙壁，祥云纹门当，斑驳的户对，黯淡的窗棂，让人觉得仿佛穿越历史时空。是的，福裕楼是厚重的，威严的布局，高峙的砖墙，阔大的琉璃，清冷的瓦当，铁皮的木门，深刻的匾联，营造出一种浓郁的"礼教"氛围。走出横屋，回望门楣题字"常棣""华萼"，兄弟温情从心底涌起……

穿过溪水潺潺的外婆桥，来到林氏家庙，林日耕先生在讲解，它蕴含着许多家族文化密码。24 根石笔矗立在茶色阳光里，或文官或武将，流动着一种磅礴的气韵。

洪坑村 38 座土楼，每一座都是建楼者品格修养的雕塑。振成楼的天空浑圆迷人。它外土内洋，外圆内方，儒中蕴佛；它是传统的精灵，又是现代的文明；它是中国的话语，又是西洋的姿态；地板土石相生，柱子木石相间，墙壁土砖相谐。它不偏执一端，不固执一点，包容中庸平和大气，宛若那浑圆的天空与柔顺的墙体……

从福裕楼的飞檐斗角，到振成楼的浑圆顺合，天空显得更亮，天地显得更宽。谁，第一个将方楼变成圆楼？哪一座是最古老的圆寨？仍有许多"土楼之谜"需要时间来考证。但方代表一种坚守，一种正直，一种执着；圆代表一种吸纳，一种包容，一种变通。方是棱角铮铮的境地，让人敬畏；圆是圆通完美的境界，让人怡悦。圆通不是圆滑，正直不算成熟。孟子曰："执中无权，犹执一也。"圆楼是一种文化隐喻：人生懂得包容变通、适时进退、阴阳平衡才是美丽的。

伫立红灯高悬的仿古牌楼前，回眸余秋雨大师的题字"着土为大，因圆而恒"，我的思绪又被点亮：使用伸缩自如的泥土才能构筑宏大，因为圆通顺变才能永恒完美。我们平凡生命以及世间万物的奥秘，不也是这样么？

（原刊 2019 年 1 月 5 日香港《文汇报》）

故乡的"家风楼"

中秋佳节渐近，秋蝉嘶声如琴，读到香港作家胡炎贤流涕写下的《曰皆兄百日祭》："节近中秋，忽报星沉南国，痛失乡贤！曰皆兄，你爱乡好善，就以永定侨胞来说，300年来，除了子春叔在家乡做了不少公益外，谁还能比得上你呢？……"我忽然忆起故乡的"家风楼"——永盛楼来。

永盛楼，是一座外表普通简朴的土楼，方形 2 层，三面水圳潆绕，一面小溪潺湲，门前是几溜稻田，一棵枫树的阴影落映在脚下的伯公坛上，显得寂寞而冷清……

这些年，陆陆续续有迁居马来西亚的永盛楼后裔，回到永盛楼寻根，看到它斑驳的黄墙，粗粝的黑瓦，暗淡的窗棂，沧桑的石门，褪色的如意结饰，心里一定思绪万千，或许只有那金黄的楼名"永盛楼"以及门联，能让他们忆起先祖嘴里念叨千遍的祖居祖地。

进入楼门，一切仿佛还是清朝乾隆年间胡从轩建楼时的模样，几百年的时光似乎仍在淡淡的阳光中徘徊。三堂两落式结构，厅堂厢房，共 36 间，逼仄而狭小。只有天井耸立的中厅，檐角翘起，中门上书写的蓝色大字"大夫第"，以及后厅堂悬挂的清代知县吴梁赠匾"松柏堂"，令走远的历史拉回到这座古老质朴的土楼里……

有谁知道，20 世纪 20 年代，这座普普通通的土楼，突然一下涌现了4位"锡矿大王"、百万富翁胡重益、胡曰皆等，还有一位民国中央参政员、周恩来总理的好友胡兆祥。

永盛楼不是精致华丽的土楼，它的最大价值却是绵延不绝的家风。马来西亚怡保锡矿大王胡曰皆家族的故事，让人们看见了优秀家风的代代相传、流转几百年的美丽光环……

胡曰皆生于马来亚，1岁返回家乡中川村，8岁丧父，18岁再渡南洋，追随堂叔胡重益学习矿业，成为著名的锡矿大王、慈善家。

1944年11月10日正午，堂叔胡重益病重回光，子侄环侍在侧，他举目而视，徐徐而言："我们是乡贤公的后代，一言一行当遵上祖遗训，立身模范或好人，成好人则有好报，方能保持家风不坠。"言罢，陷入昏迷。3天后，诀别而去。

"成好人则有好报"，胡曰皆沉吟颔首，默念数遍，潸然泪下……中川古村落，地处闽粤边境，四周峰峦耸峙，一溪潆回。这个人口不断迁徙中的侨村，是胡曰皆生命中的精神家园。胡曰皆的上祖乡贤公，原名胡贞一，是清代康熙年间福建漳州府平和县学司训（教育局局长），善行累累：为人赎子，赠金成婚，修桥造船，施粥赈济，三旌孝子……去世后，入祠永定县城"乡贤祠"，事载《汀州府志》《福建通志》。

胡曰皆不会忘记，他幼年就读的广文小学，就是乡贤公用儒租谷创办的义学。乡贤公孝友性真，年耆力衰犹日持书卷阅读不辍。乡贤公教育子孙说："人心相差不远，如暴徒欺辱我，不要与他计较，他自会羞愧。"他用此法来消弭仇怨，以德报怨。他左胁有伤痕，儿子询问缘由，他一言不语，担心儿孙耿耿于怀，亦期待伤人者能良心发现，自我悔悟。

在胡曰皆的生命历程中，祖父、父母的言传身教，如温暖的阳光，照亮了他的灵魂。他的祖父胡经魁的三哥被太平军绑架失踪，胡经魁念着三嫂无嗣，将胡曰皆的父亲过继三嫂。

父亲胡根益，先是槟城裁缝，后为锡米商，旷达重义，怜贫惜弱，临终叮嘱胡曰皆兄弟，说："人世若浮云，变化不可测……"胡曰皆脑海不断闪现父亲的往事：胡根益旅居马来亚时，先后与大溪人游源盛、大水坑人黄寿结为义兄弟，相助相爱。他俩先后返国，胡根益还频频寄钱相助，通信致候。母亲去世前几天，叮嘱胡曰皆说：我与你父是穷苦家庭出身，深知穷家苦家艰难，今只希望你们不要忘记贫穷亲友，年朝五节尤要接济……母亲弥留之际，还嘱咐胡曰皆捐建中川小学图书馆。

胡曰皆永难忘怀幼年一幕：一天，洪水暴涨，上游漂来的松木横撞，啪啦一声，柱断桥落，永济桥上的 1 位妇女，应声跌入溪中，杳然无踪……其儿子沿溪奔跑寻找，哭声凄寒。童年的胡曰皆暗想：将来如有能力，一定要为民建桥。时光流转到 20 世纪 50 年代，他果然先后建成中川汤子阁大桥、男女汤池、下洋大桥，接着又建起中川卫生院；实行免费治疗，中川小学图书馆，重修天后宫，下洋华侨医院……成为当年对家乡公益事业贡献第一人。

胡曰皆的引路人是吡叻侨领胡重益。胡曰皆追随他身边几十年，聆听教诲，如沐春风。胡重益待人宽和，故在他锡矿里谋生者，烟灶数百家，蒙恩之人难计其数，被马来亚政府封为"太平局绅"。别人的经济纠纷找他调解，他经常不惜用自己的金钱，暗中补贴他人，排解纷争。他迎养古稀之年的二嫂到马来亚，敬礼有加，奉之若母……点点滴滴，如粒粒种子，播撒在胡曰皆的心田。

那年，胡曰皆只是弱冠，刚从马来亚回来，恰遇堂伯母去世。堂伯母儿孙均在南洋。胡曰皆感恩念恩，二话没说，披麻戴孝，代行孝子礼，办理丧事。在马来西亚怡保有一条街，被政府命名为"胡曰皆街"，这是为纪念他捐建客属公会，购赠甲必丹花园改建教会医院的标记。

永盛楼的家风还有对国家的大爱。抗战时期，胡曰皆担任陈嘉庚"南侨筹赈会"吡叻州巴打县分会主席，因此被日本皇军拘囚 18 天，受到日寇的灌水酷刑，经乡侨营救才出狱。

永盛楼的家风，最让人萦怀的是对传统文化的尊崇与传扬。

马来亚受英国统治时期，胡曰皆在一篇文章中写道："华侨心里多以英文为高尚，似乎不谙英文将来似无出路，反将本国文化自相轻蔑，予独不以为然。"他利用回乡空闲，悉心搜集公私族谱，遴粹甄误，自编家谱，传承家族文化。他用如椽之笔，写下一篇篇翔实生动的史记文章，故乡的历史、地理、人口、景致、风俗、经济、民情、侨况，在他笔尖下流淌，化为中川文化弥足珍贵的书页，在历史风尘中定格。

中川村口石牌楼刻有"粽墨流馨"典故：清乾隆年间，福建提学使纪晓岚到汀州主考巡视，读到胡斐才著书《疏注四书撮言大全》，拍案叫绝，鼓励出版，而后，此书名闻四海，成为清代士林参加科考"必读之书"。1958 年，胡曰皆在中川小学兴建"蓉芝亭"及纪念碑，纪念这位受纪晓岚赏识的族人。他说："胡斐才公是我族大文豪，建亭以永志不忘也。"

可是，1961 年迷茫的一个清晨，劫匪几声狰狞的枪声响过，一代锡矿大王、慈善家胡曰皆喋血马来西亚怡保家中。送葬队伍在怡保汇成几千人的洪流，有州务大臣、市议员、侨领、名流，亦有师生、乡亲、修女、医生……生荣死哀，轰动一地。

一个人灵魂的孕育、成长、成熟，都与故乡文化、土楼家风息息相关。时光漠漠流驶，永盛楼的祖训家风犹在蝉声中回响……

（原刊 2019 年 9 月 24 日香港《文汇报》）

土楼帅哥仰华楼

永定下洋镇东联村仰华楼绝不是一般的土楼。

我对它肃然起敬，不只是发现它是永定土楼中最美丽的方形土楼，还因为一个人。

恢宏典雅的仰华楼，矗立于东联村的田野溪畔。澄澈的秋空之下，被黄澄澄的稻谷映衬着，弥漫出一种宁静到骨子里的温暖……

愧疚，羞惭，我以前没有发现它。等遇见它时，宛如突然遇见惊世美人，灵魂出窍，张口结舌……它的外大门边上，立着一棵疏朗的桂花树。厚重的门楼一靠近，就散溢出书香门第的神情气度：门楣上题着"北望文峰"4个大字，联曰"北辰光耀洵堪望，文气雄豪涌若峰"。长长的石坪进去，是仰华楼的正大门，两边还有宽阔的小门，整体建筑是四堂屋结构，中轴贯通，轩昂壮阔，给人开朗舒适之感。

青砖黑瓦，高低错落，石门墁地，雕梁画栋，皆规整有序，大气寥廓。中庭花园，或小花吐蕊，或绿树葳蕤，赏心怡情，中有一棵柠檬树，结出硕大的柠檬果，甚是有趣。庭院拱门有副"爱居爱处"的楹联："居身切勿忘三省；处世何妨效九思"。后厅堂又题有一副篆字联："仰俯无惭勤事畜，华年共乐奏埙篪"，都弥漫着浓郁的儒家气息。它如一个无形的精神气场，悄悄地浸染着萦绕着楼内居民，这就是如空气一样存在的土楼文化。

这座建于民国三十二年的方楼，居然有一块碑记，赫然镌刻着"家训十则"，这是永定土楼中唯一发现有刻家训于墙的美丽土楼，让我惊叹欣羡！

家训曰："立身安分守己，克苦耐劳；父母必须孝敬，方尽子职；长幼切要尊爱，以敦伦理；治家务宜俭朴，切戒奢华；教子要有义方，使明礼智；读书贵乎勤奋，必求上进；处世须要和平，睦族亲邻；待人最要忠诚，勿失信义；青年寻求职业，生活安定；作事坚定宗旨，大业可成。"从为人处世到择业做事，仿佛聆听一位饱经沧桑的智者谆谆絮语。这则家训犹如一盏心灯，使仰华楼一下光亮起来。它让我对楼的建造者罗迪光先生家族越发崇敬起来。

他是怎样一个人呢？还居住楼内的罗占魁先生说："他是一个很好的人。溪对岸有他为村民兴建的龟山园……"我们去探寻他的神奇之处。

跨过一座石桥，小溪潺潺淌过，几位村民戴着斗笠在流汗割稻。一棵茂密的大榕树旁，正耸立着龟山园牌楼。拾级而上，蛇蜒而行，路旁尽是丹桂飘香。园顶矗立着一座飞檐翘角的美善亭，周边植立许多郁郁葱葱的翠柏……

一块奇特的牌记《弟兄和睦同居，是何等的美，何等的善！——诗篇133》深深吸引了我的目光。我正疑惑不解，下行的《罗迪光先生生平事略》让我感动不已：罗迪光（1904—2000），下洋镇东联村人。著名港商，慈善家。他生于五代百人同灶同堂的书香家族，青年时在香港创办"广福昌"，未成富商巨贾，却爱国爱乡，善行累累：筹资创办天德中学，扩建东洋小学，建礼堂"和睦堂"，葺龟山园，设奖教奖学金，兴老年活动中心，建3座石拱桥，造林筑陂，铺路修祠，赈济灾民，特别是他设置老人基金，几十年给村中14位孤寡老人按月发放生活补贴……

这是怎样一个家庭培养出来的人啊！五代百人同堂共灶！他

不是富商巨贾，但慈善之心比金子还珍贵！

后来，我才知道："弟兄和睦同居，是何等的美，何等的善"是出自《圣经》的诗句，或许迪光先生的家人又是信奉基督教的吧。

走下龟山园仄仄的路径，半山腰踞着一个简朴的读书亭。山麓下，伫立着一座如伞翼然的感恩亭，这是东联村企业家罗林先生家族为感恩家乡而兴建的。在我的家乡，一座座亭子，如一颗颗爱心，撒满了山村角角落落，成为侨乡文化的一串串符号。透过它，能读懂许多玄秘的灵魂。

仰华楼对面有座不起眼的追远桥，这是一些村民集资兴建的跨溪小桥。简短的碑记中，有几句话"积些许功德，为子孙造福，留一点名声，让后人赞赏，做自己的事，为自己立碑"。多么时尚而美妙的"为自己立碑"！我一下读懂了仰华楼，读懂了东联村，读懂了侨乡文化，读懂了人之为人的意义。

我沉吟良久：人生何其短暂，不必等待他人立碑，为自己的人生立碑吧！

（原刊 2019 年 3 月 2 日香港《文汇报》）

荣禄第

中秋时节，我再次沿着蜿蜒山道，穿过茫茫竹林，寻访荣禄第。

荣禄第是清末民初著名侨领、马来西亚锡矿大王胡子春的故居，是极其少见的由清光绪皇帝题写楼名、对联的土楼民居，福建省级文物保护单位。

荣禄第是 2 层方形土楼，建于 1885 年，占地约 1000 平方米，主楼前低后高，底层 16 间，石制门框，雕鹿门当，户对用龙纹雕刻"福、禄" 2 字，篆体图形，栩栩如生。门楣上雕刻清代光绪皇帝御笔"荣禄笫"，门联"荣叨祖德，禄受皇恩"，亦是光绪帝亲笔，字体端庄硬朗，刚正不阿。门厅与后厅雕梁画栋，地板铺设外国进口的花砖，五彩斑斓。

后厅中央挂着光绪帝赐封的"赏戴花翎"镏金牌匾，两侧挂着慈禧太后赏赐的"福、寿" 2 字，字体圆润秀敛，金色绢底，五爪龙纹。厅堂上摆着胡子春当年用过的梨木精雕双喜字太师椅。厅顶棚雕刻五幅梅花鹿与蝙蝠组合的彩色图案，寓意着"五福临门""福禄双全"。顶板悬挂着古色古香的宫灯。

楼上地板铺设红砖，隔音防火。房间木板绘制历史人物、山水花鸟图画，楼梯窗口镶嵌红黄绿三色组合玻璃，颇具南洋风情万种。楼内石柱石栏细腻逸雅，门窗柱桁、井台梯凳均精雕细刻，描龙画凤，彩塑人物活灵活现。天井用花岗石砌成八卦形状，两旁摆放山茶花、蟹兰盆景。楼梯扶手镂雕层层叠叠的花瓶，寄托出入平平安安之义。

荣禄第建在山麓下，受地形限制，规模并不大，但中西合璧，文物精美，一品顶戴花翎虽失，而慈禧、光绪帝的墨宝犹存，让人怀想它昔日的辉煌岁月……

胡子春童年失怙，孤苦伶仃，凄婉困顿，由祖母扶养，但性格坚毅机敏，少年随乡人远渡马来西亚，在海上漂流3个月才到达槟城，投靠姑母，先当学徒，后办锡矿，终至发达。他在马来西亚的矿场多达30多家，被誉为"锡矿大王""马来西亚新式华校之父"，先后获英国政府封"太平局绅""矿务大臣"。

他的主要功绩在于办矿业，兴学校，建铁路，开海南，做公益。八国联军事件发生后，他向祖国捐款50万两白银，被清政府封为邮传部尚书（交通部部长）。他先后3次捐资300万两白银给清廷建铁路，扩海军，开琼矿。他为扩海军捐银80万两，被慈禧太后挪建颐和园。当清政府要兴建粤汉、沪杭、漳厦3条铁路及琼崖垦矿时，他捐资以为提倡，清廷加封他为荣禄大夫。清光绪三十二年，其祖母逝世，他回国奔丧，慈禧立即电召晋京，接见赐宴……

胡子春在中国经历了甲午战争后，深感国势日颓，知非学不足以图存，乃发奋办学。他除在家乡捐资办学外，在马来西亚兴办7所华校。他创办马来亚第一所中华女学——槟榔屿中华女学，灵感来源于福州之行：

1906年冬，胡子春为兴办福建铁路之事亲赴福州视察，拜会其挚友林惠亭（炳章）。林惠亭（1874-1923）是林则徐的曾孙，清光绪二十年恩科进士，担任翰林院编修、邮传部丞参等，曾考察闽政，开办实业，疏浚西湖，兴建公园，重修《西湖志》……胡子春年长林惠亭14岁，从官衔来说，邮传部丞参只是邮传部尚书的助理，也就是说林丞参是胡子春的助理，但胡子春的邮传部尚书只是虚衔、荣誉，并无实权。

来到林惠亭家中，胡子春看见其 11 岁的女儿漂亮优雅、聪明伶俐，十分可爱。胡子春当即询问："你读书了吗？"此女眼珠一转，嘤嘤脆答："伯伯，我读书 4 年了。"

胡子春微微一笑，当下出题叫她作文。没想到，此女拿过笔来，低头伏案，思维敏捷，很快就写出一篇 200 多字的文言作文，文采斐然。胡子春一看，既欣悦又惊讶，他情不自禁地将作文收藏起来，奖励此女一个红包。他知道林家是官宦世家、书香门第，家学渊源深厚，读书风气浓郁，此时他才相信：家庭教育实在不可慢作打算，而幸运的是我黄种人之聪明大有可为。

胡子春返抵槟城后，他打开行李箱，偶然翻到林惠亭女儿的作文，又仔细地阅读一遍，当时正值殖民地总督在槟城议设英文女学堂，引发他许多联想。他内心戚戚，认为兴办华文女学堂，尤其迫切。第二年春，设于笠连街林氏花园的"中华女学"，在数百人见证下正式开校，这是槟榔屿开办中华女学之先声……胡子春将中华文化的种子撒播到海外异域……

离开荣禄第时，门前峰峦如波，池塘碧绿，芭蕉流翠，棕榈凝思。

（原刊 2022 年 11 月 6 日《福建日报》"武夷山下"栏目，获福建省委宣传部、省文联主办的"福在八闽"全国征文入围奖）

燕诒楼的意象

——卢嘉锡故里行

那天，走进蕉坑村燕诒楼的时候，时光一下凝固下来，而我的思绪却飘得很远很远……我忽然明白客家人的许多神秘现象，诸如土楼屋顶为何要铸一只白色鸡公，有燕窝的土楼是吉兆。

山峰夹峙，一水萦回，蕉坑村宛若一只狭长的燕窝，蜿蜒安卧于峰峦之下。蕉坑村坐落于福建永定陈东乡的青山碧水之间，是我国原国家领导人之一、著名科学家卢嘉锡的故里。而历尽沧桑的燕诒楼，是卢嘉锡的祖居。

燕诒楼是 3 层方楼，由卢嘉锡的 17 世先祖卢文礼，建造于清朝乾隆年间，至今约有 250 年历史。楼名取自《诗经·大雅》："诒（通'贻'，遗留）厥孙（通'逊'，恭顺）谋，以燕翼子"，意思是："留下那顺应天下的谋略，用来安宁辅佐子孙。"

它坐东朝西，背倚竹木葱茏的山峦，门前是长方形"门坪"，榕树茂密，贞子树荫郁。门坪外有一口鲤鱼形池塘，与楼内两眼清冽的水井和五窟浅浅的水洼，构成"七星伴月"风水景观。鲤鱼池塘又寄寓读书人"鲤鱼跳龙门"。池塘下，是清凌凌的蕉坑溪水，淙淙地流向金丰溪，流向潮汕、香港……溪岸那棵几百年的布惊树见证了燕诒楼的云散雾聚、花落花开。

经过 200 多年传承，燕诒楼后裔达 300 多人，可谓瓜迭延绵，人才辈出。其中卢嘉锡是蜚声中外的科学家、教育家、社会活动家、我国结构化学的奠基人，曾任中国科学院院长、全国人大副委员长、全国政协副主席、中国农工民主党主席等。卢嘉锡 1915 年出生于厦门，1895 年，因愤于清政府割台给日本，其曾祖父卢振基携家迁居厦门。父亲卢东启生于台湾台南，在家塾"留种园"授徒。卢嘉锡随父读书，勤奋聪颖，15 岁考入厦门大学化学系学习。1937 年，他师从伦敦大学著名化学家萨格登从事放射性研究，早年设计的"Lp 因子倒数图"，载入国际 X 射线晶体学手册，称为"卢氏图"。后来，他进入美国加州理工学院，师从两度获诺贝尔奖的鲍林教授从事结构化学研究，发表系列论文，成为结构化学的经典文献。他参加军事科学燃烧与爆炸研究，获美国"科学研究与发展成就奖"。1945 年冬，他怀抱"科学救国"的热情回国，指导福建物质结构研究所在原子簇化学、新晶体材料科学研究，在国际上占有一席之地，先后获聘欧洲多国外籍院士、第三世界科学院副院长等。

卢嘉锡的祖籍地在哪里？成为众多学者关注的话题。有人认为是在台湾，有浙江、辽宁、河北、河南等卢氏宗亲去信与他探讨他的族源，并邀请他寻访，但均遭卢老婉拒、否认，因为他听父亲说过祖籍在福建永定，但具体在哪个乡镇、村落，他无暇深究，家族中亦未讨论过。

楼主卢廷棉、卢廷有兄弟拿出一张老照片给我看，这是摄于 1959 年的燕诒楼照片，只见墙体厚实，石脚高砌，木窗黑瓦，墙面斑驳，一如客家人的质朴率真、粗犷豪爽。楼前横亘马路、小溪、石桥，楼侧有翠绿的菜园、层叠的稻田。可惜，1996 年"八·八洪灾"将燕诒楼冲毁了一半。为了留住这一份珍贵的历史遗产，现在政府支持下着手重修燕诒楼。

走入燕诒楼，淡淡的阳光从高高的屋角瓦棱间飘下来，轻轻落在天井小草上，像一个时光的谜语。大厅里的观音，仍然静默地护佑着燕诒楼。3 层楼里的褐色木柱、楼梯、廊道，宛若历史老人沉默的表情，天井里的小黄花诉说着生命的秘密。卢廷棉站在门厅，指着东北角的四间房，说："那就是卢嘉锡上祖贵亨公的房产，文礼公4个儿子荣（亨）、华、富、贵，各房有4间楼房。贵亨公的长子洁斋公（卢嘉锡的高祖），童年跟随叔父迁往台湾台南赤嵌开基……"

卢嘉锡祖籍地确认在蕉坑村，还有一段曲折的故事：福建物质结构研究所研究员卢绍芳是卢嘉锡的堂侄女，她的爷爷卢文启是卢嘉锡的胞叔。她从小在卢老身边长大，卢老对她疼爱有加，情同父女，卢老曾手抄王之涣《登鹳雀楼》一诗，赠给卢绍芳伉俪。出于一个学者对族源的严谨，2006年她去信永定县残联，请求核实"蕉坑燕诒楼是否还在"等几个关键问题。其时，卢嘉锡已经去世多年。当卢绍芳听到燕诒楼还在，而且燕诒楼宗亲给她来电说：他们还有燕诒楼支系、旅缅侨胞卢绍庭于1974年编写的《卢氏族谱》，卢绍芳更是喜出望外，要求马上核对，结果世系记述完全一致，一些细节惊人相同。比如，卢绍庭编写的《卢氏族谱》记载："台湾被日本占据后，心启迁移厦门任大同中学校长。（卢心启是卢嘉锡父亲卢东启最小的胞弟）1925年时，朝瑞兄路经厦门，曾往会见一次。心启送朝瑞兄一件棉衣……"

原来，卢绍芳在整理爷爷卢文启的遗物时，经常看见爷爷落款处题"燕诒后人"，对此印象深刻。她发现爷爷留下一本1938年手书的《留种园卢氏谱略》，上面明确记载："台湾开基始祖十九世考洁斋公讳泰，贵亨公长子，世籍福建永定蕉坑燕诒楼，幼随叔父亮亨公客游台湾，家于台南府之县口街。以居近衙署，从习刑幕，审核狱讼，多所平反，有欧阳崇公之风。子孙科第蝉联不绝，皆其积善成德有以庇赖之也……"

为了"一慰先祖之愿，二使后人有正确的族系归属"，第二年春暖花开，卢绍芳再次去信永定县政协请求再核实卢老的祖籍地。政协领导非常重视，组织文史专家实地调查考证，核对族谱，确认卢嘉锡的祖籍地就是永定陈东乡蕉坑村。燕诒楼真是科第蝉联，据《留种园卢氏谱略》载：19世洁斋公开基台湾赤嵌，从习刑幕（判官）；20世拔贡卢振基，创立"留种园"（留下读书种之义），后携眷定居厦门，任宁德县儒学司训（教育局局长），封牌"明经进士卢""儒学正堂卢"，留存燕诒楼；21世卢宗烈，举人，曾在燕诒楼立"贡元"（福建贡生第一名）、"文魁"牌匾；卢宗煌，贡生，台湾云林县教谕（教育局局长）；22世卢文启、东启兄弟秀才；卢嘉锡是燕诒楼卢氏23世。

卢绍庭编写的《卢氏族谱》记载："利忠公，号洁斋，讳泰，贵亨公之子，年十二龄时离家往漳州，转泉州，复往台湾赤嵌开基。祖姚陈孺人，生四子：振辉、振鸿、振基、振斯。公生于乾隆乙巳年……葬在台湾郡出北门大穆降部郡廿里。其三子振基，拔贡，至廿一代宗烈，号笃人，为举人，廿二代文启、心启兄弟秀才。笃人曾回村谒祖，竖桅，并在原居燕诒楼上贡元及文魁两牌匾，蛟塘祠亦上了文魁、贡元两牌匾。广圣庙上'英灵千古'一牌……"

"文革"时期，燕诒楼及蛟塘祠的"文魁""贡元"牌匾、石桅杆均遭到毁坏，只有那两块封牌"明经进士"（拔贡）、"儒学正堂"（司训）至今仍放在燕诒楼上，褐色的梨木，阳刻的字体，摸摸它，似乎仍有历史的余温。

站在燕诒楼门口眺望，对面峰峦叠嶂，形如笔架。卢嘉锡家族认祖归宗的往事如蕉坑溪水潺潺流淌：2006年12月28日，卢嘉锡院士铜像落成仪式在中科院福建物质结构研究所举行，蕉坑燕诒楼亲房受邀参加，卢嘉锡长女卢葛覃、堂侄女卢绍芳与蕉坑亲人见面。2007年12月，卢嘉锡堂弟、90高龄的卢万金率亲属回蕉坑燕诒楼寻根谒祖，多位老人抚摸着魂牵梦萦的燕诒楼土楼，血浓于水，激动得泪流满面……2014年陈东"四月八"民俗节，卢嘉锡长子卢嵩岳一行回到蕉坑祭祖归宗，第二年卢绍芳坐着轮椅回到燕诒楼，商议重修燕诒楼……

回望燕诒楼，在我眼里，它渐渐幻化为一只小小的燕窝，以燕翼子的燕窝。燕子，燕窝，在中华文化中，一个多么特别而隽永的符号。

（原刊2019年10月5日香港《文汇报》）

拍摄那些事

"月光光，秀才郎；才郎背，种韭菜；韭菜盲开花，摘来走
公爹……"

一群客家小朋友稚声稚气的《月光光》童谣飘来。我静静坐
在电视机前，收看中央电视台纪录频道播出的《过台湾》第六集
"西学东渐"。《过台湾》拍摄历时 8 年，三入宝岛，跨越 9 省，
采访专家逾三千。随后，出现我讲述胡焯猷清朝过台湾开垦淡北
的镜头时，内心还是泛起了阵阵涟漪……

这只是我当语文教师外，义务传承根文化的一个片段。

几十年来，我把研究、发掘、传播家乡侨台文化，帮助侨胞
寻根，当作义不容辞的职责。我接受国内外电视节目的采访、拍
摄有 20 多次，其中印象最深刻的有 3 次。

2008 年的一天，我突然收到海峡卫视《海峡名祠》栏目编导
李青的电子邮件，说准备拍摄中川胡氏家庙，她恰巧进了我的博
客，想请教几个问题：1. 虎豹别墅内胡文虎先生的资料有哪些？
2. 胡一川先生的故居还在吗？……

我对她提出的问题做了回复，并说愿意为拍摄提供一切帮
助。5 月 12 日下午，海峡卫视摄制组来了。我赶到中川胡氏家
庙，看见他们 7 人在用高高的机器摇臂拍家庙。编导李青将拍摄
的"脚本"让我过目补充。我对脚本提出了几个细节方面的修改
意见，一直拍到天黑。

第二天我取消午休，赶紧补充拍摄素材。下午全程陪同拍摄了胡氏家庙、虎豹别墅、胡文虎读书的花学堂。接着，李青忽然要我找侨育中学的一个班级拍摄学生读书的镜头，因为胡文虎曾有过在全国捐建"千所学校，百座医院"的慈善壮举，而侨育中学就是他创办的学校之一。我们赶回侨育中学，找到高一（8）班，物理老师停下课，马上叫学生背起岳飞的名词《满江红》："怒发冲冠，凭栏处，潇潇雨歇。抬望眼，仰天长啸，壮怀激烈……"音调铿锵悦耳，节奏整齐雄放。摄像师神色冷峻地摇拉着镜头……拍完，我们赶紧坐车返回中川村，乘夕阳落山之前，登上虎豹塔拍摄中川古村落全景。

　　14日上午，李青安排在"中川故事馆"采访我。我虽然不是第一次面对镜头，但当银白的镁光灯打在我脸上时，仍然有一丝紧张……拍摄结束，洪导递给我劳务费，我马上塞回说："要钱，我就不下来了。"

　　李青回福州后，打电话叫我补拍"辞母创业""虎标良药"等照片，我赶紧回虎豹别墅补拍发给她。我想：胡文虎先生还要关爱世界各地的穷人，我为故乡做点力所能及的事不是应该的吗？8月20日晚上，《家国大爱——中川胡氏》开播，宏大的特写镜头与浓郁的历史气氛，带给我新奇震撼的感觉，心里涌动着一种说不出的愉悦。

　　但是，并不是每次的拍摄体验都是相同的。我想起了那年中央电视台《探索·发现》栏目的拍摄故事。

　　那是春天的一个上午。央视《土楼探秘》摄制组进入虎豹别墅采访现场。摄像师叫我坐在靠背椅上，反复调试了几次位置，魏导就坐在我的斜对角。我移了下位置，魏导说：别动。魏导又站起来，捋了捋我两侧不熨帖的发丝。

　　魏导对重视孩子教育的故事非常有兴趣，叫我讲述胡文虎送11岁的胡玉香回中川村读书的故事。可是这时候的电压非常不稳定，灯光忽暗忽明，一闪一闪的。拍摄停了下来。中间又停停录录了几次。

采访结束，我收拾资料，中指不小心被玻璃板削了一下，起初没感觉，后来出了不少血，隐隐痛起来。魏导发现了，很着急问："哪里割的？"我说："没事。"魏导冲大伙说："要好好宣传一下胡老师啊。"第二天，魏导又打电话询问："胡老师，你的手怎样？"我说："魏导，真的没事。"我眼眶里忽然有一种温热的东西。

2009年暑假的一天，我收到观看5集纪录片《土楼探秘》的短信。我连续看完全部节目，一下愣住了：我所有的镜头都被删除了，心里空落落的……

时光流转。一晃到了2017年，我第一次接受马来西亚电视台"籍宝乡"摄制组的采访。《籍宝乡》是一档讲述华侨华人祖籍地文化的节目，马来西亚电视台类似中国的央视。

那天，化着淡妆的主持人，妩媚动人。在中川文化馆的廊道上，我与她边走边谈，摄像师在旁边跟拍。"停，重走一遍！"因为我们停在西洋文物展室门口的角度不对，摄像师第三遍叫停了。主持人温柔地笑。

摄像师抱歉说：老师，还要辛苦一下！我虽内心忐忑紧张，嘴上却说：没关系，我是一时的，你们却是天天辛苦。终于过了。来到中厅名人展厅，当我准备解说"中川八大名人"受到三朝最高领导者会见情景时，又被摄像叫停了，原来我的脚步没有踩到设计的位置。再试一遍，摄像说：脚步不够自然。哈哈，好在我已久经镜头，脸上没显羞赧之色……

拍完。我问主持人姓名。她微笑道：我叫杨于羲，"木易杨"，王羲之的"羲"，我是80后。我笑了，惊讶不已：她居然懂得晋代的王羲之！再说，马来西亚华人也有用"80后、90后"这词吗？我以前听过"马来西亚华文教育是中国之外最好的"，此言不虚啊！

我想：马来西亚华人一定在祖籍地找到了中华文化灵魂相通

的根脉，找到了祖辈生生不息的乡愁，虽然他们是第三、四代华人。

我通过参加"籍宝乡"的拍摄，深刻地感受到"根"已不是抽象的空洞文字，而我心中的华侨华人也不再是粗浅的文化符号。根，不只是海外华侨华人的眷恋，也是我渐行渐远的乡愁……

（原刊 2021 年 11 月 6 日香港《文汇报》）

承启楼里忆抗疫

武汉爆发新冠疫情以来，让人泪目的暖新闻很多，其中有"骑行女孩"甘如意的动人身影，更有"日本最美女孩"穿旗袍募捐的温暖镜头，也有以色列民众涌向哭墙，吹响哀而不屈羊角号，为中国人民祷告祈福的画面……

人类美好而善良的天性，告诉我们：爱是最好的免疫力。

我联想起胡友义祖居承启楼的故事。胡友义是澳大利亚华侨，他倾资创建中国第一、亚洲最大的钢琴博物馆——鼓浪屿钢琴博物馆，后来又创建了国内唯一、世界最大的鼓浪屿风琴博物馆，并捐给厦门，成为"感动厦门十位人物"之一，受到党和国家领导人的接见。

胡友义先生虽然生长在鼓浪屿，生活在澳大利亚，但异乡海风并没有冲淡他对生命之根——祖籍地福建永定下洋镇中川村的思念。他爷爷胡五宏对他的教育让他刻骨铭心。小时候，他就从爷爷的讲述中知道自己是中川人。2002 年，他在厦门的堂兄胡友胜、胡海鸥陪同下，第一次回到故里中川村。当堂兄胡友韶燃放鞭炮迎接他时，他激动得眼眶都湿润了。他爷爷建造的祖居承启楼坚实高大，可是爷爷却因为抗战等原因竟然没回来住过一晚，父亲胡德开也只回来住过一周。睹楼思人，他百感交集……

他缓慢而行，一边参观房子，一边谛听爷爷的故事：承启楼是典型的"三堂二落式"客家土楼。黑屋瓦，黄土墙，砖廊柱，木楼棚，三厅二门。进入外大门，越过石门坪，石框木门嵌联曰："承天父丰富楼阁创五福，启圣恩美德家园展宏图"，寄寓建楼主人是信奉天主教的胡五宏。这是中川侨村唯一信仰天主教的家庭。两扇木门贴有"圣恩天赐"4字，门槛石当雕刻梅花鹿，楼门上开下方上圆窗棂，具有典型的天主教建筑特征。门厅两侧安设弧形廊门，上书红底蓝字"博爱""和平"。前面砖砌高低错落的中厅，中厅前是大天井，两旁砖砌屏墙，拼出绿色琉璃镂空图案，颇有蕴藉之趣。黛瓦青墙参差错落，雕饰精致。穿过天井，可见上厅堂正面墙上画有鲜红的大"十"字，"仁德博爱"四字呈弧形排列，下面悬挂着建楼主胡五宏及其祖先的遗像。上厅两边墙上贴着许多纪念文章与亲友照片，其中一幅是胡友义的相片，整个上厅弥漫出浓郁的宗教气氛。柱梁斗拱都雕刻古代人物与动物，神情毕肖，栩栩如生。登上二楼，回廊过道、房间都是木构，与楼下的砖石建筑氛围迥异，是座中西合璧的建筑，既有中国文化的韵味，更有西方宗教的弥漫……

胡友义想起了爷爷对他的言传身教，说出了许多鲜为人知的故事："爷爷小时候与胡文虎是同学，在中川村同一私塾读书……爷爷有个'倔'脾气，在家要我们都讲客家话。有一次，我用闽南话与他说话，他理都不理我。从此，我再也不敢不说客家话。现在想来爷爷真是用心良苦，他念念不忘自己的根啊。我为自己是中川人感到荣幸！……"

爷爷胡五宏是中川村的名士，在厦门开"宜生药店"，以乐善好施被载入《中川史志》。据记载：20世纪二三十年代，中川村多次流行"老鼠瘟"。仅1923年，中川村只有近千人，因染上鼠疫，全村死了100多人，成为中川历史上最大的天灾，许多村民远避广东他乡，不敢回村。

著名画家胡一川在回忆录中写道："我父亲去南洋（印尼）不久，大约是1919年（我9岁），中坑村突然发生鼠疫，我的祖母突然病倒了，我的母亲上楼棚，又见到我当伯姆躺在房门口病倒了，我母亲突然感到心发慌也病倒了。我祖母刚病了，我母亲还做许多家务事。家里两个大人都病倒后，一切繁杂事都压在我身上了，我既要看护两个大人的病，请医生买药煮药喂药外，还要到南金堂去担水、煮饭，看管3个弟弟……我母亲发病后就发烧，我除了照样请医生看吃药外，其他一点办法也没有。有一天，我母亲发热从楼上跑下来，走到'石门下'，说要到南洋去找父亲。我知道她发烧说胡话，但她讲出了真情，她是日夜在想念父亲。我用了好些办法才把她劝回到务滋楼楼上休息。我本来是晚上陪她睡，看她发高烧说胡话后，有人劝我把窗子钉上，怕她跳窗去找我父亲，劝我不能陪她睡了，怕出意外。因此，当晚我跑到南金堂聚岸叔房里去睡。

谁知天一亮，就有人告诉我母亲去世了。我没有哭，跑回一看，母亲的右手硬邦邦弯着像抱阿绥古，我想母亲半夜里就过世了。我和其他乡亲费了很长时间才给她换好衣服。我看见绥弟因没奶吃，头弯在脖子上抬不起来，我知道危险，拼命想法送人，但患鼠疫病的孩子都没人敢要。疫病死的，要立即埋不能久留，我那时真是走投无路，伸手无援，因为有许多有条件的人都跑到其他乡村去了。我一个小孩子要管那么多事，真是感到困难重重……可怜母亲死后连一副棺材都没有。我痛心地哭了，感到穷人到处受气。后来村里的五宏因没有孩子，答应要绥弟做他们的儿子收留他，送了一副白色木棺材来。在亲人的帮助下，非常简陋地穿上衣服准备钉棺……埋母亲那天，不但没人送葬，我一个小孩扛一个锄头走在前面，嘴里还要叫人家走开，我不断哭泣，我叫着：母亲啊，你死得太惨了！……"

胡一川先生的记述，讲述了胡五宏施棺，并收养了无人敢要的胡一川弟弟胡以绥。其实，在厦门开药店的胡五宏得知鼠疫消息，拨款买赠了大量药品回村，挽救了许多村民的生命，被载入《中川史志》。

祖父胡五宏收藏古董的爱好熏陶了孙子。1965年，胡友义赴比利时布鲁塞尔皇家音乐学院学习管风琴和钢琴演奏艺术。后迁居澳洲墨尔本，收藏古钢琴孤品、绝品、极品。在他收藏的100多架古钢琴中，有英国皇宫用的象牙琴键的华丽钢琴，有荣获巴黎博览会金奖的"布罗伍德"钢琴，也有美国总统林肯喜爱的"齐克宁"钢琴；有波兰总理帕德列夫斯基弹奏过的"斯坦威"演奏琴；有"镇馆之宝"法国皇帝拿破仑三世特别定制的普莱耶尔钢琴；有"古钢琴之父"克莱门蒂制作的钢琴……他挑选的不仅是百年名琴，更要将它打造成世界上唯一用实物表现钢琴发展史的博物馆。2000年，中国首家鼓浪屿钢琴博物馆在"听涛轩"开馆。厦门经济特区成立20周年那天，中央电视台"新闻30分"现场直播二期新馆开馆盛况。它接待了海内外宾客300多万人次，留言簿已达100多册，有的游客写道："天下名琴尽在鼓浪屿，厦门真了不起！"胡友义捐赠的世界最大的风琴博物馆，"镇馆之宝"巨型管风琴"凯斯文特"造价5500万元，安装与调试历时4年，花去2800万元……

走出承启楼，胡友义又来到石旗林立的胡氏家庙，谒祖寻根。爷爷的爱国爱乡，已经融化在他的灵魂里……

我想：抗疫没有特效药，而爱是最好的免疫力。

（原刊 2019 年 2 月 25 日香港《文汇报》，有删节）

红土记忆

黑发与孔雀毛

参观我国著名画家胡一川故居务滋楼，我思绪翩跹：爱与艺术到底存在着怎样的微妙关系？

务滋楼坐落于著名侨乡福建永定下洋镇中川村。门临流水淙淙的中川溪，前眺峰峦叠翠的马山岗古炮楼，后倚层层叠叠、错落有致的土楼群。楼前围墙斜拢，碓房侍立，石桥飞架，潺潺的中川溪从光滑的门桥下淙淙淌过，逶逶迤迤折向汤子角，淌过金丰溪，流向汀江韩江，汇入碧波淼淼的南海、伶仃洋……精美的花岗石门柱，古朴高雅，圆润蕴藉，楼门上方镶铸着3个蓝色大字"务滋楼"，字体雄浑苍劲。"务本崇功德，滋生进大同"的门联，矫若游龙，剪似猛虎，浑厚粗犷，飘然欲奔，一看便知是胡一川先生的书法真迹。

走入务滋楼，可以感受到这是一幢很典型的侨乡建筑：两层方形小土楼，土木结构，回字造型，简朴玲珑；大黑瓦，小单间，厚泥墙，窄窗棂，花屏风，雕栋梁，木走廊，观音棚……

务滋楼现为"胡一川纪念馆"。徜徉务滋楼，观赏一幅幅风格独特的版画、油画精品，脑海中不断闪现胡一川传奇的人生经历与执着的艺术之路。谁也没有料到胡一川会与鲁迅先生结缘，并最终走向国际画坛……

胡一川，原名胡以撰，1910年出生于务滋楼。1929年他考入杭州国立艺专，师从法国著名油画家克罗多教授以及国画大家潘天寿、李苦禅，并加入一八艺社。1931 年，他的作品参加上海"一八艺社习作展览会"，鲁迅专门写《一八艺社习作展览会小引》刊载于 1931 年 6 月 15 日左联机关报《文艺新闻》，而配图就是胡一川的《征轮》，这是我国见于报刊的最早木刻版画。

1932 年冬，鲁迅到"野风画会"的楼上，给上海美术工作者演讲如何深入生活、提高技巧和革命美术创作的问题，胡一川聆听了演讲，受到很大启发，先后创作了《到前线去》《拾垃圾》等作品，发表在《现代木刻选》。1933 年春，鲁迅参观了"援助东北义勇军木刻展览会"，并且购买了不少胡一川等人标价一二毛钱的木刻作品。

胡一川是左翼美联的发起人之一，在鲁迅直接指导下开展新兴木刻运动，最早用木刻版画来表现劳动人民的生活，受到鲁迅先生的关注。有一次鲁迅询问："胡一川去哪里了？"胡乔木打听后说：他与夏朋一起死在监狱里了。鲁迅先生怅然若失。其实，从事革命活动的夏朋死在牢里，但胡一川经同乡胡文虎先生营救出狱，逃到厦门担任《星光日报》木刻记者，那是 1936 年。

墙壁上，有一张乌黑的头发照片，特别引人注目：这是胡一川随身携带几十年的母亲的头发。胡一川童年丧母，父亲远在印尼，乡邻恐其母引吃奶的幼弟而去，只得叫胡一川用杯子盖住乳头，草草下葬。他 12 岁携弟弟往印尼寻找父亲，并跟从华侨陈承惠老师学画，15 岁回国进入厦门集美师范读书。那年，他与父亲回到中川迁葬母亲，留下了一绺母亲的黑发，作为永久的纪念。

抗战爆发，胡一川带着母亲的黑发，奔赴延安，创作了大量版画作品。1944 年 7 月"中外记者西北参观团"访问延安，英国著名记者斯坦因对胡一川的木刻爱不释手，称赞他"有画画的天才"。1991 年为纪念鲁迅延辰 110 周年暨新兴版画 60 周年，邮电部特发行纪念邮资信封，20 分邮资图案即是胡一川的《到前线去》，胡一川获得中国美协颁发的"新兴版画杰出贡献奖"。2005

年，胡一川的版画《到前线去》被选入普通高中《美术鉴赏》教
材，拥有全国众多读者。

解放后，胡一川历任中央美院书记、广州美院院长等职。他
一直坚持油画探索，《开镣》成为社会主义油画创作奠基性作品，
受到莫斯科美术学院院长格拉西莫夫撰文高度赞赏……其油画
《敦煌莫高窟》荣获"中国首届油画精品大赛·园丁奖"。

胡一川艺术研讨会在广州举行时，美国玛斯金格姆学院美
术系主任孙焱特地赶来参加研讨会。他激动地告诉大家一件事：
"2001 年，我拿到《艺术概论》，发现了一个非常惊奇的事情，里
面介绍了中国艺术家胡一川和他的代表作《到前线去》，这不得
了。这本书是美国、加拿大上千本科大学必修和选修的艺术课
程，是一本对世界美术史上最尖端的艺术大师和经典作品的选用
介绍。胡一川作品被选用在该书第 186 页，与美国 20 世纪最负
盛名的版画家肯特同页介绍，而 187 页选用的是毕加索的《少女
肖像》。我没办法准确统计有多少学生在学这个课，但是你只要
上这个课，你就知道中国有个胡一川。胡一川代表着中国画家，
成为中国唯一入选这部教科书的画家。现在，有的美国师生还专
门跑到广州来研究胡一川。在美国，非西方艺术，要被放在教科
书里论述是非常困难的。如果不是认可他的艺术，根本就是不可
能的……"

2002 年 10 月胡一川画展在美国玛斯金格姆学院隆重举行，
吸引了数百位艺术家、教授学者的目光，佳评如潮。俄亥俄州立
大学朱丽娅教授，在专题讲座《中国的当代美术革命：胡一川
和他的时代》中说："胡一川是我们认识中国当代美术的一个窗
口……"。"胡一川研究会"在该院成立，并举行多次研讨会，收
到 100 多篇论文，其中之一是《论胡一川艺术与凡高艺术之比
较》。当许多油画家停留于写实主义风格的时候，胡一川却在油
画探索中，既掺入了中国版画的艺术元素，又吸收了德国表现主
义、西欧野兽派的表现符号，开创出简朴厚重、写意传神的东方

艺术神韵与中国风格，而这点恰好与西方后现代艺术思潮不谋而合、殊途同归。这正是胡一川艺术能够被西方艺术接受的根本原因。

阳光，从务滋楼天井洒落下来。我突然想起胡一川十几次回到中川，哪儿都不住，只住窄小的务滋楼房间，并随身带着母亲的一绺黑发。墙壁上，那绺母亲黑发右侧，有一张胡一川初恋夏朋的黑白照片。夏朋看去长得很朴实，瓜子脸，黑亮的头发掩住了半边额头，眼神沉静而略带一丝忧虑……晚年的胡一川白发苍苍，蹒跚着跑到杭州烈士公墓，去祭奠夏朋。在夏朋墓地前，沉思凝想，神情悲戚，红了眼圈。以前家人一直不明白，胡一川为什么总是在自己的房门上，插着一支长长的金色孔雀毛。原来，孔雀毛是他当年与夏朋从事革命活动时的暗号，有孔雀毛插在窗口，表示"平安无事"，没有特务在楼道盯梢。孔雀毛又是他俩相互守护的爱情信物。难怪夏朋牺牲后，他也一直带在身边，时常怀念那艰难而美好的时光。

一绺母亲的黑发，一支初恋的孔雀毛，都是爱的信物，都是艺术家的炽烈情怀、人格魅力的窗户。透过它，我们能看到一个艺术大师的内心世界与艺术个性……有意思的是：他临终之前，也叮嘱亲人剪下他的一绺头发，作为纪念。他的骨灰撒在伶仃洋上……

离开务滋楼时，其他似乎都幻化了，但那绺母亲的黑发，那支孔雀毛，却执着地镌刻在我心里。我想：只有对爱执着而痴情的人，才会有对艺术的执着与独出匠心。

（原刊 2020 年 1 月 9 日香港《文汇报》，有删改）

行走韩江源

我还留恋天主教堂那棵百年杧果树时，三河镇的曹立亮部长又将我带到了韩江源，我心里立刻惊呼起来了。

韩江源，韩江的源头，这个令人遐思翩跹的名字，原来就坐落于广东大埔县三河坝。宽阔的江滩出去，两条小木船被缆绳系在分界石上，在江流上荡漾浮动。木舟以下是韩江，广东省第二大水系，从三河坝蜿蜒流向潮州、汕头入海，全长5000多千米，江宽500米。韩江命名出自唐代诗人、潮州刺史韩愈。木舟以上是三江合流：缓缓的梅江、涌动的汀江和碧绿的梅潭河。沙滩细软，秋岚迷蒙，江烟渺茫，木船斑驳。几十级的江堤之上，韩江源客家母亲雕像高高矗立……我登上小船，思绪悠悠，韩江两岸远山如黛，树翠风清。

三河坝是中国历史文化名镇，电影《建国伟业》讲述的"三河坝战役"就发生在这里。其实，它自古是粤东水道要冲，盐运枢纽，兵家必争之地，被史家称为"得此控闽赣，失此失潮汕"。三河古镇历史悠久，人文古迹众多：古屋，古街，古墓，古城墙，古榕渡，古遗址，繁华散尽，痕迹犹存，时光打磨出它的历史风韵。

以前海外华侨写信，直接写中国三河坝某村某人收，就可以收到了。可见，三河坝也是"海上丝绸之路"上的中转站。翻阅《大埔县志》，有这样的描述："舟楫辐辏，贸易者为浮店，星布洲渚。凡鱼盐布帛、谷粟器用，百货悉备。"作为三江交汇、客潮交融的商贸古镇，三河坝素有"小潮州"的美誉。

我的脑海里不断闪过一些历史的碎片：三河放竹排的风俗与我的家乡完全一致。捆扎的竹排高高垒起，2个艄公，1人撑排掌舵，1人后头唱歌打盹，在湍急韩江上漂流一天一夜，到达潮汕出售竹木，换回盐鱼海产品，坐船回家。有的人发了财，在潮汕买店置业……

三河坝是闽粤山区天赐的"水乡"，春夏之交，水患频繁。每当洪水泛滥，商家以船为店，连缀一起，排成江边"浮店"，人来人往，熙熙攘攘，形成非常奇特的"三河市"。

韩江西岸的汇城村，仍保留着明代古城墙，它建于明嘉靖四十二年，城开4门，高墙耸立，墙厚3米，垛堞千朵，斑驳的墙砖浸染着历史的印迹……此前，南宋最后一位小皇帝赵昺曾在此设立行宫，指挥与元抗争。清初设将军府，金庸《鹿鼎记》原型、太子太师、饶平总兵吴六奇驻守。徜徉汇城古村，曹部长告诉我：明、清时期，汇城村有100多个姓氏，形成全国罕见的"百姓村"奇观。我惊讶得张大了嘴。

汇城村的陈氏宗祠是古民居的典型。它建于清康熙三十六年，是一座"二进四横一围"的客家围龙屋。九三学社副主席陈绍明教授就出生在这里。陈氏家族传承客家人诗礼起家的传统，最终铸造出"一门九清华"的传奇故事：他家3代10人，9人均毕业于清华大学，与古代三河"一腹三翰林"相映成趣，合璧生辉。

奇观远不止于此。凤翔山麓，明代兵部尚书（国防部长）翁万达墓，建于1554年，坐西向东，雕塑精美，气势恢宏，形制独特，是客家地区难得一见的古墓。墓园平缓，后坡古榕蓊郁，墓前两侧对称竖立石人、石马、石羊、石豹，栩栩如生，古朴安详。

走出古墓，前方不远处，是全国重点文物中山纪念园。登上几级台阶，牌坊石门赫然入目，上书"中山公园"，是国民党元老胡汉民亲笔。公园宏大，绿草茵茵，棕榈吐翠，两侧华表伫立，碑亭翼然，中间巍然矗立孙中山铜像，西装革履，左手叉腰，右手拄杖，凝神注目，底座刻"天下为公" 4 字，为孙中山笔迹。

背后是西洋风格的"中山纪念堂"，建于 1929 年，是中国最早兴建的中山纪念堂。一楼摆放北伐护法人物蜡像群，再现了当年孙中山亲临三河坝敦促陈炯明援闽护法的情景：中间案桌上摆放煤油灯、茶壶、茶杯。孙中山理平头，穿中山装，上唇蓄小髭，坐在左边交椅，左脚叠放右脚上，左手扶椅，右手伸出两根指头，神情庄重，似乎与陈炯明絮絮而语……随侍胡汉民穿着大褂，亦坐交椅，叠脚，拿笔在本子上记录着。案桌右边的陈炯明，神色肃穆，双脚交叉，双手握拳平放大腿上，好似在凝神谛听。侍立一旁的蒋中正，穿军服，光头，左手握拳抵着下巴，右手拳头抵托左臂，仿佛在思考……

在陈列"国父"孙中山、"国叔"徐统雄的图片资料的展室，有毛泽东 1956 年题字"孙中山先生生平事迹展览会"。

跨过雄伟的朱德大桥，我们来到三河坝战役纪念园，它被列为国家级文保单位。一组慷慨激昂、浴血奋战的"军魂"群雕前，"没有三河坝战役，就没有井冈山会师"几个红标扑入眼帘。朱德亲笔题写的"八一起义军三河坝战役烈士纪念碑"，在秋阳下熠熠生辉。三河坝战役纪念馆人流如潮，一幅幅珍贵图片，一件件实物，向人们讲述三河坝战役的故事。

笔枝尾山上，松林苍翠，战壕逶迤，战士趴伏，让人想起 92 年前三天三夜的激战：3000 多起义军面对 2 万多敌军的鏖战，蔡晴川全营官兵壮烈牺牲。朱德在与上级失去联系、面临全军覆灭危境下，主动撤退，保留革命火种……朱德鼓励士兵说："我们失利了，但只要有信心，最终一定会胜利！"朱德反思了三河坝战役：攻打大城市的战略是错误的。它成为探索中国革命从城市到农村、从正规战到游击战转变的重要转折点，在建军史上写下浓墨重彩的一笔。从此，朱德的炯炯目光投向"到农村去"的道路……

"望三水回环滚滚波涛疑战鼓，伫笔峰远眺层层峦峰似丰碑。"俯瞰韩江源，历史烽烟早已散尽，天空云淡，三江合流，韩江静谧安澜。

（原刊 2019 年 11 月 9 日香港《文汇报》，有删改）

永不凋落的古亭

　　故乡是侨乡，侨乡多古亭。山隘口，圯桥边，村道上，码头岸，一座座古亭散落土楼村寨、金丰溪畔……如柳，如伞，如碑，如书。是乡思，是缅怀，抑或感恩，景仰？说不清、道不明，但每座耸峙的古亭，都是一首乡愁的诗。

　　古亭依稀。从永定大溪的清风亭，到广东茶阳码头的相思亭；从怀乡亭、思乡亭、念亲亭，到五婆亭、慈母亭、念慈亭……一座座古亭名称不同，造型各异，或庑殿屋顶，或琉璃黑瓦，或重檐错落，或翘角飞脊，如凤翼凌空，若伞花缀开，镶以花窗，绘以古画，髹以彩漆，饰以栏杆，垂以福鱼，雕以藻井，圆柱回廊，石桌茶桶，衬以青山绿柳，映以碧水残月，有的古朴静穆，有的秀逸俏拔，有的雄浑凝重，有的端丽大方……

　　但是，它们有一个共同的名字叫"乡愁亭"。难道不是吗？

　　古亭如柳丝，缠绵缱绻。清代乾隆年间的清风亭，仍孤寂地矗立于山坳路口，几百年风雨沧桑的斑驳，翰林巫宜福的题联，仿佛在诉说几多人生凄婉与悲怆。丈夫要下南洋了啊，妻子送了一程又一程，叮嘱又叮嘱，清风亭里留步辞别，望着丈夫渐渐远逝的背影，妻子哼起客家山歌："阿哥出门往南洋，两人情分爱久长，家中父母我孝顺，一切事情妹担当……"歌声渺茫而幽远，哀婉而萧疏。妻子眼神空茫，暗自啜泣。漫漫长夜，又想起那首客家歌谣："送郎走哩转屋下，踏入间门正知差；对哩衣衫看哩看，泪汁双双到颏下。"有的母亲要将儿子一直送到茶阳水路码头的相思亭，儿子从这里登般去汕头、香港，转道新加坡、马来亚、缅甸、泰国、印尼……清风亭、相思亭，逐渐成为侨胞心中思念故乡的符号，也成为家乡亲人盼望游子归来的眼眸。多少华侨徘徊清风亭下，踯躅相思亭边，怀想先贤往事，心潮起伏，眼噙泪花……

古亭如雨伞，贮满关爱。古朴的怀乡亭，是华侨萦怀家乡兴建的古亭，宛若一把凉伞，静静伫立在山坡上。碑记里大伯的名字，是我怀想大伯的一个意境。我抚摸着它，想起大伯兄弟情深、相依为命的许多故事，不知怎的，一种液体盈满了眼眶……大伯旅羁缅甸瓦城，盘了间中药铺，但像众多华侨一样并没有发达。父亲病逝前，大伯还寄了 800 元，缅甸汇率极低，那要花去大伯多少家产啊！……家乡几乎都是侨属，在困难时期，哪家没得到过华侨骨肉亲情的关爱呢？古亭如伞，何止遮风挡雨，一把把伞连成爱的驿站，就像给每段困窘人生，伸出一双双温暖的手。

我任教的侨育中学校园里，峙立着 4 座古亭：书亭、甫开亭、文虎亭、贯三亭。它们是魂牵梦萦的家乡的象征，是思乡念亲的"乡愁亭"。但是，又不只是思乡怀人的"乡愁亭"，是家乡父老另一种方式的"乡愁"。

古亭似碑，每一座都镌刻着感恩。精致玲珑的书亭，如一朵玫瑰花，开放在古木参天的风水林下。琉璃瓦顶之间，阳光如水，照亮了嵌墙上打开的一本书。它是香港黄春秋昆仲感恩母校培育的礼物。而甫开亭呢？却是家乡父老感恩创办人胡甫开而兴建的。这座歇山攒尖顶的纪念亭，是古亭中的艺术精品：重檐错落有致，八对翘角如凤翥翔，门额悬挂艺术大师胡一川题匾。胡甫开，毕业于厦门集美师范，年仅 26 岁，先后创办中川小学与侨育中学。一次，乘木舲前往越南筹募经费，遭到美机误炸，为桑梓教育献给了年轻的生命……

古亭似书，翻阅它，博爱的故事在书页间跳动。进入胡仙纪念其父的文虎公园，只见硕大的山石，迂回的曲桥，蜿蜒的石道，茵茵的草坡，俏拔的凤葵，依依的垂柳，潋滟的湖水，倒映着文虎亭的倩影……俊逸潇洒的题匾"文虎亭"，在红色琉璃瓦下闪烁。底层纪念室，安放着胡文虎先生的半身铜像，像座铭刻传略：他是侨育中学的首任董事长，在南洋发起"百万劝募基金"，创建了这所著名侨校，并多次保护它得以生存下来。登上2层旋梯，坐在石椅栏上，温柔的阳光飘落下来，雕刻在那块栏板上的一只猛虎，文静而安详。万金油，星系报，爱国侨领，国际慈善家，一幕幕伟大而曲折的传奇，在我脑海影片般闪回……古亭无言，时光无语。紫荆花开了，紫红的花瓣轻轻飘落湖面，空气中弥散着淡淡的馨香……

贯三亭外表素雅，并不起眼，唯一特殊的，它是学生自发捐资为王校长兴建的纪念亭。王贯三是谁？他是浙江嘉兴人，李叔同的门生，茅盾的秘书，八一起义浙江唯一代表。著名作家茅盾写的《夏夜一点钟》的开头一句是："我和宋少爷在开往武汉的轮船上里焦急地等待王三……"，其中宋少爷就是宋云彬，王三就是王贯三：瘦高个，理平头，上唇一撮黑胡子，文弱书生模样……

他受知己邱长庆之托，来到侨中担任8年校长，对侨中文化产生了巨大影响。他被记住的是一些细节：学生患了疥疮，他每天傍晚带学生去洗温泉，给学生搽上自制膏药。学生江城营养不良，一天突然晕倒在地，他叫夫人熬了3天稀饭，配上炒黑豆，送至床前说："多吃黑豆补血。"江城拭泪。有学生想溜到校外偷吃手工面，出门恰遇王校长，撒谎说："上街买信纸，给家里写信。"王校长说："我有。"把他们带到办公室，发给信封信纸。写好后，王校长贴上邮票，把学生带到校信箱前投寄。从此，学生再无违纪……

他也珍视上级奖给他个人的锦旗，但孩子3年没钱买布做衣服了，夫人悄悄将一面锦旗改成小女儿的外裤，"王贯三"几个字，恰巧还穿在小孩的屁股上，被人发现传为笑谈。他笑得很苦涩。但是，当广东省主席罗卓英派人抬轿来到侨中，请他去担任广东省教育厅长，他却婉辞了富贵。弥留之际，他留下遗愿：将骨灰安葬侨中后山，要看着侨中发展繁荣……

兴建贯三亭，捐钱最多的是印尼学生江震球。他与来印尼的校友见面时，说到王校长就抱头痛哭："没有王校长，我们哪有今天呀！"贯三亭碑记镌刻着邱长庆的绝句："临危受命酬知己，泽满闽山粤水头，终生执教堪苦乐，堪称杏坛老黄牛。"秋天深了，贯三亭旁的桂花，悄无声息地飘在草丛上……

是的，乡愁是双向的。它既是海外游子怀乡思亲的情愫，也是家乡父老知恩报恩的情怀。它们都通过兴建古亭的方式，让朴素而炽热的感情找到了一种归宿，在时光中凝固而永恒。

曾经寻访永丰亭，忽然瞅见白墙上新加坡吴九英女士的《慈恩颂》："多少慈爱牵挂，送走岁月年华；多少忧虑牵挂，染白他的头发；眼泪为我串串落下，慈恩像永恒不谢的花；在这世界有谁最伟大——就是我的爸妈。"

我喉头哽咽，心泛涟漪：我们是否曾丢失那二个最不该丢失的字？谁能说"慈恩"不是心中永不凋落的古亭呢？

（原刊 2018 年 11 月 13 日香港《文汇报》）

冬天榕树的情怀

　　冬天来了，我校的榕树，有一种神奇的特性：它的树叶不在秋天时悄然飘落，也不在冬天时枯黄凋零，反倒在冬天蓊蓊郁郁地翠绿着。而等到春天淡黄色的嫩叶长出时，它才大片大片簌簌掉落，几乎在几天之间，细长的嫩叶就长满了虬曲纵横的枝干，满树凝碧流翠、赏心悦目。

　　这样，南国的榕树，一年四季都是葳蕤碧绿的，每片叶子都在奉献它的绿色。

　　我特别赞赏榕树这种冬绿春落的品格，它让南国冬季没有北方萧瑟孤凄的景象，具备一种悲天悯人的情怀，活脱脱是教育者的意境。

　　此刻，他静静地躺在龙岩一院的病房里，瘦骨嶙峋，形似"植物人"，一双黑亮的眼睛似乎在回忆什么。在瘦小的脸容映衬下，呼吸机的氧气罩显得有些宽大。

　　床头洁白的墙上，绿底白字写着床号：52 号。左边，贤淑的妻子用左手抚摸着他的头，眼神温柔而忧伤；右侧，头发花白的妈妈慈爱地望着他，一根白发不知不觉掉落地上……

　　这天，新上任的戴清贵校长，在校工会主席黄接辉等人的陪同下，第三次来看望数学老师曾庆奖老师了。曾老师是永定侨育中学的一位数学老师，因为脑主干突然溢血，送医手术抢救，至今 1 年多了，仍然昏迷未醒……

瞅着病床上的曾老师，戴校长脸色凝重，心里像有一块石头坠着。黄主席眼圈红了，别过脸去。忽然，曾妈妈轻声地对儿子呢喃："奖啊，戴校长、黄主席来看你了，大家都这样关心你啊，你听到了吗？你要早点醒过来啊！"说着说着，曾妈妈忧伤的心弦被触动了，热血上涌，嘴唇颤抖，嘤嘤地哭了出来。妻子在一旁默默地流泪……

　　这时，曾老师的身体有了微妙的反应：他的双脚在微微颤动，眼珠在转动，眼泪从眼角里慢慢地溢了出来……

　　突然，曾妈妈在戴校长面前跪了下来，戴校长、黄主席慌忙将老人拉了起来。她要以跪的方式，来表达对戴校长关怀部下的敬意啊！戴校长注视着老人，哽咽地说："您老人家辛苦了，您家属有什么困难，尽管提出来，我们帮您尽力解决！……"话未说完，戴校长已眼里起雾。黄主席抿着嘴唇，眼眶潮湿。

　　他们怜惜地看了曾老师一眼，想起了一些往事：曾老师教高中数学，还义务参加本地的"国学班"授课。有一次，曾老师欣喜地告诉朋友：一位跷着二郎腿玩游戏的小学生，向来对母亲的呼喊不理不睬，经过国学班孝道的培训，变得非常孝敬母亲，母亲都感动得哭了；另一位娇生惯养的学员，经过几里路的长途拉练，将很喜欢吃的零食藏在口袋里，忍着不吃，到达目的地后掏出零食献给了父亲，父亲抱着孩子心潮荡漾……曾老师打算继续在课余义务传承国学，让更多顽皮的孩子走上正轨，成为孝敬父母、健康阳光的孩子。

　　曾老师当班主任很特别。其他班主任将自己的照片挂在班级门口，而曾老师叫班里的一位美术特长生，画他本人的像挂在班门口。大家跑去看，都笑了，因为实在画得不像。曾老师也笑了，说：画像比本人漂亮！其实，大家心里都清楚：他想通过这种独特的方式，激励特长生，激励全班同学。班里每个学生的才华，老师都能看见……

　　校园的榕树林枝繁叶茂，树根蜿蜒苍劲。戴校长又带着黄接辉主席、曾宪楼副校长去看望退休的老师了。有的老教师吸着氧，有的坐着轮椅上，有的瘫痪几年没下过楼，有的患病在医院，他们看到新校长来了，激动得嘴唇颤抖，流下了泪水。他们退休几十年了，对单位、同事怀有深厚的感情。

坐在去县城的小车上，黄主席的脑海闪过一幅幅画面：当工会主席20多年来，酸甜苦辣一起涌上心头。为患病老师送捐款，为老师去世的父母祭奠……一桩桩，一件件，记不清了，几百个老师的学校啊。他自己患有糖尿病，有一次他自己注射完胰岛素，拖着疲惫的身体，多次转车，奔往省城福州，去探望患尿毒症的陈老师。有时，有人劝他不要去孝场（笔者注：办丧事的场地），犯冲啊！他说：慰问家属是工会的职责，我不迷信，做人善良有爱才是最大的风水。戴校长听后眼眶红了，说："以后哪位老师的父母去世，我都会去吊唁！"

车到县城老校长的家门口，90岁的老校长颤巍巍迎出来。他拄着手杖，说："我离开侨育中学近40年了，没想到新领导还来看望我。"老校长拿出一本《一九八四届福建省高考质检成绩花名册》。戴校长激动地接过来，一边翻阅一边说："这就是教育者的大情怀啊！"黄主席接过了一看，兴奋地笑了起来：恰巧，黄主席是八四届的学生，他果然看到了自己当年的质检成绩，排到全校第十五名。戴校长向老校长汇报校情，说："侨中是爱国侨领、万金油大王胡文虎先生筹资创办的重点侨校。我们重视学生成才，但更注重学生成人，即人格的培养，立德铸魂为先……"听说戴校长是"福建省名校长"，老校长眼眸闪烁，殷殷叮嘱要办好习近平总书记曾亲临考察调研的侨中。

德在何处？魂在哪里？瞧瞧冬天的榕树吧，每一片绿叶都在发光，都在悲悯，都在消减冬季的萧索与寒意。它不在乎春天锦上添花，却在意冬天寒中送绿。悲悯小者，扶济弱者，是冬天榕树的情怀，也是教育的灵魂与格调。

（原刊2021年11月13日香港《文汇报》）

石上盘龙遐思

　　粤东大埔恋墩村，我一直猜不透这个村名的含义。蜿蜒的小靖河从村中穿过。印象最深的是恋墩小学门口，有一棵几百年的"石上盘龙"大榕树。

　　南方多榕，福建尤多，而客家地区植榕成风。水口边，道路旁，校园里，一株株榕树葳蕤成林，蓊蓊郁郁，恍若北方的槐树，大多饱经风霜，髯须飘飘，化为树精，被系上红绸带，砌个神龛，当作客家的神灵供奉。

　　但是，这棵"石上盘龙"，裸露着硕大的根须，曲茎虬枝，绿叶葱茏，包裹着一块粗粝的巨石，生长得泼泼辣辣，如一头昂首吼天的大象。

　　这种形象确实罕见，人们赞叹榕树顽强的生命力，而我却好奇它是怎样长在一棵巨石上的？不知怎的，我想到了大埔农运的发源地"太宁"。

　　那天，我跟着朋友达福的父亲，沿着小溪涧三弯九转，走入恋墩自然村塔坑，这个只有300多人、以编织"水缸灯"闻名的小山村，居然是太宁乡苏维埃政府驻地、闽西南军政委员会交通站。

　　石门坳古驿道，是清代连接粤闽两省的官道，青石漫漶，逶迤起伏，荒草丛生，杂树掩映，两座凉亭均已倾圮，断壁残垣如失散的记忆。当年，交通员就是来往于这条古道，为红军游击队传递情报……至今，曹俊铭老人还保留着其父亲曹定贤参加游击队时写的日记，读着读着，远逝的气息在四周弥漫，鲜活的人物在神经细胞中浮现。

恋墩村排楼坝，是古代闽粤两省商旅的必经之地，古街狭小悠长，店铺林立，行人如织、繁华喧闹，仍然活在耄耋老人的回忆之中。

我小时常从叔婆的讲古中，想象排楼坝的历史踪影。我的家乡中川村人多地少，清末民初有200多位挑妇盘桓于下洋到大埔的崎岖山道上，靠赚起微薄的工钱，维持一家生计，他们有不少人曾在排楼坝店铺里住宿。

著名画家胡一川先生曾在"回忆录"中写道：当我送父亲到大埔，看到大埔因涨大水，水淹到2楼或3楼，家家有船，当水浸大街，用船代脚。店铺房子都很高，我就想外国的高房子也就是那么样，感到什么都很神秘和新鲜有趣。

看到大埔靠沙滩上的许多走潮州汕头的船，都令我神往。当父亲搬行李上船时，我立即变卦哭着要跟父亲到南洋去，不愿回中坑。父亲和乡亲怎样劝我都没用，闹得不可开交时，他们就把我抬起来送回大埔石和行才罢收。

我垂头丧气地和其他送人的子弟到角莲塘过夜。回到家里，还看到母亲哭肿的脸，心情一直平静不下来，感到老天爷对穷人太不慈悲了……

角莲塘距离排楼坝不过咫尺，可以想象当年的历史细节。当年的时钟一定走得很慢很慢，像远方邮递的书信；当年的阳光一定是微凉的，有一种时光悠然的淳美。

小靖河澄澈柔婉，溪光潋滟。跨过"九渡木桥"，一座客家围龙屋"义训堂"赫然在目。它是大埔"太宁暴动"的指挥机关。当年，就是饶龙光、饶炳寰、饶寿田、张高友等一批知识分子，为了配合南昌起义部队南下广东，暴动而起，攻占茶阳。

"义训堂"是楼名，意思是"大义的垂训"——道义的留传教育。楼名是楼主精神追求的一个文化符号。取名"义训堂"，表明楼主非常看重对子孙后代进行道义传承、教育。义训堂的五房先祖分别取名"恭、宽、信、敏、惠"，出自《论语·阳货》：子张问仁于孔子。孔子曰："能行五者于天下为仁矣。"请问之。曰："恭、宽、信、敏、惠。恭则不侮，宽则得众，信则人任焉，敏则有功，惠则足以使人。"

可见，义训堂五房先祖的命名，是非常有文化底蕴的，他们借用孔子所称的 5 种美德来命名，寄寓了长辈对后辈为人处世的期望，也是对传统文化的一种传承、象征与弘扬……

大埔素有"张半县饶半城"之说，大埔饶氏在古代科甲连第，如明、清两朝各有 1 对"父子进士"涌现出来。全国重点文物"父子进士"牌坊，至今仍巍峨矗立于大埔中学的门口。

义训堂，结构精巧，白墙灰瓦，错落有致，像精致的彩虹，如半圆的明月，镶嵌在平缓的太宁大地上。义训堂已开辟为大埔农运历史陈列馆，楼内一帧帧照片、一间间旧址、一条条标语、一张张文字，都昭示着"大埔农运从这里走来"的故事。

我曾经非常困惑，一个深受儒家传统文化影响的家族，为什么会有 35 人从事政治活动？原来，在五四新文化运动前后，他们的前辈饶百我在香港担任家庭教师期间，经常将《新青年》等书籍，带回义训堂供子侄们阅读，播下了革命的星星之火。其情形，正如福州书香门第、林氏家族的林觉民，毅然决然写下绝笔《与妻书》，追随黄兴等革命党人，参加广州起义，成为"黄花岗七十二烈士"。楼坪上，朱德赠枪 150 支给太宁农军的雕塑，凝固了那段风云激荡的岁月……太宁李屋"闽粤赣边省委机关旧址"，似乎还飘荡着方方、李碧山（越南人）浓重的乡音。

千年古镇茶阳，是大埔老县城，海上丝绸之路的起点之一。3 条江河穿城而过，让这座小山城与潮汕、香港、东南亚联结起来，成为与海外最早交流的县城之一，也是中央红色交通线的一个中转站。

茶阳镇万川路73号，1座3层砖木结构瓦房，迎来了南昌起义部队。斑驳的外墙上，一颗写有"公安"2字的红星熠熠生辉，这是人民公安的第一代警徽。

90多年前的秋天，空气中弥漫着浓烈的硝烟。起义军冲进大埔监狱，释放了被关押的军事干部李卓寰。中共前委在此设立大埔县工农革命政府公安局，李卓寰被任命为公安局局长。

这座瓦房，天井两侧有长长的回廊，后厅堂两边是狭长的牢房，灰色的高墙光溜溜的，直到2楼棚枋。前后墙壁，开有3个正方形小窗；有隐约的亮光映入，后面的底窗，是上锁的木窗，与大路相通。如果囚犯病死，打开木窗，从后窗传出送走……

有意思的是：这座墙上残留许多字迹模糊标语的楼房，清代曾是天后宫，清末民初转为警察局，然后像撕开黑夜的闪电划过，成为中国红色政权首个公安局。虽然仅存在短短的15天，却填补了中国人民公安史的空白，在历史苍穹里成为一颗星星。如今，它是大埔县工农革命政府公安局历史陈列馆，供游客参观，供人们沉思……

瓦房的前面，小靖河从上桥关缓缓流过。王绍沪老师说，古代这里有一个码头，潮汕运上来的咸蚬，掉落河里，泥里生长，已经变成了淡蚬了。

恋墩小学那棵"石上盘龙"大榕树，宛若不老的阳光，在空中纷繁。无论历史如何坚硬如石，榕树扎根于厚实的土壤，最终盘住岩石，枝繁叶茂、向阳而生……

（原刊2022年9月17日香港《文汇报》）

阿耕叔

读懂一座楼，一人就够了。

这次，阿耕叔的房前庭院被评为福建省"最美庭院"，他坐在一棵紫红的映山红树下，品茗聊天，言笑如花。翠绿的美丽针葵、缤纷的五色茶花、高大的树葡萄，簇拥在他的身后……

几十年来，他研究振成楼的每处建筑"细胞"，挖掘振成楼的每个"秘密"，每一次讲解都有惊喜的发现，宛若破解土楼设置的"文化密码"。

他是福建土楼中最亮的"明星"，接待过中外政要、专家学者、歌星影星等几百位。他走进央视《东方时空》《走遍中国》《远方的家》等众多栏目，红遍大江南北；那年春节央视公益广告"筷子篇"滚动播放，阿耕叔的形象更是中外轰动，家喻户晓。

振成楼，于1912年由其父亲辈集资兴建，设计巧妙，形似官帽，中西合璧，名联警句镌刻众多，成为精美高贵的"土楼王子"。这座按"八卦结构"布局的二环圆楼，外土内洋，采光透亮，天井宽阔。外围是贡朴天然的土楼，中厅却是典雅堂皇的罗马式大石柱与斜面屋顶、花纹藻饰，雪白的墙面上书写着"言法行则，善根福果""从亲人品恭能寿，自古文章正乃奇"等心灵读本，让游客流连忘返，品味不已。有一则石柱联曰："振作哪有闲时，少时壮时老年时，时时须努力；成名原非易事，家事国事天下事，事事要关心"，让人惊叹楼主非同凡响的大视野大境界。

前厅门楣上，石刻着总统褒奖林在亭的"里党观型"。阿耕叔说，这是他曾祖父的故事：1923 年，二伯父林鸿超当选为众议院议员。说林在亭的父母早逝，便与弟弟林在明相依为命。可是，弟弟去台湾途经厦门，禁不住诱惑，吸食鸦片，被拘押到永安。林在亭听闻，痛心顿足，赶到永安赎弟，认为弟弟之错是自己管教不严，恳求代弟坐牢。从此立下家规：凡吸毒子孙一律逐出家门。总统听后，感动不已，题字称赞他是乡里学习的楷模。

阿耕叔的父亲林鸿辉是福建省参议员，曾任闽侯等五县县长，复办永定一中，民国政府颁赠奖匾"仁心为质"。父亲吃饭时告诉他要怎么坐，怎么用筷子，饭粒要捡起吃，吃东西要先让长辈，无论走到哪里都不能忘记自己的根……父亲用毛笔写了"天地君亲师"5 个大字贴在他的卧室，成为座右铭。

可是，父亲从此厄运连连，被逐出振成楼，阿耕叔也受到奚落，遭尽白眼，只能简单结婚。多年以后，父亲病逝，阿耕叔每到父亲坟前，总会想起懊悔一生的事，痛哭流涕。原来，父亲重病，叮嘱他漳州打工回家时，带点漳州柑回来。他答应了。春节前回到家，父亲问："回来了，漳州柑有买吗？"阿耕叔心里一愣，答道："漳州柑很贵，没买，下次买吧。"父亲无语。看着父亲凄迷的目光，他内疚心痛：不该听工友劝说，买橘子不如买猪肉。不料，春节后父亲病逝，他再也没有尽孝心的机会了……

后来，阿耕叔重新搬回振成楼生活。有一天，美国哈佛大学建筑设计师克劳得参观考察振成楼，住了两天，拍摄了数十卷胶卷，听了阿耕叔的讲解，惊叹道："啊，客家土楼，别具一格的杰作！"

不久，振成楼迎来了一批批日本游客，他们从美国杂志上知道了永定土楼。法国留学生安娜一行数人参观完振成楼，急于赶回龙岩，阿耕叔顾不上吃午饭，立即带他们抄小路赶到班车停靠站，他铭记着父亲的家训"来者就是客"。游客惊奇的目光、惊讶的赞叹成为他研究振成楼的素材。他虽然学历不高，却悟性惊人，不断更新自己的讲解词，让游客惊喜不断。他发现木楼梯转角放煤油灯座，有的是尖尖的三角形，有的是圆形。他说这是最早的指示牌，尖的表示还可以上楼，圆的表示到顶了……

有一对法国夫妇来振成楼住宿，阿耕叔为他们提供了有沙发、电视、席梦思的房间，他们摇头说要"古老的床"。他打开一个房间，里面有一张脱漆的旧式床。法国人看后又摇头说："垫的不要棉被、毯子。你们最早垫什么？"阿耕叔说："稻草，可是现在没人用稻草了，只有草席。"法国人笑了："好好好，就要草席！"阿耕叔愣住了。他们乐滋滋地把草席铺好，抬头望见电灯，又摇头，说："要一盏煤油灯。"阿耕叔把忽闪忽闪的煤油灯，送入漆黑的房间时，他们开怀地笑了。原来，他们是来土楼体验昔日生活的，拒绝灯红酒绿的都市喧嚣，追求自然淳静的乡村生活，是他们的休闲需求……

国际旅游学会主席莫里森考察永定土楼后，赞叹说："20年前看到永定土楼的图片，就一直向往来土楼看看……土楼，对中国来说是非常特别的地方，是福建旅游最让人难忘的地方。因为土楼有一个很不可思议的结构，而且充满了客家文化。我相信，福建土楼可以成为继长城和兵马俑之后的第三个中国标志。"莫里森魁梧壮实，表情里写满了对振成楼的惊讶，阿耕叔还记得为他讲解时的情景……

30多年前，我与阿耕叔相识。后来，两人常在一起开永定政协会，他给我讲述的振成楼故事至今记忆犹新。每次见面，他总关切地问我胃病好了没有。他出版第二本书，嘱我写序，我俩成为忘年之交。我知道他能荣获福建省首批"十佳金牌讲解员"不是浪得虚名，他每根白发都凝结着自己独特的思考。

有一天，他来电说："胡老师，电视台要我讲述客家美食，你说我怎么讲比较好？"我内心油然升起对他的敬佩。他的目光所及，不断发掘着振成楼的含金量。我建议说："您可以着重讲客家美食的'纯、香、咸、意'4个字啊……"

　　振成楼塑造了阿耕叔，阿耕叔守护了振成楼。阿耕叔与振成楼在映山红衬托下，很美。

（原刊 2022 年香港《文汇报》）

传承

　　阿德是土楼营造技艺传承人徐松生师傅收的最后一个徒弟了。

　　那是 20 世纪 80 年代的事。那时，时兴大建土楼。阿德原是泥水师傅，他想跟着徐师傅学夯墙，做一个夯墙大师傅。

　　徐师傅是营造土楼的第四代传人，功夫扎实，活儿很火。阿德拜徐师傅时，已经不太讲究烦琐的拜师礼仪了。春节时，阿德给徐师傅送去了一只大鸡臂，请师傅吃了一餐饭，就算是举行过拜师仪式了。

　　阿德没有想到 20 世纪 90 年代初，在上川村建最后一座圆楼后，土楼兴建就停止了，大家纷纷搬出大土楼，各自兴建钢筋水泥房子了。

　　建土楼时，徐师傅是很严格的，目光是鸡蛋里挑骨头的那种。有一次，夯土墙，阿德没有严格按"梅花点杵法""三春四走唇"夯筑，即先在墙中间下杵，这样使墙枋不会移动；再在墙枋边沿各下一杵，又在其二者间下一杵，最后在墙枋边沿加春一次。夯点层叠相压，先疏后密，使泥土均匀结实。结果被徐师傅批评了，阿德脸上红一阵白一阵，讪讪的。那晚，徐师傅请阿德去吃个饭，阿德心里更是觉得惭愧。徐师傅语气并不尖利，只是轻轻地说一声：春墙建房，人命关天，不可随便啊。徐师傅给阿德和另一个徒弟各挟了一个菜。阿德的头低了下去，徐师傅的话刻在他的心肌上了。

这几年，阿德的拜师转到了维修土楼上。有一天，阿德去大溪坑头村维修广源楼，徐师傅悄悄地去看。

广源楼是1座3层方楼。石门两侧，石灰墙皮有些脱落，裸露出斑驳的黄墙石脚……楼前一口鲤鱼形池塘，一丛夏荷大多已经枯萎，只剩几片荷叶葱绿。楼左侧长坪放着一堆木料。边上五六棵棕榈树长得蓊蓊郁郁。进入楼内，天井里扔下的旧木椽子、砖头瓦砾，一片零乱。角落的石臼，厨房门壁悬挂的陈旧衣物，七零八落。天井有1只瓦罐，种了1棵桂花树，还没有开花，叶子蒙着一层细细的灰，似乎抵抗着时光的荒漠……2楼蜂厢里，有几只蜜蜂飞进飞出……

徐师傅喊一声，阿德在屋瓦上应了。徐师傅脱去外衣，先在2楼屋檐上帮助钉板，换瓦。不久，他脱去衬衣，穿着短袖运动衣，攀着梯子上了屋顶。听见他喊：阿德，这个沟槽为什么这样盖呢？……他给阿德示范，指点。阿德不怎么说话，默默地看他叠瓦。"椽子要与桁条平啊，这样斜度大，下大雨出水快，才不会滞水倒灌……"他的语气有点急，脸色涨红。

不久，小工叫喝茶。徐师傅递根烟给阿德，又问：椽子为什么这么钉啊？阿德迟疑一下，说：是我外请了一个师傅，现在他们都这样钉的。徐师傅眼神飘移出去，脸色微红，道："自己请的，自己就要把关好，自己的名声啊。"阿德默然，吸口烟，望着地板。

徐师傅告诉阿德一个故事：几十年前，下洋供电所租新街的一座老楼，发现一到下大雨，就有雨水从屋瓦上漏下来，房间里只得用脸盆来盛水。请了泥水师傅翻捡了几次，仍然漏雨。供电所曾所长请徐师傅去看。他一看，明白了，重新翻修，想它漏雨都不会漏了。曾所长很感激，将供电所的水泥工程都交给他去做。

原来，漏雨的原因是椽子没有埋入桁条中，瓦沟的斜度小，出水缓，造成瓦槽的蓄水溯回倒灌，从瓦缝间漫溢，漏下房间来……

又有一次，阿德一伙去维修月流村的圆楼。徐师傅抽空去看，他站在2楼环形走廊上，凝望对面黛黑屋瓦，阿德正铺瓦抹灰。雪白的檐口与洁白的挡水板，织成两条皓皎的环线不断延伸开去，特别惹眼。"阿德，你下来一下。"徐师傅柔声地向对面喊了一句。声音在空旷的天井上空清晰回响。黛青色的屋顶上有一条若隐若现的白线发亮。

屋瓦上有师傅在走动，像黑白片时代的影像。有位师傅踩着梯子一步步走向屋檐口，传递灰沙。"阿德，你下来一下。"松生叔又冲屋顶喊了一声，声调沉稳而柔和。对面终于传来了渺渺的回音。

不一会儿，穿着迷彩服的阿德来了，朴实口讷的样子。松生叔柔声说：你那瓦檐线会好看吗？阿德嗫嚅道：怎么不好？阿德想了片刻，说：不够直吗？徐师傅眺望对面，说：对啊，这样铺怎么能看呢？阿德站立着，没有说话。徐师傅穿过木廊道，爬上梯子，走上屋顶，脱了皮鞋，慢慢挪到屋檐边……他60多岁了，身体还硬朗，但动作看上去有些缓慢。他戴着草帽，光着脚丫，拿着灰匙，铺瓦，抹灰……阿德坐在他后面，抽烟，递瓦，凝望。

徐师傅轻声道：有些事要认真。认真也是一种善良，善良上天自会给福报。阿德一听，点点头，微笑起来……

（原刊 2022 年 12 月 17 日香港《文汇报》）

修楼记

　　这天下午。阳光很温暖很柔媚。沐在爽朗纯净的阳光里，圆圆的东风楼散出一种情人般发光的气息。

　　12月3日恰逢周末。初冬的空气清冽到爆表。我陪同国家级土楼营造技艺传承人徐松生大师去重修东风楼。

　　刚到月流村江屋村口，望见公路旁伫立着一块大石碑，漆着大红字："江屋土楼"。知名导演、摇滚诗人江小鱼的题字，俊逸灵动。

　　江屋是矗立山坡上的自然村落，小巧而静谧。暑假来的时候，眺望对面，山峦耸峙，波峰淡远。坐在东风楼门厅的长条凳上，品茗闲坐，凉风阵阵吹拂，那个静，那个爽，那个闲，让人心想在此出世隐居的感觉。有个广东的散客突然闯了进来，转悠了一圈，问：这个楼可以租住吗？茶客微笑：先喝茶……

　　松生叔载着我，转过几个小缓坡，江屋的小石桥小土楼闪现出来。

　　东风楼是3层圆楼，黄墙黑瓦。石门圆拱，门当骈列。门楣上方刷着"毛主席万岁"，联曰"听毛主席的话，读毛主席的书"。有些字已然淡漠，历史沧桑的痕迹，倏地溢了出来。这座楼是松生叔的父亲夯筑的。这年松生叔刚刚出生。

　　巧合的是松生叔后来成为东风楼人的女婿，还兴建了东风楼门坪下的一座土楼。

东风楼圆形天井很大，散落着一些凹凸不平的青冈碎石。里面只有两户人家居住，显得寥廓冷清。五六个泥水师傅或蹲或站在黑棱棱的屋瓦之上，在湛蓝的天空映衬下，显得更加瘦小。他们是松生叔的徒弟，正在翻换桷条，重新铺瓦。据说，这次翻修26间房，约要6万元，由各家捐出。

松生叔站在2楼环形走廊上，凝望对面黛黑屋瓦，小徐师傅正铺瓦抹灰。雪白的檐口与洁白的挡水板，织成两条皓皎的环线不断延伸开去，特别惹眼。

"小安，你下来一下。"松生叔柔声地向对面喊了一句。声音在空旷的天井上空清晰回响。我愣了一下。黛青色的屋顶上也有一条若隐若现的白线发亮。

屋瓦上有师傅在走动，像黑白片时代的影像。有位师傅踩着梯子一步步走向屋檐口，传递灰沙。"小安，你下来一下。"松生叔又冲屋顶喊了一声，声调沉稳而柔和。对面终于传来了渺渺的回音。

不一会儿，穿着迷彩服的小安来了，朴实口讷的样子。松生叔柔声说：你那瓦檐线会好看吗？小安嗫嚅道：怎么不好？小安想了片刻，说：不够直吗？松生眺望对面，说：对啊，这样铺怎么能看呢？小安站立着，静默的，没有说话。

松生叔穿过木廊道，爬上梯子，走上屋顶，脱了皮鞋，慢慢挪到屋檐边……60多岁了，身体还硬朗，但动作看上去有些缓慢。他戴着草帽，光着脚丫，叼着香烟，拿着灰匙，在"次檐板"上铺瓦，抹灰……小安坐在他的后面，抽烟，递瓦，凝望。一位阿姨刚从田间回来，我问：哪间是江小鱼的房间？阿姨瞅我一眼，说：嗯，我60多岁了。我又问一句。阿姨说：我没养猪。我心里咯噔一下。这时，屋顶上的一位师傅说：靠近大门口的那间就是。我望一眼师傅，模模糊糊地印在空中。

后山有一条拾级而上的石路，周围有层层叠叠的菜地与梯田。两只小葫芦正趴在菜园里。遥望东风楼，它被翠绿的青山揽着，宛如一朵盛开的野花。

左侧，一座仿琉璃青瓦的房子，正是我同事江文东老师翻盖的房子。

半小时后，松生叔从屋顶上走下来了。他邀我们去伱小舅子家喝茶。我们讨论如何来保护人去楼空、倾圮坍塌的土楼？保护祖先留给我们的文化遗产？我们都唉声叹气：很难，现在人心不古，都想自由。

要离开东风楼时，我看见楼门廊道放有一副墙枋。这是一副夯筑圆楼的墙枋，与方楼墙枋有点差异。松生叔给我演示了杵墙过程。

松生叔说：我们在此合影吧。这时，松生叔瞅见他的岳母，他拉着岳母合照了一张。

楼内的人羡慕楼外的自由。楼外的人仰慕楼内的亲情，我敬慕东风楼人保存文化记忆的见识。

没有人再建土楼了。崩塌一座土楼，就是坍塌几代人的魂，修缮保护土楼就是传承人的价值所在。

（原刊 2023 年 2 月 25 日香港《文汇报》）

家住土楼

昨晚做梦，我梦见了我的土楼奋跃堂，梦见了我的小伙伴。

奋跃堂坐落在中川村胡氏家庙南侧，是一座看去很普通的方楼，但它是我村几座最古老的土楼之一，几百年的历史，三堂屋结构，卧虎的形状。小时候，我很好奇它为什么要建成这种形状？后来，听长辈说它是讲究风水的。

奋跃堂厅堂里供奉着福德公王、观音神像。中厅屏风上方悬挂一块清代匾额"温恭令望"。大楼门是木制的，门楣上用甲骨文雕刻"诗""礼"2字，像两朵缩放的花；左右还雕刻"鹿衔仙草"木版画，栩栩若出。

奋跃堂住有100多人，每天都像小学校一样热闹，有许多童年趣事。其中一件是斗鳑鲏。

"猪头"是我的小伙伴中最争强好胜的人。"猪头"是花名（外号），是谁给他安的名字呢？忘了。大概是他得过腮腺炎，脸肿得像猪头，就荣幸地获得了这个花名。

鳑鲏是我们客家山区稻田、河塘、小溪里常见的小鱼儿，我从小喜欢养鳑鲏。我把鳑鲏养在玻璃瓶里，放几丝青青的水草，给它喂蚊子苍蝇，养得全身透红，鳍尾艳丽，看着它浮上水面吃虫冒泡，心里有一种很爽的愉悦。

鳑鲏不是好养的鱼，有时吃饭粒多了，营养不良，它的颜色灰白暗淡，而瓶里的水变得浑浊，鳑鲏很容易生病，全身发胀而死。我曾从外地带回两条鳉鲅装在酒瓶里养。这两条鳉鲅很奇怪，只吃肉丝，不吃饭粒。有一条没几星期就死了，我猜想是小酒瓶空间太窄，心理素质差的那条无法容忍监狱似的生活。另一条给它换了个圆圆的鱼缸，活动空间大了，看上去它游得很惬意很优游。我不时给它换清水、喂肉丝，可是这一条鳉鲅还没几个月也死了，不知是不是孤独寂寥而死的？

斗鳉鲅是小伙伴们最爱玩的游戏之一。我和猪头都养了十几瓶的鳉鲅，摆在自己的菜厨上。养了一段时间，小伙伴们就提议来比赛。

我兴奋地回家挑了一条最雄健的鳉鲅，猪头也选了一条最雄放的。

我们先把两个装鳉鲅的瓶子紧贴着摆在一起，看看它俩有没有决斗的欲望。果然，这两条鳉鲅对视了一会儿，火气冲天。一条鱼转了一圈，气得盯住对方摇头摆尾，恨不能穿过玻璃瓶过去决斗；另一条也是隔瓶欲咬对方，气得冲上水面冒泡消气，一会儿沉下来，斜睨对方，曲身发威，张开鲜红的尾鳍；那一条鳉鲅望见更恼怒了，睥睨着，不断转圈想冲过去一决高下；它缩身展势，全身突然红得发亮，尾鳍如扇抖开，从上落下，一张一翕，较劲比势。经过几个回合的展鳍比拼，两条鳉鲅被对方激怒了，它们不断转圈寻找出路，恨不能决一雌雄。

伙伴们看着它们全身抖动、亮鳍比威，一只比一只凶悍的情势，发出"哇——哇——"的惊叫，个个笑逐颜开，如同观看五彩缤纷的焰火在空中绽放一样，惊得嘴都合不拢了。

大家都迫不及待地怂恿猪头和我快点将鳉鲅合瓶相斗。猪头笑嘻嘻的，说："你比鳉鲅还雄！不然，你跳进去比！"大伙笑起来。猪头将瓶水倒掉一半，我也将瓶水倒掉一半。猪头瓜起我的鳉鲅瓶，就要往自己的瓶里倒，我一把摁住自己的瓶口，说："不，你的鳉鲅倒过来。"我俩拉拉扯扯了一番。

最后，猪头的鳉鲅倒进了我的水瓶里，说："我的鳉鲅会怕你?"仇人相见，分外眼红。两条鳉鲅同处一瓶，对视一会儿，立刻曲身摆尾，头尾相驳，张开鲜艳夺目的尾鳍，从上往下抖动身躯，仿佛要让对手知道我是最牛的一样。

忽然，一条鳉鲅"嗦"地啄了对方一口，另一条鳉鲅"嗦"地反咬一口。搏击的声音响亮而清脆。突然，两条鳉鲅升上水面，又拼着劲展开旗一样的尾巴，往下沉去。"嗦"的一声，它们嘴巴咬在一起，用力地扭着尾巴。倏地，瓶里不断传出"嗦""嗦"的搏斗声。你来我往，一声紧过一声……

小伙伴们盯着瓶子，哇哇地叫起来。我与猪头瞪大了眼，神情高度紧张。我看呆了眼，高声叫道："哇，咬得好！"

猪头脸红了又青，青了又红，尖叫道："噢哇！咬掉了一块皮！"

旁边的小伙伴们比我们还紧张，惊呼："唉呀！"猪头一望，脸唰地青紫了起来。只见他的鳉鲅腮边被咬去了一块皮，灰着脸沉到瓶底去了。我的鳉鲅得意地升上水面冒了个泡，沉下水去，追着。斗输的鳉鲅慌张地摆头躲着，低着头在瓶底寻找出路……

猪头满脸失神落魄的样子，吼道："不比了！"

我笑了笑，说："输了就发穷恨！"伙伴们哈哈笑。猪头从脸盆里捏起斗输的鳉鲅，看着白晃晃的伤口，越想越不是滋味，突然"啪"地摔在地上。一只母鸡伸长脖子，眨眨眼，飞过去，一啄，跑了。"喇叭"讥笑道："鸡别噎死了！"大家又嘻嘻嘻哈哈笑起来。

猪头突然火了，一拍桌子道："叛徒，要你说什么！"喇叭红了脸。原来，喇叭以前一直是猪头的跟屁虫，现在却成了我的"粉丝"。猪头心里窝火，就说喇叭是"叛徒"。这次斗鳉鲅，小伙伴不欢而散……

从此以后，猪头看见我，就瞪我一眼，绕道而走。原来，猪头早就对我有意见了。上次他与我斗"迷迷子"，很想赢我，却又输了，心里就窝着火哇。

"迷迷子",是用算盘子和插芯做的玩具,类似于北方的陀螺。

比赛时,伙伴们喊一声"转",比赛开始了:它在桌子上一旋转起来,先溜溜地绕圈,雾一样看不清,然后立稳一点,迷迷地转;转了一会儿,速度减弱,身子左右摇摆,忽高忽低地转;忽然身子越来越大,越来越慢,好像一个人转圈转晕了。慢慢地倒了……

猪头喊声:"哇!我赢了!"他高举着双手,蹦起来,好像得了奥运会冠军似的。什么人啊?我的脸一沉,有点恼,嗫嚅着说:"假风神(笔者注:假威风之意)!再来!"

猪头笑得眼角起皱纹,梗着脖子,说:"我就风神!再来就再来!怕你?"

一二三,转,雾一样飘转……"哇,我赢了!"我尖叫起来,眼睛眯成一条缝。

猪头对我直翻白眼,道:"假风神!再来!不赢你有鬼!"

我撇撇嘴,笑了笑,说:"假风神就假风神!要你才会风神?再来就再来!让你输得拉肚子!"在一旁观看的小伙伴们,哄地笑起来。最后,5局中,我胜了3局,猪头脸涨得紫红,转过身去,哇地哭了出来……小伙伴们全吓傻了,谁能想到心肠硬邦邦的猪头,也有柔软的时候呢?

猪头输了,当然不甘心,他又与我展开了"抢水"大战。

奋跃堂有一口村里最深的古井,十几米深,井壁黝黑苍滑,凹凸起伏,奇怪的是:它是"咸水井",井水有淡淡的咸味。这还不算,井水很小,浅浅的,不够一楼人吃用。而且井栏很矮,约一本书的高度。有时,在井边啄菜叶的鸡,觅食的鸭子,走着跩着就卟噜一声掉落井里,吓破胆的鸡大多淹死了,会浮水的鸭也丢了魂……

全楼人经常为没水发愁,为"抢水"斗智斗勇。我10岁时,要挑全家9口人的用水,每天要挑十几担。抢水就是一种竞赛。

猪头比我小两岁，可是他个子高高的，腿高手长，胆子也大。每次抢抽井水，他总是双脚站在井唇上，双手大幅度地左抽右拉，双肩一高一低地摇动，宛如跳摇摆舞似的，整个井口被占去了一大半，使我无法施展灵巧的手脚。

我不得不缩着身子，提高抽水的速度。我手法娴熟，放井桶的速度相当迅速，哧溜哧溜放绳。羊头一看势风不好，放桶绳时竟不要过程，干脆左手抓紧绳头，右手将井桶往井底一扔，嗦，哐，嗍，井桶撞上凸起的壁沿后，直接砸到水面，发出嘣嗙的响声……

我无法与猪头比体力，我就与他"斗智"。凌晨时分，万籁俱静，井水盈盈汪汪。我肩挑水桶，蹑手蹑脚地来到井边，果然没人，内心既欣喜又紧张。等我手忙脚不乱挑满了一大缸水，天色朦胧发亮。猪头才睡眼惺忪，打着哈欠，提着水桶来了。他把井桶落到井底才突然感到自己要去外楼挑水了，一脸的沮丧。第二天凌晨，我突然看见有个模模糊糊的人影在呼哧呼哧地拼命抽水，原来他起得比我更早，水都被抽空了，猪头隐隐地笑了。可是第三天以后，他就败下阵来。我每天半夜里起床，去挑水，挑完水再回房间眯上一会儿。猪头嗜睡，半夜三更正睡得香哩……

有一次，我与猪头的两条长桶绳，在甩动井桶时像麻花一样缠绕起来，怎么也甩不开了。两人一笑，停了下来，只好交换桶绳慢慢地拉开……从此，我与猪头又有说有笑起来。

（原刊 2021 年第 6 期河南《金色少年》）

文化的温度

　　文化是有温度的，但需要有当年孔子周游列国时对"道"的沉勇坚守。

　　校园是塑造灵魂的地方，灵魂的铸造要有文化修养的燃烧。

　　遇见钟伟东校长，我隐约看见了文化的一缕亮光。有一次，感恩教育演讲会要开始了，主讲人王亮看见他捡起路上的饮料瓶，小心翼翼地塞进了垃圾筒。王亮心里一热，盯了他许久。钟校长瞅王亮一眼，有点羞赧地说："不要讲这事啊。"

　　王亮没听他的，报告中间还是讲了这事："刚才有个老师，将同学们随手扔掉的饮料瓶拾进了垃圾箱。请同学们闭上眼睛想一想，给你两分钟，回忆老师点点滴滴的爱……可是你是否不领情不感恩，或在课堂上呼呼大睡，或边听歌边玩手机，或边吃零食边扔垃圾……而老师却俯下身子给你捡垃圾……"讲到动情处，王亮自己哭了。其实，现在还有几个人能躬下身子拾垃圾？而钟校长却经常做这看似鸡毛蒜皮之事。

　　他对文化深怀敬畏。文化是什么？文化就是改变一个人灵魂的东西啊，是一个人的气质、修养、品位啊。他说，镜片后的眸子眨了下，眼神突然定格于一种境界，白皙俊逸的脸弥散出温暖的光。上任才半年，他做了一件认为很重要的事，请人在教工例会上做《文化漫谈》的讲座，全场鸦雀无声，教师内心最柔软的东西被拨动了。会后几位老师感叹道：真精彩！侨育中学以后确实要多开这样的讲座。他温和地笑了，眼睛眯成一线。

学校穷，愁钱，但听说土楼文学院要挂牌、开文学座谈会，他立马说：好事呀，能不能拿到侨育中学来开，侨中承办？我心里忐忑：只怕增加学校的负担？他一脸沉稳：嗨，该出的要出！花点钱做文学事，值！

文化素养是伪装不了的，一个不经意的细节就显露人的品位了。细节变成习惯，习惯铸成文化。有个别老师，上课趿拖鞋。在会上，他的话很婉转却锐利："说实话，我自己穿着不讲究光鲜，但我从来注重仪表干净整洁，决不邋遢，我们是为人师表的老师呀！"他批评现在的学生边走边吃鸭爪，是"优雅尽失"。第一次接触他的人，对他印象深刻：除了觉得他英俊帅气、风度翩翩外，他的温和儒雅、爽朗幽默，也是一种文化魅力。

曾经，有位县领导与他交谈一番，不知不觉受到感染，笑容可掬道："我太喜欢你了！"有一天，一位老教师突然收到钟校长的短信："祝胡老师生日快乐！永远幸福、安康！"这位老师感动极了，回了感谢短信，对妻子说：我教书30年了，从来没有过过生日，没想到钟校长却以这样特别的方式给我祝福生日！话刚说完，学校工会主席黄崚辉老师打来电话，说钟校长要过来坐坐。不一会儿，只见钟校长带着曾宪楼副校长、黄接辉主席来到老教师房间，唠起家常，句他表达生日祝福，赠送生日礼物。老教师心里暖烘烘的，希望这份真情能变成校园文化，恩泽每一位教职工……

文化是有温度的，有温度的文化充满人性，温暖人心，收获馈赠。86届高中校友捐建温泉项目，侨中成为闽西唯一师生共享温泉福利的特色学校；印尼侨胞个人捐资150万元兴建塑胶跑道，侨中成为闽西唯一有高档跑道的农村中学；侨中荣获福建省文明学校称号；熊文才荣获龙岩市片断教学地理学科第一名；葛乾铭、曾淑华荣获福建省青少年科技创新大赛·卢嘉锡专项奖……

其实，这些说起来并不太重要。重要的是：我们是否生活在有文化的校园里。我们是否变得更加文明更有修养。我们是否与有涵养的领导、同事为邻，和谐相处，互帮互爱，每天有个快乐的心情，感受到文化品位熏染的幸福与惬意。得此何求？

（原刊 2012 年 5 月 22 日《闽西日报》、2023 年 4 月 1 日香港《文汇报》，有删改）

奇妙有趣的客家土楼

姿态万方的土楼，如天上降落的飞碟，似地上冒出的蘑菇，被誉为"东方古城堡""世界建筑奇葩"。我喜欢旅游，体验丰富多彩的民俗与文化。我也喜欢用文字记录所见所闻。我常常利用假日住进土楼，亲身感受了原生态的客家文化，而且发现了客家土楼许多奇妙有趣的现象。

找不着房间的"土楼王"

我刚住进"土楼王"承启楼 3 楼的时候，曾为找不到自己的房间而烦恼。

承启楼是一座圆形的"迷宫"。它从明代崇祯年间（1628 年）破土动工，到清代康熙四十八年（1709 年）竣工，经历了三代人的努力奋斗，终于建成这座巨大的"家族之城"，鼎盛时期住过800 多人，像一座热闹的小学校，被称为"福建土楼王"。一首顺口溜这样描述它："楼四层，环四圈，上上下下四百间；楼中楼，圈套圈，历尽沧桑三百年。"它的图案被制成中国民居邮票，模型被陈列在台湾的小人匡与深圳的锦绣中华。它以厚重粗犷的建筑风格和巧妙端丽的造型艺术，融入青山绿野之中，让无数游客叹为观止。

说它是一座"迷宫"，是因为它由 4 个圆楼叠套而成，又是

"八卦结构"，廊道巷道交织，走入楼内转圈圈，犹如走入道道迷宫。我住在最外圈，高16.4米，它有4层：一层是灶房，二层为粮仓；三四层是卧室。各层都有内向挑出的环形廊道，与四道楼梯相通。

起初，我为什么会找不到自己的房间呢？因为它每层设有72个房间，每间房门并没有特别的标记，在环形廊道里绕来绕去，方向感特别混乱。设想一下，有72个面目相似的双胞胎美女环成一大圈，你能辨认哪个是你的朋友？在房东的帮助下，我才找回自己的住间。后来，我灵光一闪，从树上摘了一片绿叶插在门扣上，才没有再迷失房间。

那么，楼内居民又是如何轻车熟路找到住间的？我很疑惑。房东一听，笑了。她告诉我神秘的方法：上了楼梯来到楼层，先往右手（或左手）走，数到第几根廊柱，再看门上的对联就能确定了。天！我住的房间对联已经脱落了。想根据中厅堂的方位，来确认房间位置也挺难的，因为长长的廊道有几百米。据说，土生土长的小孩也会走错房间，刚嫁入楼内的新媳妇挑水走过了自家厨房是常事。许多人一辈子还识不清楼内的所有亲房。你们说有趣吗？

能自动灭火的"土楼王子"

坐落在土楼民俗文化村的振成楼，也是八卦结构的二环圆楼。它以建筑精美、中西合璧、内涵丰厚蜚声中外，有"土楼王子"的美誉。

土楼最怕失火。一旦失火，灭火不及，全楼就会化为灰烬。1929年，振成楼曾因"打土豪"被放火烧掉二卦，但大火最终自行熄灭，并没有殃及全楼。它自动灭火的奥秘在哪里呢？原来，振成楼卦与卦之间巧妙地设计有防火砖墙，一卦失火，不会烧向另一卦。更有趣的是：三四层木地板上，都铺有一层青砖，不仅防潮隔音，而且大火烧到三四楼时，沉重的青砖一起往下掉落，具有自动扑灭大火的作用。

中午，在振成楼转悠，看见家家户户都在煮饭炒菜，可是却不见缕缕炊烟飘出，这是怎么回事呢？看我满脸的好奇与疑惑，一位大婶揭开了答案：原来，振成楼的排烟窗与众不同，它不是安设在后墙外，而是在夯墙时预设在每个厨房的墙中间直上4楼瓦顶，从瓦面分散透出……这种设计不仅更加美观，而且减轻了对低层环境的污染以及对人的危害。

振成楼的"火"很神奇，它的"水"也很奇怪：楼内东西两侧设计有两口水井，就是八卦图中的"阴阳"二极，代表"日月"。令人惊奇的是：阴阳二井，相距仅30米远，水温却不同：阴井的温度比阳井的水温高1℃。这是什么原因造成的呢？据科学家考证：这是因为阴井比阳井挖得深，水层更厚，水量更大。这样，阴井不仅更靠近地核，而且散热更慢，造成水温高了1度。土楼的排水沟一般都设计成弯曲的形状，因为客家人讲究"风水"。在客家人心目中，"水"象征"财"，留住"水"代表留住"财"。但怎么来保证排水沟不淤塞呢？他们在暗沟的两头放上"铁笊"，暗沟里放养一只乌龟来疏通水道。可是，你在振成楼却看不见"铁笊"，却会发现地面上有二环标记的东西，这是什么呢？原来，振成楼的排水沟独出心裁地设计成直的，在中段还设计有二环标记的活动石块，石块下挖有1米多深的沉沙池，可以沉淀污物。你说，它的设计是不是更科学呢？

能"抗震回音"的环极楼

处于南溪土楼沟的环极楼，是建于清康熙年间的三环大圆寨。导游向我讲述了这样的故事：1918年2月13日，永定发生7级大地震，附近田里的泥浆水喷起几丈高，楼顶的砖瓦几乎全被震落了。环极楼正门上方第三四层厚墙被震裂，裂口近20厘米，長近 3 米。可是地震过后，裂口竟奇迹般地慢慢合拢，仅留下一条细长的裂痕，而整个楼体安然无恙、巍然屹立。

其实，圆土楼都有很强的抗震功能。这是什么原因呢？专家解释说，泥水师傅夯筑土楼时，在有一定黏性的层层墙土里，都要放上杉树枝、竹片作墙骨牵拉，分层交错夯筑，在墙体交叉处还要用木构件铆固。这就好比现代建筑在水泥上铸上钢筋一样，具有很强的牵拉力。再加土墙下厚上薄以及木柱梁檩相勾连，整座圆楼就形成强大的向心力；如同一圈圈欹斜着身子站队的人，有一股看不见的倾斜力冲向中心点。

在环极楼的中心点上，用力跺脚或放声呼唤，可以听到十分明显的回声，宛如北京天坛的回音壁。而一旦离开了中心点，回声立刻消失，堪称永定土楼一绝。

为什么只有在环极楼才有"回声"出现呢？回声是声波在传播过程中，碰到大的反射面（如建筑物墙壁等）折返回来的声现象。环极楼是一座比较标准的圆楼，而其他圆楼呈椭圆形，回声没那么明显，人们没注意罢了。

巧设"秘密暗道"的集庆楼

如果说初溪土楼群是"中国最美丽的土楼群"，那么，鼓形的集庆楼就是初溪土楼群的一颗闪亮的翡翠。它是客家土楼中最古老最奇特的圆楼：一般土楼都设置二三个门，而它只有 1 个大门；土楼通常安设三四个楼梯，而它却有 72 个楼梯。

土楼地处偏僻山区，古时盗匪猖獗，为了安全避害，常常要建二三个门，以便危急时逃生。可是，集庆楼只设有 1 个铁皮大门，这是出于什么考虑呢？原来，楼主认为门开多了，不仅费钱，反而更不安全。一个大门，可以集中力量来抵御外敌。但是，如果万一大门被攻破呢？别急，楼主早想有妙招！他在楼后侧底层设有"秘密暗道"：一个房间的外墙上，距地面高 1 米处，开一个长 1.6 米、宽 0.7 米的缺口，外用夯土墙封住；其内如一小洞，平时用木板遮住，外人无法发现其中奥秘。当楼内居民需要向外紧急疏散、逃避时，可迅速捅开这个秘密通道，直奔楼后的山坡，隐蔽在树林之中……

　　参观集庆楼 4 楼时，我观测到一个奇异现象：4 楼墙体内倾得很厉害，达到 30 多度，似乎岌岌欲倒的样子。我心里忐忑，不敢走近。专家瞅见我小心翼翼的神态，笑着说："这就是'日送墙'的结果。""日送墙"？我一头雾水。"土墙不像砖墙，日照多的一面干得快，往往会向日照少的一面偏斜。"专家解释说，"好比人站立时，左脚踩在岩石上，右脚踩在沙地上，在重力的作用下，右脚一边会慢慢低下去，人的姿势会倾斜一样。""日送墙"是许多建筑师没注意的技术细节，这完全靠经验判断，是最难把握的。所以，经验老到的师傅，不会呆板地垂直整墙，往往要外倾一些，让太阳晒上一段时间矫正过来。集庆楼 4 楼的"日送墙"虽然是反例，但因为整座楼的墙体是牵拉稳固的，所以它仍然固若金汤地屹立 600 年。

　　"君到小人国，应看永定楼；圆寨模型好，乡愁不乡愁？"亲爱的小读者，客家土楼是否让你想起了什么？温馨的家，浓郁的乡愁，中华民族的智慧……

（原刊 2016 年第 3、4 期合刊湖南《初中生博览》）

树树红柿缀满枝

——陈章武主席下洋侨乡采风纪实

　　2009年11月26日，我陪同"走进永定"福建作家采风团的陈章武主席伉俪来著名侨乡下洋采风，一路走一路看一路问，让我深切感受到陈章武老师的作家魅力与诗性情怀，留下了终生难忘的美好印象。

　　著名作家陈章武老师有《北京的色彩》《病的快乐》《武夷撑排人》等散文作品被选入全国中小学语文课本，拥有众多读者。前一天，采风团一行30多人已经先行参观了世界文化遗产下洋初溪土楼群、爱国侨领胡文虎故里中川古村落。侨乡下洋，这块诞生过世界万金油大王胡文虎、中国国民党吴伯雄主席的地灵人杰的热土，已进入了清朗淡远却绿意泠泠的深秋。淡泊悠然的阳光下，绿林蜿蜒的山坡上，一树树红柿果缀满枝头，亮闪闪的，如一盏盏玲珑别致的小灯笼，飘入眼眸，激起了作家们的阵阵赞叹、叠叠谈论。鲜亮惹眼的红柿果，成为侨乡初冬的象征。今天，陈老师和夫人汪兰大姐再次零距离地走入下洋，感受它的脉搏跳动与文化呼吸……

　　我们来到了中川古村落。在胡文虎纪念馆稍做歇息、喝茗。陈老师右手拄着手杖，头发虽有点灰白，却脸色红润，高大俊雅，灰色衬衣外套着一件蓝黑羊毛衫，显得气宇轩昂。汪兰大姐染着金发，容貌晰洁姣美，灰色羊毛外套上斜挎一只黑色小坤包，颈上缠条碎花围巾，看上去端庄秀雅。由于陈老师患病留下了一点腿脚蹒跚的后遗症，我们坐着小车直奔中川胡氏家庙。路上经过中川小学，陈老师询问了它的历史。一会儿小车在胡氏家庙九级半台阶前停了下来。我叫陈老师算一下共有几级台阶。陈老师右认真地点了点。陈老师左手抓着汪大姐的右胳膊，右手拄着手杖，一步步登上了九级半台阶。这时，我给陈老师介绍了九级半的历史典故。先有侨胞，后有九级半。九级半是中川侨文化的一个符号密码。陈老师听了非常高兴，望着旁边的红色简介牌说："好，太好了！"然后，他回转身，仔细地凝睇着九级半，说："八级花岗石的，一级半是青冈石的。"他的眼神告诉我：他已经将它们的模样牢牢刻在心里了。然后，我向陈老师讲述了胡氏家庙鸡内胗的故事。宽阔的草坪上，陈老师仰望着高高矗立的十几支石旗杆，说："它们尖顶还不同。"我说："是的，笔尖的象征文官笔锋犀利，狮头的象征武官威猛神勇。"我介绍说：旗杆中最大的官是锡矿大王、荣禄大夫胡子春，一品文官。胡子春捐献80万两白银给慈禧扩充海军实力，却被慈禧挪作建造北京的颐和园之用，成为有趣的"中川掌故"。陈老师饶有兴趣地问："哪根是胡子春子孙立的？"我一时淡忘了，找了好一会儿才找到。陈老师瞄着石旗杆说："哦，还有蟠龙的。"我将胡氏家庙与南靖塔下村的张氏宗祠作了个比较。来到胡氏家庙大门，望着门联"地据蛟潭胜，家传麟史风"，我讲解了毛泽东、杨成武与胡氏家庙的逸事。

　　18年前，陈老师来过胡氏家庙，故地重游当然感慨良多。他听说家庙壁画当年是请著名画家宋省予所作，重修时有一幅在香港获奖的"百鹤图"是宋展生补作，说："是吗？展生还给我画过画呢。"汪兰大姐拿着一个小本子，转来转去，仔细地记着什么。陈老师说："我最喜欢钻宗祠的小巷了。"汪大姐说："那再钻一次。"我说：中川村每年的迎花灯，花灯就要钻小巷，寓意闹灯闹财。陈老师于是拄着手杖，跨过门槛，又穿过窄窄的小木巷而出……这时，从中厅里传来导游小黄给香港游客讲解胡氏家庙的清晰而柔美的语音。走出小巷，来到下天井，陈老师还一直回顾中厅的黛瓦漆柱，仿佛要将它深深地印在脑海里。跨出家庙大门，我们以石龙旗杆为背景拍照留念。陈老师红润的脸上一直露出亲切自然的微笑。他与汪兰大姐的右手也一直紧攥着。

　　走下九级半台阶，转入一条幽深小巷，陈老师说："一线天，多有味道啊，我很喜欢小巷，转来转去的。现代城市街道直通通的，没意思。"我们都笑起来。不经意间来到我的祖居奋耀堂。陈老师听说是我的祖居，眼光一亮，说："哦，那一定要进入看看，这里留下了你的童年记忆。"只见陈老师拄着手杖，步子似乎突然变得快捷起来。我心里一愣，倒觉得惭愧不已：因为自己没回祖居过年十几年了，生怕破败寥落的老屋毁坏文友们美好的想象。可是，陈老师并不在乎它的皱纹。他睇视着大门墙上的两块门牌简介，很仔细地读起来，还对汪兰大姐说："还出过两位百岁婆哩，我们也要喝咸水井水，求个健康长寿。"进入天井，陈老师眺望着中厅堂上的匾额"温恭令望"深思了一会儿。这块匾是晋江籍永定教谕当年题赠行素公的作品。来到上厅，我指了指我的灶屋，陈老师沉思未语。转到咸水井边，陈老师不方便下石阶，特意叫汪兰大姐前去看。汪兰大姐望着井水说："好深哩！井壁还长着常春藤。"……

　　沿着中川古巷，逶迤蛇行来到糍粑街，陈老师看到古色古香的青石小街，脸色又光亮起来。后来，我才知道陈老师一直在为保护古民居写文章大声疾呼，像保护左联作家胡也频故居等。瞧见具有西洋风格的砖子楼（戬谷楼），陈老师说："我很喜欢中西合璧的建筑，太土了不好，太洋了也不行。"我们又哈哈笑起来。陈老师的语气很正经却又蕴含着一股幽默。他说："你看，这弧形雨披，线条多优美；这绘画，还有八卦图。中西合璧，很好。"走下砖子楼台阶，我看见一片菜园的一扇墙上，栽种着一长溜盆盆罐罐的花草。我介绍说："客家人穷，但有个很好的习惯，就是喜欢栽花种草。哪怕用的是破脸盆。"陈老师说："是呀，在庭院里栽花，很有情调。"天到中川村中心禾古堂，陈老师一眼就瞄上了店铺门外的黄色小旗，并喃喃念起来。也许是陈老师已经看过一些资料，说："这个地方是公平秤。"我说："是的，禾古堂是中川村的商贸中心，也是中川村的道德法庭。以前，村民纠纷都要到这请大家评理！"禾古堂是最能体现中川侨乡特色的一个地方，溪上横架着大小桥梁有23座。店铺前是木板桥栏与肉铺，颇有侨村味道。陈老师在桥栏坐了下来。他一边细致观察，一边与我们交谈……

在去艺术大师、鲁迅最欣赏的版画家胡一川故居路上，我们又顺路参观了儒林第（庆余楼）。这位高大巍峨的方楼，让汪兰大姐流连忘返。路上碰到一位伛偻的老阿婆，她一脸慈祥地仰望着我们，笑眯眯的，用客话问："阿多人哪里来呀？"我答："阿婆，福州来的。"阿婆还是笑："阿有心呀。去我家喝茶。"陈老师接着问："老人家今年多大？"我翻译后，阿婆说："87岁了。"看着我们往南走，阿婆以为我们真的去她家，跟着我们来了。我慌忙说："阿婆，不用喝茶，你做你的事。"阿婆才停了下来。这位阿婆实是中川民风记忆的一个符号。

来到胡一川故居务滋楼，陈老师详细地阅读务滋楼楼牌简介。我向他重点介绍了胡一川在中国版画上的历史地位：胡一川是鲁迅最欣赏的版画家。鲁迅编《中国现代木刻选集》，前六幅作品都是胡一川的木刻。1991年，他创作的木刻版画《到前线去》被邮电部特制成邮票，被收入美国大学美术教科书《与艺术共存》和我国高中教材《美术鉴赏》。胡一川获得中国美术家协会颁发的"新兴版画杰出贡献奖"，此前，他还荣获日本艺术交流中心颁发的"版画贡献金奖"，韩国奥运会国际美术大展金奖。他创作的油画《开镣》是社会主义油画奠基性作品，受到莫斯科美术学院院长格拉西莫夫撰文高度赞扬，因而获得具有特殊意义的"斯大林奖金"……听了介绍，陈老师非常高兴。后来，他回到永定县城后，向记者说了一番发人深思的话："中川真的很神奇，一条小溪村中穿过，9架小桥连接两岸，村庄依溪而建，蛛网交织。可是，这么一个很早就与西方交融且保护完好的村落，怎么就不是全国历史文化名村呢？或许享誉海内外的著名版画家胡一川故居没有受到应有保护而成为一个景点，透露了些许信息吧。"陈老师走进务滋楼，详细察看了它的建筑。我说：有人认为房屋太小，不然建"胡一川纪念馆"就是很有意义的。陈老师反问道："怎么会太小？它还很好嘛，修旧如旧，才有味道。"我说："是的，有的游客就是要感受原汁原味的故居，感受艺术大师的灵气。"陈老师颔首称是。走出务滋楼，陈老师再次主动提出在此照张相。于是，我们在小桥上合影留念。陈老师伉俪依偎着坐石桥上，双手叠放手杖之上，笑靥如花。

折回乡贤第九如楼，看到绿树环拱的外门，汪兰大姐禁不住好奇，又拿着小本本进入九如楼观察去了。路边等候之际，陈老师还背九如楼的门联："九畴推五福，如原祝三多。"我们还讨论什么是五福、三多，其中有历史典故。一路蹀躞游走。不觉来到胡文虎故居，门关着，只好窥视几眼。溪水潺潺，细若一圳，两旁是碧绿的菜地。溪岸岩缝长有二株葳蕤的植物，引起了陈老师的注目。"这株是木槿花，蒲田话叫某某，可吃，你们叫什么？"陈老师问。我说："我们叫鸡肉花，它的味道像鸡肉。"另一株不知是什么植物，陈老师问老人联谊会边的群众。一位抱小孩的老伯，喘着气，慢条斯理地讲述了它的历史。原来，它叫海风棘，果实可做洗衣料用，至少有200多年的历史了，不知谁种的。中川溪岸的一棵植物，受到如此关注，我第一次碰到。这棵植物真有福了。陈老师还联想起了著名诗人舒婷命名的一种植物"黄蝉花"，认为取得形象生动，说："虎豹别墅内那棵就是。"我是中川人，却没有留意。对面是胡文虎读私塾的阁楼"花学堂"，有仄仄的小青石路通到小溪，溪边有方形小井，还有一座短石桥连接"富字楼"。我说："胡一川先生就是以此为背景，画了一幅油画《我的故乡——永定中川》。"陈老师问："一定有妇女在浣衣吧?"我说:"是的,溪边就有一群客家妇女在洗衣。"陈老师又问:"用棒槌吗?""用的,用的是木棒槌敲打衣服。"我答道,突然想:是否闽南妇女洗衣不用呢?

富字楼是永定土楼中唯一有意识按"富"字建造的字形楼。而它右边的"贵字楼"已经毁坏。一进富字楼,陈老师就念起门联来,并被古色古香的"天街"深深吸引。他一步步进入楼内,我依次讲解了"田""口""一"弧形"冖"长"丶"等建筑部件,构成一个完整的"富"字。这样艺术的"富"字建筑让陈老师惊叹。而建楼者却是雍正年间做过台湾彰化、安溪、闽侯县正谕(教育局局长)的胡檀生,他去世二百多年后迁葬尸首出棺仍栩栩如生,轰动闽粤边境。走过小桥,陈老师又进入花学堂参观,与楼主交谈,汪大姐悄悄跑到楼上去看。陈老师望见二个拱门楣上塑有图画,问:是什么画?大家瞧了许久,都说:不知道是什么。因为那图案有点变形。我说:"是鲤鱼跳龙门吧?"陈老师又瞧了瞧,笑道:"像。你看,你看,鲤鱼跳龙门,终于跳出了胡文虎这条大鱼!"大家笑起来。内拱门上的图案是什么,大家猜半天也没猜出。

最后,我们来到中川文化陈列馆(荣昌楼),依次参观中厅的"中川名人"——"锡矿大王"胡子春,世界万金油大王胡文虎,艺术大师胡一川,外交家胡成放,"新闻女王"胡仙,古钢琴大师胡友义等;上厅的胡氏源流、仕宦名录、文化特质等,我着重向陈老师介绍了中川秀才胡斐才"粽墨流馨"的故事。这个胡斐才写出了毕生力作《四书疏注撮言大全》,清代大学者纪晓岚为之作序,高度评介它:"……《四书撮言》汇群言之腋,集诸说之成,有如日月经天,江河行地……"等等。结果此书立即名闻四海,成为清代士林参加科举考试的"必读之书",影响巨大。转到外围的"华侨文物陈列室",陈老师一个个展室看过去,边走边念出声来:"哦:这是华侨用的留声机……这是玻璃灯具……"最后一个展室是"中川文人作品室",这里收录了现代中川 20 多位文人出版的书籍。陈老师踱进展室，仔细观看，突然兴奋起来："这是《胡一川日记》。"我连忙应道："是的，这是《胡一川日记》的其中 1 本，还有解放以后他写的日记。"由于陈老师腿脚不便攀登 7 层高的虎豹塔，我们依依告别中川，回到下洋镇政府。

吃过可口的午饭，陈老师拄着手杖要去感谢厨房师傅，被劝住了。我们来到《下洋乡讯》社喝茶歇息。汪兰大姐戴上眼镜，在静静地看《九级半的土楼村》一书。陈老师谈锋正浓，他畅谈了写散文《北京的色彩》《病的快乐》等的创作过程，感慨道："每篇作品因时间、地点、心情的不同，写出来都不一样。有的你很满意的作品，却可能没被收入教材。"我谈了舒婷与安琪诗歌的不同命运。陈老师非常同意我的看法。我们还讨论了南帆获鲁迅文学奖的智性散文以及舒婷的散文创作。他还谈论了闽派小说的崛起，而我对闽军小说涉猎几乎为零。陈老师对福建作家的创作却了如指掌。他说："南帆、朱以撒的散文都很有个性，值得关注。"他还谈到外地作家写的作品往往容易出彩的"陌生化"文学现象，让我深受启迪。

下午 2 点多，我们前往汤子阁风景区。汤子阁的幽静、清丽，让陈老师恍入世外桃源之感。我们先上天后宫参观，眺望蛟潭两岸，阳光恬淡，溪流悠悠，山上松林自绿，红柿怡然缀于枝头，陈老师不觉吟道："环境很美啊。"天后宫门前，镌刻有顾毓秀先生的题词："溪有蛟龙山有虎，如此溪山，第一溪山。"陈老师对顾毓秀非常熟悉，所以对他来中川的历史静默倾听。返回西觉寺时，主持胡育壮介绍了它的历史。我向陈老师介绍了侨乡年俗：每年除夕，下洋家家户户都倾巢出动去汤池洗汤，因为不洗汤就会变成牛。陈老师对下洋的汤文化兴趣盎然，参观了汤池，并叫汪大姐记下来：马来西亚华侨胡曰皆，1955 年建的。

前往吉里村的路上，女司机小赖播放轻柔曼妙的歌曲。小赖说："我看见山坡上的炊烟，就觉得很香。"我打趣道："小赖是美女、少女加才女啊。"陈老师说："现在歌曲一放，又成了仙女了。"大家哈哈笑起来。碧绿的金丰溪逶迤随行，忽隐忽现。路旁田畴呈现一派天然野趣，清新放达；芭蕉林这儿一丛，那儿一簇，随意率性；溪中一滩滩的乌石奇形异状，突兀嶙峋，似乎在野游；葭苇飘荡，全然不知人的喧语。陈老师触景生情，想起了下放时的农村田园生活，说："多美啊！"望见溪中丛丛芦苇，又说："不过，芦苇使人惆怅。"坐在小车左窗边的汪兰大姐说："那是你的心情不好，我觉得看见芦苇很亲切很可爱。"陈老师说："不，中国的芦苇意象，总是让人怅惘的。"途中遇到有货车装载竹子，我们下车溜达，浏览了溪头桥塅上如红烛高耸的灵光塔。吉里村是个生态村，四周果园起伏跌宕。我们随意走进圆楼崇德楼，楼中很沉寂，只有1个妇女带着小孩，很自然地望着我们。楼门外，1棵石榴树结了很饱满的果，红闪闪的。小赖欢跳着叫起来。楼旁有座吴氏宗祠，色彩斑斓，富丽堂皇。橘黄的阳光下，1只母鸡带着五六只圆乎乎的小鸡在静静啄食。陈老师诗兴大发，说："你看，小鸡多幸福啊！围着妈妈，心宽体胖。"他的眼神流动着羡慕。大家惬意地笑了。回去时，又经过进化居旁的住户，汪大姐说："停一下。我刚才瞟见他们在削红柿，看看如何削的？"车一停，汪大姐就跳下去看，原来是右脚一踩，削皮机捏住黄皮柿子；左脚一踩，通上电，机子自动削皮的……汪大姐进入矮平房后间，详细询问了红柿晒烤制作过程、红柿价格。

回到下洋镇，夕晖温柔逸漾。我们又去下圩汤池。陈老师挂着杖，察看了温泉水的来源，与老人交谈：问他们高寿？一天洗几次汤？出来时，汪大姐又拿着小本子，进入私人浴室去观察高档浴室的设备，询问洗价。我与陈老师坐在恒鑫店外与老板聊天。陈老师说："68°温泉浴室，这个名字取得好！有个性有特色！"不一会儿，又说："地中海温泉浴室，这个也不错！恒鑫、雅洁就一般化了。"恒鑫老板盯了陈老师一会儿，一言未语。他不知道陈老师是谁。陈老师说起中国人取名字经常迷失个性，像与他同名的全国就有不少，为此他还专门写过一篇文章《新年好，陈章武们！》。他还讲了一个故事：有一年到美国，看见有个华侨的商店取名为"春威夷"觉得奇异，问店主为什么取这个名字？店主说："太平洋有个夏威夷，大家都知道。我不妨就取个'春威夷'吧。"陈老师回国后，这个店名至今刻在脑海没忘记。其实，取名也是一种文化。传统的中国文化是讲究集体、抹去个性的，它对每个中国人的思维方式都产生过深刻的影响。注重个性的文学创作何尝不是更大意义的"取名字"呢？

　　陈老师是一本活书。采风的细节就是一页页画。读每页画，就是我创作灵感的火苗。而他给下洋侨乡留下的是一笔丰厚深邃的文化启示，正如那缀满枝头的亮盈盈的红柿……

（原刊 2009 年 12 月 13 日《作家报》）

在北山关帝庙怀念你

11 月 11 日，是张胜友老师通往天堂的第 5 天。

我来到他的祖居——福建永定北山书院，参观他的文学馆，以一种孤独而不寂寞的方式，缅怀这位"热情拥抱中国改革开放"的著名报告文学作家、出版家。

12 个展室，内容丰富而艺术。《十年潮》《历史的抉择——小平南巡》等政论片解说词，纵横捭阖，让人震撼……我想找到他收入中学教材的作品，以弥补我没教到他散文的遗憾。曾经我教到一位客家作家作品时，内心是多么亲切而奇妙啊。最后找到的是：收入《中学语文阅读文选》（1979 年福教版）的散文《闽西石榴红》，还有一本收入中等职业教育教材《语文》里的《让浦东告诉世界》。我注定错过了它们。

北山书院结构很奇特。门厅，屏风，中厅，回廊，楼房，错落迂回，宛若双手拥抱着天井。是的，一双热情温暖的双手……坐在门当上留影时，我没回看照片，照片是残缺的，这也是冥冥中的暗示。我问贵垣老师说：张老师《记忆》中描写的门前那条伸向邈远田畴的渠呢？王老师说：啊，哪条渠？……

阳光很淡。北山关帝庙很静。它的巍然屹立，大气磅礴，一如北山村寥廓的苍茫。我终于在这刹那，表情平淡而内心汹涌，我有点想哭……我终于明白流淌在胜友老师作品里的血脉与灵魂，以及其作品风格。关帝庙大殿敬奉着夜读《春秋》的关帝圣君，还有侍神：左为手捧汉寿亭侯印的关平，右为手持青龙偃月刀的周仓。望着横梁上高悬的金字匾额"忠义参天"，我想起了张胜友老师。

我最早听说他的名字，应是 1986 年的春节，听人说他来中川村务滋楼拜访艺术大师胡一川，但我没有遇见。

我第一次见到他，或许是 1997 年 11 月底，在永定宾馆 2 楼会议厅里。因为我收到 11 月 18 日黄征辉老师的来信，邀请我参加月底在永定举行的"红土地·蓝海洋"笔会。但是，那晚我到会场不久，就被文茂兄唤去永定医院陪护黄老师。黄老师因腹泻，正躺在病床上，文茂当护士的夫人正给他挂点滴。我和另一位文友（忘了是谁）在病床边坐了一会儿，黄老师说："不用陪，你俩也去听听吧。"我们告辞出来。印象中，黄坤明书记在座谈会上说了一些话，而张胜友老师说了什么话，早已淡漠无迹。

此后，作为一个初涉文坛的新人，且又生性腼腆，讷于言辞，更不善于主动交往。偶尔在节假日，只是发个问候、祝福短信。有一年中秋节，我 6 点钟发去祝福短信，他马上回复我："收悉。谢谢！中秋吉祥安康！胜友"我心里想：没想到，张老师在北京起得这么早。

一直到 2009 年，我要出第二本散文集《一座楼的客家》，萌发请张老师写序的念头。此前，我看到张老师为江宇崧先生多部著作题写书名，可谓是有求必应，有忙必帮，增加了我的信心。一天，我给张老师先发去短信，简单介绍了自己。第二天上午，我怀着惴惴不安的心情，拨通了他的手机。那边，马上传来了浑厚的声音："我正在去土耳其的路上，要写序，你先写下你的基本情况，待我回北京……"我说好。挂断电话，我恍若在做梦。

他回到北京后，我将此书要表达的主要意思，传真给了他。2009 年春节大年初二，我正吃午饭，张老师从北京来电，说："序言修改好了，改动不太多，一种办法是年初八上班时传真到侨中给你；一种办法是现在你对着原稿改。"我内心涌起一股热流，说："那麻烦张老师上班时再传真给我。"我问他春节有无回永定，他说：没有，要去福州，福州请我去写东西。

新年初八中午，我在校长室收到了张老师的传真稿，但下半截信息输得不清楚，文字残缺。张老师发短信说：马上再传一遍！接着，又发短信给我："胡老师，刚又传了一遍，请注意查收。胜友。"序文收妥后，只见他的字迹流畅潇洒、端庄大方，修改符号规范简洁，给我留下深刻印象。

可是，出乎意料，序中有些语句将我误作是他父亲的同事。可能是我校的赖老师与他父亲张超格是抚市中学同事，有寄过长篇小说给他看，请他帮忙寻找出版。我打电话告诉他，他回复说："那你自己将它修改一下。"

我与张老师可谓是君子之交淡如水，纯净而甜美。2009 年 4 月 14 日，我突然收到他的短信，说：胡老师，北京永定籍老领导胡成放（65265280）希望你寄一本土楼的刊物给他。我问：什么刊物？是我们土楼作家联谊会刚出的《土楼文学》报吗？烦告他的家电。他复：刚才发的（01065265280）就是。我与成放叔通电话。原来，成放叔从《闽西日报》看到了张胜友任顾问、我任总编的《土楼文学》创刊消息。他很想看家乡土楼的文章，还说读过我的文章。他 92 岁了，由一个保姆照料，身体硬朗，眼睛好，每天读文章。第二天，我写了一封信，连同《土楼文学》创刊号、《下洋乡讯》复刊号、我的散文小说集寄给成放叔。

日子平静流过，没泛起一丝波澜。2016 年 11 月 17 日，我受侨育中学张林立校长委托，拟在侨育中学风水林下，兴建校园文化宣传长廊，想将永定大家、名流事迹制成展示板，供学生们励志学习。入选人物的标准定位为：在国家或世界有影响、知名度高的永定名人。包括胡文虎、胡一川、郑小瑛、吴伯雄、张胜友、胡锡道、胡强达、林日耕、徐松生等几十位名人。我征询张老师的意见，并附上了我撰写的 200 字"林日耕简介"作为样稿。

没想到，他很快就给我发来了6张生活照、简本与洋本简历。几天后，我将选取的照片以及提炼的简介发回，主要突出他的文学成就。他马上二次发回修改稿给我，说：现在刚好200字左右，他给我的感觉就是做事精益求精、勤奋敬业的人。

2017年元旦，我们互道新年吉祥。2月7日，张老师转发他刊于《人民日报》的作品《故乡的土楼》给我，我告诉他：刊出当日已经拜读，并转发了多群，影响巨大。希望张老师多写故乡。他感谢我，说："过一段会回来给永定写个宣传片。"6月27日，我偶翻朋友圈，突然看到张老师在朋友圈发照片"活着真好！"让我大吃一惊：他穿着病号服，坐在轮椅上，骨瘦如柴，露出套着丝袜的双脚，鼻孔还插着吸氧管，似乎头发都掉光了……

我慌忙安慰他："今日偶翻微信，见您照片，才知您病了，消瘦了许多，希望您不要太累了，调养恢复健康！难忘您一直对我的厚爱！我无以回报，小小心意，祝静养康复！"我随手发了一个慰问红包。张老师愉快地领了，说："谢谢！"我说：张老师没抽烟吧？如有，一定要戒掉……

那天，我私下里问王贵垣老师：张老师得了什么病？好像头发都没了。我隐隐感到他做过化疗的样子。王老师说：严重的肺炎。我心里稍安，心想：肺炎，药物治疗就会好的。7月2日，我向他问安："胜友老师，近日身体好些了吗？您是客家人的骄傲，要好好保养身体哦！"第二天，他向我重发了一个"活着真好"的轮椅图……

2018年春节，我俩互致问候。3月12日，我将他发表于人民日报（海外版）的作品《土楼映象》转发给他。教师节、国庆节、重阳节等发去问候短信，却再也没有得到回应。我没有多想，知道他是大忙人，有时还对他说：免复。我与张老师的互动，戛然而止……

北山关帝庙的阳光很静，很淡，很暖。我在"忠义参天"的古匾下，留影。走出关帝庙，回眸之际，它显得越发巍峨，门联"一嶂青山悬义胆，双溪碧水映丹心"金子般闪亮。我想象胜友老师童年时来关帝庙的意境……

〔原刊 2018 年《客家文学》(冬之卷)〕

生态山寨

从省道福三线拐入富川村，不到 10 分钟，古朴静谧的富川村就闪现在我们面前。富川村是一个有 400 多年的小山村，历史上也是一个侨村。

富川村是电视剧《木府风云》的取景拍摄地。我们恍若来到一个"世外桃源"。整个村庄依山而建，临溪而居，迤逦跌宕，生态自然。

蓝天，白云，青山，绿树，碧溪，田园，阳光，茫雾，土楼，人家，构成了一幅风景旖旎的山水画……一排排的芭蕉林，一丛丛的枇杷树，一个个蜜柚园，一片片菜地，一簇簇绿竹，一条条竹栈道，一口口鱼塘，令人赏心悦目，闲适惬意。

富川村的土楼群是最原汁原味的，是"土楼建筑历史的活化石"，不仅保留了丰富的历史信息，而且保存了丰厚的文化遗存。

我们从停车场下来，沿着芭蕉林爬上一段小山坡，一组土楼群矗立在我们眼前。最右边的是"广源楼"，约建于清道光时期，出过翰林院待诏胡贯传等官员。中间是"衍源楼"，是典型的"三堂屋"，外墙斑驳，历尽沧桑，楼的底层有两个孔，一个是厨房的烟囱，另一个是楼梯间小缝窗。现在，一、二楼外墙上，有新旧烟囱、窗户的对比，可以看见土楼建筑结构的历史变化。外墙走廊还堆放着柴草，这种"天人合一"的景象，许多土楼已经看不见了，这种生态遗存已逐渐消失……

衍源楼户对用"八叠文"雕刻"诗、礼";"门当"雕刻蝙蝠、铜钱、太极图，古老的乳丁铃铛上还刻着"八卦图"。这也是难得一见的。衍源楼的木门，创造了"暗落"（即暗扣），是利用自身的重力原理，自动落扣，蕴含着客家工匠们的聪明才智……

"长源楼"，是 20 世纪 40 年代建的，有意思的是：它的台阶总共有 5 级，但只有 4 级是用花岗岩石，而一级却用青冈石。这是什么原因呢？它与中川村胡氏家庙台阶"九级半"，道理是一样的，蕴含丰富的文化内涵。

我们来到大源楼，它是 3 层方楼，巍峨壮阔，也是爱国侨领胡文虎少年回家乡读书时的寄居地。原来，胡文虎的祖父胡积家，含冤入狱，被富川村的秀才胡宗裕救出。胡积家感恩戴德，便将刚出生的儿子胡子钦送给胡宗裕做"过房子"。

这样，胡宗裕就成为胡文虎名义上的"爷爷"。胡文虎回乡读书时，胡宗裕已经去世，胡宗裕的独子胡序功也在南洋病故，胡文虎只好寄居在叔公胡宗皇家里。这段回乡读书生活，为他日后成为世界万金油大王提供了丰富的精神财富。

富川村还涌现了马华文学的代表人物胡浪曼等。胡浪曼曾历任新加坡《星洲日报》《总汇报》、马来西亚《星槟日报》总编，与著名作家郁达夫、艺术大师刘海粟是至交挚友，他们经常诗词唱和，作画题诗，宣传抗日救国。

胡浪曼在《缅怀郁达夫先生》中，回忆了日寇来临、《星洲日报》停刊，优待郁达夫先生之事："当郁先生来时，我刚好还在经理室，等待发行部的结账。我们便坦白地把实际情形告诉了他，同时答应他，愿罄今日收入悉数给他。郁先生也极表满意，我便跟秋杰先生亲到楼下把发行部全部收入拿了上来，当郁先生的面前，留下了当日必需的伙食费外，也如言全数给了郁先生……大约是第二天，我便接到了郁先生的留信，除了告诉我们他即将出海，以及表示谢意外，对于他的藏书便做了遗嘱式的安排。大致是说，他万幸的一天到来时，希望我俩能把他的藏书赠送一个适当的社团，最好是能在《星洲日报》辟一图书馆，以资纪念。"

两人分别近两年，音讯杳然，忽闻郁达夫仍在苏门答腊的消息，大喜过望，写诗《闻达夫在苏岛诗以寄之》托人传递，表达思念。1944 年郁达夫在苏门答腊回诗《胡迈来诗，会有所感，步韵以答》："故人横海寄诗来，辞比江南赋更哀。旧梦忆同蕉下鹿，此身真似劫余灰。欢联白社居千日，泪洒新亭酒一杯。衰朽自怜刘越石，只今起舞要鸡催。"

郁达夫流离新加坡及苏门答腊达 7 年，积极投身抗战活动，1945 年日本投降之际，惨遭日本宪兵杀害于荒郊野林⋯⋯

村口的"俊源楼"是一座"奇特的圆楼"，被称为"土楼结构的立体馆"。你可以清晰地看到土楼内外结构每个细节，这是永定土楼中看不见的景象。这座楼二、三、四层绝大部分的房间有柱梁，却没有铺设地板、隔墙。它宛如土楼结构的"立体剖面图"，让参观者清清楚楚"透视"土楼结构的本来面目。

这座楼第二个奇特之处就是一打开大门，一幅"天光水色绿树景"直扑眼前，让人惊叹大呼。俊源楼楼中有树，楼中有塘，形成了土楼中唯一的"天光水色绿树"美景，是不是很奇特有趣呢？而楼主是往南洋从事"水客"职业的。

最后，我们驻足于水源楼。这座 3 层圆楼构造奇特，中西合璧：它是由"三堂屋"发展而来的"四堂屋"——四进厅堂中线贯通，楼内大量使用了青砖青石建造廊门、廊道、厅堂，显得古朴典雅，清爽怡人；楼内雕刻楹联众多，文化氛围浓郁。

水源楼最让游客称道的是：楼前圆沟溪水环绕，哗哗作响，既象征天人合一，又寓意财源滚滚，让人时光倒流，恍若进入云南丽江人水相戏、自然生态、古韵悠悠的意境。

（刊于 2015 年 6 月 19 日《闽西日报》"山茶花"栏目）

生活碎影

钟爱逗号的章武

　　全国著名的散文大家陈章武先生，原是福建省作家协会主席。他喜欢在胸前别上一枚徽章。这枚图案简朴到只有一个白色逗点的红色徽章，是朋友送给他的中国现代文学馆的馆徽。

　　逗号徽章，喻示着章武先生对文学事业的敬畏：文学事业只有起点，没有终点；生命不息，逗号不止，创作不停。而这种悠然超然、平和耕耘的心态，正是他文学精神的最好写照……晚年的他，宛如遨游于文学海洋的鲸鱼。

　　章武先生传承了冰心老人的慈祥，甘做一条文学的鲸鱼，与成群结队的鲨鱼保持清醒的距离。他孤独却不惧寂寞地创作，陆续出版了《海峡女神》《标点人生》等10部散文集，《北京的色彩》《武夷撑排人》《天游峰的扫路人》《病的快乐》《多瑙河之波》等作品，相继选入全国大中小学语文教材，拥有全国众多读者，影响了几代人。

　　当《天游峰的扫路人》的文字，从许许多多稚嫩的童声中飘起，从一座座小学课堂里飘荡时，他的内心多么欣慰惬意，还有什么必要抱屈不平呢？瞅见谩骂、鸣冤、攻击、撕咬的文坛，他微微一笑，踱进自己的骥斋，或捧书阅读，或敲起键盘，一字一句，字斟句酌，写得缓慢而从容……在他看来，做一条文学的鲸鱼，首先要具备勇敢朴实品格：不受干扰，不怕被咬，勇往直前，勤于笔耕，让作品来证明自己，不断超越自己。

65 岁那年，他不幸患上了脊髓瘤，不断压迫神经，造成大小腿发麻，继而左脚肌肉萎缩乏力，最终他成了"三腿翁"。为了登上 6 楼的房间，他只好在楼梯拐弯处装上"墙椅"，边上楼边歇息边读报；要走下 96 级楼梯，他却要倒退着走。可是，章武先生却没有悲观失望。这位被命运鲨鱼咬了一口的老人，仍似《病的快乐》里描述的那样坚强乐观，他说："我可亲可爱的楼梯，只要你依然矗立在我的面前，我就必须勇敢地抬起头来，奋力保持一种向上的姿势。"

到了 70 岁多次摔跤受伤后，他不得不加用"四条腿"的助步器。这时，他下楼将助步器折叠起来，挂在肩膀上，然后一手拄着枴杖，一手扶着栏杆，挪动双脚，倒退下楼；到了平地，又将枴杖勾在脖子上，徐徐推着助步器前行……他乐呵呵自号"七腿翁"。

靠着"七腿"，他参加了福建当代史上前所未有的文学长征——"走进海西"纪实文学丛书的采写工程，走遍了闽山闽水的 80 多个县市，每篇新作，总是精心构思，独出机杼，让人惊喜……

在他看来，鲸鱼精神还有更深一层含义：慈爱、平和、感恩。他两鬓斑白，脸色红润，平和儒雅，谈吐幽默。凡帮助过他的人，他都以感恩之心铭记施爱。有一年，他收到《北京的色彩》30 多种版本，但被转载的作品大多没寄来稿费，他也不责怪，更不好意思去要。有一次，某出版社给他寄了两年的教材稿费 1500 元。后来，就没寄了，他说："没再收到稿费，可能就没收入我的作品了。"他也不去查，认为选入他的作品，是天恩洪福了。

1992 年，他与将军诗人李瑛出访日本。李瑛将靠窗的位置让给他，以便让初访日本的他，好好观赏日本海的风光。在与李瑛朝夕相处的日子里，他得知李瑛有一个特殊的爱好，即热衷于收藏树叶：每次外出，总要采回当地的一片树木叶子，装进镜框，悬挂家中，以作纪念。

2006 年，李瑛迎来八十华诞。为了表达自己对将军诗人的感恩崇敬之情，章武先生便别出心裁地寄上了一枚枫叶。这枚经霜之后红中透紫的枫叶，可不是一枚平常的枫叶：它是章武先生从美国瓦尔登湖畔梭罗故居前采集的枫叶……

有位导游给他讲解过，他在文章里提到他，给导游寄书，在封二上还细致地标上他的手机号码，以便导游联系……

钟情逗号的陈章武老师，宛若一条文学鲸鱼，让我想起罗马尼亚的诗句：即使明天是世界末日，我也要种好今天的苹果。

（原刊 2017 年 5 月 13 日香港《文汇报》）

爱种花的母亲

母亲节时，金丰溪中桥边上，有人在卖百合花，它让我想起平凡的母亲。

几个月前，母亲陈秀英，一位爱种花的母亲，在我们紧握她的手中离去……

虽说母亲活了 92 岁，五代同堂，办得也是披红穿红的喜丧，但想起母亲生前的点点滴滴，我仍然难以抑制潸然泪下。

母亲生前最爱种花草，虽然她与绝大多数的农民一样，经历了种种生活的磨难与痛苦。就是"文革"时期，母亲仍然喜欢在黑楞楞的屋瓦上放一只旧脸盆，植上一只仙人球或几枝太阳花。看着火红的太阳花，翠绿的仙人球，母亲疲惫的脸上会闪出一丝闲适的微笑……

母亲爱种花草，到晚年更是恣意。她在天井里，专门辟有一爿花草圃，里面植有各种花木草药：山茶花、君子兰、满天星、龙吐珠、柑橘、枇果、柠檬、香苏、薄荷、鱼腥草……她每天侍弄花草，浇浇水，剪剪枝，摘摘叶。草药长得葳葳蕤蕤时，她摘下来晒干，送给左邻右舍。

有一次，我去看她的花草圃。她叹口气，说：某老师来摘鱼腥草，顺便拔香苏，结果将香苏根都撕裂了。她咂巴着嘴，"啧"了一声，眼里飘过忧戚的光。我愣怔地瞅她一眼，心里咯噔一下，知道这些花草就像母亲的孩子，她心疼香苏被撕坏了。如果是好好摘叶或折枝，药为人用，治病疗伤，她一定是高兴的。我淡淡地说：重新种吧。

一天，一棵种在一只五粮液空酒瓶里的花吸引了我的目光：它长着尖尖的刺，几片淡黄的叶，一簇簇火红的花儿……这种看似只开花植物，真的很特别。我盯着它，问："这是什么花？"母亲笑了，说："铁海棠，红花能开很久。"母亲见我喜欢，就将它送给我，至今还摆放在我的客厅里……

母亲爱种花草，大概源于她的出身。母亲出生于闽南漳州，从小聪慧灵巧，是外公的"掌上明珠"。20世纪30年代，读书的女孩寥若晨星，母亲却被外公送去读书。小学毕业后在外公的中药店里当"药童"，每天要背诵"汤头歌诀"，白天帮外公制药、切药、刨药、捡药，所以她对花草有一种特殊的情感。作为一个闽南"河洛女"，长得清秀娇小，从没干过重活，但她嫁回客家山区永定时，重新"脱胎换骨"，她要学讲客家话，学做农活，在烈日炎炎下，割稻子，挑重担，好几次虚汗淋漓，晕厥在田间地头……由于父亲是文弱书生，长年患病，失去工作，外公送给母亲的嫁妆12个白银（生活困难变卖9元）、1个金戒指、银手镯相继变卖贴补家用。即使生活艰难，我们8姐弟常常交不起学费，母亲也没有丢失骨子里对花草的喜爱。而这种禀性喜好，也深深影响了子女的生活品质与审美，我们也非常喜欢花草……

母亲幼年时，与阿太同睡，见外公很孝顺，将鸡肉撕得一丝丝，细细碎碎的，给阿太吃。受外公影响，母亲每天给阿太捶背，捏脚，送饭。后来，外公眼睛上翳，外婆听说要亲骨血舔才会好。于是，母亲给外公舔眼睛，舔一下，咸咸的，漱下口，再舔……不知是否感动了上苍，外公的眼疾居然好了。说起童年往事，母亲脸上笑吟吟的。她说，小时在观音亭与小伙伴玩耍，抱柱转圈，跌倒，磕掉两颗当门牙。我忍俊不禁笑了，母亲也咧嘴笑了。她又说，她五六岁时，去屋后溪边给小弟弟洗尿布，倾身沾溪水，失去重心掉入大溪，幸好被前山街溪边住的一位大叔胡清标救起，母亲晚年还惦记着这位大叔。

母亲去世时，整理她的遗物，突然发现有一小袋东西，不知何物。抖落一看，让我们颇感意外，又泪流满面：几叠钱，折压齐整，痕线深深，看去已存放多年，每叠千元，共有8叠！原来，它是母亲按客家风俗：留给我们8兄妹的"手尾钱"！……

给母亲修坟时，我特地在墓碑前设计一个半月形的小花池，嘱咐师傅修造，栽上母亲喜欢的长寿花、太阳花……花草是母亲生命中的一缕阳光，就让花草永远陪伴她的灵魂！

可是，我还是深感内疚、后悔：朋友们都为我庆贺，而我却没将获冰心儿童文学奖的喜讯告诉母亲。当时想：母亲正病重，哪有心情来听我的喜讯？不久，母亲辞世，想表孝心，转念成空。唉，怀念不如无憾啊！

（原刊 2021 年 5 月 4 日香港《文汇报》）

济南泉韵

　　晶莹剔透、如梦如幻的泉，是上天送给济南的不可思议的童话。

　　初识济南，是教初中语文课文《济南的冬天》。在老舍先生笔下，济南是秀丽温情的宝地，是古代的一幅水墨画，更是一块晶莹剔透的蓝水晶。

　　后来，给学生上济南作家吴伯箫先生的作品《记一辆纺车》《菜园小记》《歌声》，对济南的印象仍是粗浅模糊的，但吴伯箫散文的质朴纯挚之美，却镌刻在我的心里⋯⋯

　　晓茜是济南人，在福州大学读古建筑专业的硕士。她来闽西调研天后宫、关帝庙等古建筑，我给她做向导，我们就认识了。我喜欢旅游，她给我介绍了许多济南的人文历史，我对济南有更深的认识。济南历史悠久，是"龙山文化"的发祥地，有早于秦长城的"齐长城"，有舜帝躬耕的"千佛山"，即是古代文化遗存明证。

　　但是，济南最让我惊艳的是它波光潋滟的泉水。济南是漂浮在碧泉之上的城市。济南素有"泉城"的美誉。泰山丰富的地下水沿着石灰岩地层潜流至济南，被北郊的火成岩阻挡，于市区喷涌而出形成众多泉水。几百个大大小小的泉水，清冽甘美，喷珠溅玉，哺育了济南这座城市。在济南七十二名泉中，趵突泉、珍珠泉、黑虎泉、五龙潭四大泉群最负盛名。清代探花、山东提督学政刘凤诰题联"四面荷花三面柳，一城山色半城湖"，道尽了济南的秀逸雅美。众泉汇流、平吞济泺的大明湖，湖光闪烁，荷叶凝翠，柳丝飘拂，青山倒映，画舫游弋，令人陶醉……

徘徊趵突泉，只见泉水澄碧，三窟并发，浪花四溅，声若隐雷，势如鼎沸。趵突泉边杨柳依依，亭廊伫立。观澜亭两边，书有对联"三尺不消平地雪，四时尝吼半空雷"，出自元代诗人张养浩的题诗。明代晏璧题诗："渴马崖前水满川，江水泉迸蕊珠圆。济南七十泉流乳，趵突洵称第一泉"。康熙皇帝品饮了趵突泉水，觉得竟比玉泉水更加甘洌爽口，于是赐封趵突泉为"天下第一泉"，并写了一篇《游趵突泉记》。趵突泉周边名胜古迹枚不胜数，尤以李清照纪念堂、李苦禅纪念馆等最为人称道。历代文化名人曾巩、苏轼、蒲松龄等人的题咏，使趵突泉的文化底蕴更加深厚。晏璧将碧泉比作是济南的乳汁，多么惟妙惟肖啊！

济南泉水是有灵性有生命的，有时如雪如乳，有时如蕊如花，有时若珠若玉，有时似琼似液……它的仪态妩媚多姿，颜色变幻不定，就连声音也是粗细不一呢。不信，你瞧，你听——

黑虎泉出于深凹洞穴，内有巨石盘卧，苔藓苍苍，如猛虎深藏，泉水从巨石下涌出，激湍撞击，半夜朔风吹入石隙，音似虎啸，故称黑虎泉。明代诗人所作《七十二泉》诗，生动刻画出此泉的声貌："石蟠水府色苍苍，深处浑如黑虎藏；半夜朔风吹石裂，一声清啸月无光。"附近的玛瑙、琵琶、珍珠、白石、九女、金虎、汇波组成泉群，参差错落，泉河互生，假山亭台，回廊曲径，争相映衬，绿树蓊郁，鸟语蝉鸣，各得妙趣。

玛瑙泉四周以块石砌垒，水泡从池底冒出，太阳一照，光彩夺目，如同玛瑙，细心谛听，仿佛铮然有声……而琵琶泉呢，池底冒出串串水泡，于水面破裂，咝咝作响，寂夜听之，犹如琵琶轻拨，故名琵琶泉。

珍珠泉串串水泡涌出似珍珠，声细如珠玑。白石泉周伏白石，或出或没，似朵朵白云；泉流湍急，喷涌摇荡，冲击白石，发出清响，涟漪涌画。

如9位仙女载歌载舞的是九女泉；山石装饰、似虎非虎的当然是金虎泉；汇波泉边以山石叠砌形成山峦，泉水在山脚涓涓流淌。

最有意思的是五莲泉吧，为溪石堆叠，碧波如镜，泉眼水泡成簇，于水面绽放，似五朵盛开的莲花，泉面汇成二叠瀑布泻入河中，如诗如画。

从地层深处喷涌而出的济南泉水，宛如一位青春少女。那变幻多彩的色彩，莫非就是少女的心情吧？晴日，雨天，夏夕，冬晨，碧绿，湛蓝，嫩黄，淡灰，是少女隐秘的表情。嫩绿的泉池水，仿佛一块块贮满生命的翡翠，又如一缕缕莹莹流动的水晶，粼粼的波光，脉脉流转顾盼，有一种丰姿绰约、飘逸艳丽的美。

它让我想起了一代词宗李清照的诗句："……兴尽晚回舟，误入藕花深处。争渡，争渡，惊起一滩鸥鹭。"翠柳依依，小桥如虹，湖光粼粼，荷叶田田，划舟争渡，鸥鹭惊飞……这位济南的女儿，吟诵的诗词都浸润着碧泉通透明丽的味道。

济南人坐在垂柳下，荷花畔，古亭里，看着泉水穿越石岩罅隙，喷涌而来，长流的碧波，滢滢的绿水，从房前淌过，从屋后绕过，潺潺入溪，哗哗入河，像一个个活泼灵动的小精灵，没想到回到家里，碧泉却从庭院里冒了出来，似乎对主人说："我是您家养的泉。"主人捧起甘冽的泉水，喝一口透心凉，爽到醉了……这像不像一篇安徒生童话？

济南泉水甲天下，素有"家家泉水，户户垂杨"之称。济南人喝泉，用泉，泡泉，听泉，赏泉，品泉，说不定骨子里的血都是泉水化的。它不只属于李清照、辛弃疾、吴伯箫，它更属于每一个普普通通的济南人。你闭上眼睛想想，静静地坐在柳荫下，瞅着泉水寂然吻石，或者泡在柔绿的碧泉里，是否感觉所有的愁郁、忧伤被吸得一干二净，脑中只有静谧的空白？柔爽的湖风在脸上淡进淡出，空望着碧泉涓涓流去，感觉生命变得纯净、轻柔、快乐……

济南的碧泉有语言，有表情。只要你静心谛听，摒弃内心的浮躁，就能听懂它的密语。无论境遇如何，它都能自我疗愈，第二天又澄静如初，如一块温润的翡翠。

济南碧泉更有丰厚的韵味：热情，无私，包容，自愈。无论是对达官贵人，还是对平民百姓，都热情接纳，温柔以待。它也有情绪变化，但总是温婉待人，默然做事，没有抱怨。它热情温婉仁爱的气质，深深浸染了济南的民风、百姓的性情。

我听到了这样一件真实的故事：在济南 64 路公交车上，头发花白的徐老师上车刷卡，看到车上人多，就扶着司机背后的那根立柱站着。突然，觉得背后有人拽了他一下，回头一看，是一位女青年。她指着那个空座位，亲切地说："大爷，请你坐这里！""谢谢！"徐老师坐下后，她就站在身边。过一会儿，她从包里取出手机，拨通电话说："大姐，你明天回济南吗？别忘了给我捎 3 斤茶叶来，要福建的，铁观音，要最好的。"

"为什么要买最好的？"徐老师好奇地问。"我是给俺公公爹买的。他在滨州住，70 多岁啦，每月我只能回家一趟看他，他一辈子不抽烟不喝酒，唯一的嗜好就是喝茶。我用什么来孝敬他呢？只要他老人家高兴喝茶，就算我孝顺他了……"徐老师赞叹道："你真是个好儿媳妇！"女青年瞅着他，诚恳地说："大爷，我婆婆死得早，公公既当爹又当娘，把两个孩子培养成人，一辈子不容易啊！没有他，哪有我们这一家子！"

"好孩子，你请坐，我要下车了。"他说。"大爷，下车慢点！"她说。"谢谢，再见！"徐老师招招手，眼里有点雾……这样的故事，在济南如泉水一样萦绕，它让我联想起百脉泉边朱红寺墙上镌刻的 4 个大字：清泉洗心。

一位游客站在趵突泉池台边，抱着小孩，俯下身子，侧耳倾听泉流的声音。这个画面在我眼前挥之不去。他听到了什么？或许他听不见汩汩的声音，但我相信他一定能听见济南的泉韵，空明的泉韵，天机的泉韵……

（原刊 2021 年 9 月 18 日香港《文汇报》）

寂寞的境界

今年是文坛大家孙犁先生故去 20 周年，一颗寂寞的灵魂飞了，一位副刊的好园丁去了，一代文学大师走了，带着 45 朵白洋淀清新的荷花和几千群众送行的泪水。20 年前的 7 月 11 日清晨，成为一个文学时代的可能的终结。

时光如水，大潮淘沙，孙犁的风骨不仅没被时光模糊，反而如夜空中的耀眼星辰闪烁，又如文坛里矗立的榕树葳蕤，几乎无人能与之媲美……

孙犁总是给朋友这样的印象：安坐藤椅，表情平静，眼睛半眯着，好像要遮蔽什么，回避什么，偶尔微微一笑，又复归寂静……有人说他稍能入世一点，早就是个大文官了。但是，他不怕被人误解，安于独处，静心著书，离政治远一点，离文坛远一点，不是躲避现实，而是放弃无谓应酬和争名夺利。

孙犁是寂寞的。寂寞是孙犁的一种境界。烟霞闲骨格，泉石野生涯。孙犁选择了孤独的文学边缘。他不争名于朝，不逐利于世，媚于俗，不吹不擂，不争不喊，宁静澹淡，心如止水，闭门谢客，默默耕耘。有人排出现代文坛八卦：鲁郭茅巴老曹艾丁赵，他沉默；有人甚至说孙犁前二十位都排不上，他一笑了之。现在人们多爱凑热闹，真正能坐下来做学问的人很少了。

几十年过去了，在《天津日报》画刊作嫁衣，他每稿必复，无怨无悔。他常叮嘱年轻编辑：改稿务必慎重，别不懂又自以为是，弄清楚再改……经他培养的作者不计其数，最终形成了以刘绍棠、韩映山、铁凝、丛维熙、房树民等弟子为圆周的荷花淀派。

但当评论家将孙犁纳入"荷花淀派"文学旗手时，孙犁却淡然向媒体澄清："不存在荷花淀文学流派，这些作者初绽芳菲，不是我的影响与功德，而是作者本身的生活与才情决定的。"许多人将文坛当作名利的角斗场，哪有像孙犁这样远离鲜花桂冠的？君不见，现在的朋友圈、微信群，几乎成为自我推销、自我卖瓜、自我吸粉的"广告频道"！

孙犁恪守湖水般清纯、荷花般清新的人文品格，也是人间的一首精神绝唱。孙犁不是一只听命于主人的风筝，他的作品没有图解政治之作，他是一泓感悟自然万象、体悟人物悲欢、化深沉于浅淡的荷花淀。风筝无论涂鸦得多么艳丽多彩，也无论飞得多高，都是靠风力的推动，而不是自身的振翅飞翔。一旦"追风"消失，风筝就会掉落下来……

面对泡沫文化、商业炒作气息弥漫的文坛，孙犁选择了冷清的缄默与淡隐。这种与他人与世界的审美距离，保持了孙犁古典文人的人格尊严，也树立了这面迎风也不招展的旗帜。他像一枝清雅脱俗的荷花，傲然俏立于岑寂而落寞的白洋淀一隅……

大道低回，是孙犁的人品；大味必淡，是孙犁的文品。一个坚守淡雅、拒绝从俗写作立场的人，一个违逆时尚、标新立异的作家，必然是孤独落拓的。《荷花淀》发表了，淡化了战争残酷的硝烟，渲染了人性美好的意境。这是孙犁用自己独特的审美眼光看到的抗战生活。孙犁很前卫很先锋地表现了它。

有人曾经盯着狐疑的目光：酷烈的战争怎么能用谈情说爱、思念丈夫的方式来写？这不是太奢侈太贵族太小资情调吗？这就是孙犁的寂寞。当文艺圈人用非文学的方式来看待你的时候，内心深深的孤独与落寞就存在了。孙犁淡漠了这种目光，执拗而孤傲地坚持着文学观的高贵时间检验了《荷花淀》的生命，读者检验了《荷花淀》的魅力。孙犁说：一些人的作品一出现就没有生命，我希望我的作品能在我死后活上 50 年。毕竟文学是人性空间中的神秘的魂。孙犁的远离政治不是脱离政治，而恰恰是从生活中从人性里感受并淘漉空灵的政治，用具象的生活凝固了社会现实与时代风云。

其实，1962 年的孙犁在散文《黄鹂》中以象征的方式寓言：给文艺创作以最佳的自由的环境，让文艺发挥它的极致，但大音稀声，应者寥落。"文革"文艺陷入一片荒漠。孙犁又一次感到郁郁的寂寥、惆怅与苍凉，沉寂的灵魂如一间屋……幸运的是孙犁坚守了自己孤傲寂寞的灵魂，坚持了可贵的独立的写作立场，而不是随波逐流。

庄子说：人莫鉴于流水，而鉴于止水。寂寞是一种境界，是一种持宁静抑浮躁的境界，是一种绚烂归于平淡的品格。

怀念孙犁的寂寞，就是怀念一种淡泊的修养与人格，就是怀念一种渐渐失落的文学品位与时代，就是怀念一种真正的写意的文学方式。

"独鹤自还空碧，人间常流芳菲"。浮躁的当下，还有像孙犁布履素衣、散淡从容的文人吗？孙犁的背影已远去，孙犁的寂寞不会远去，怀念孙犁不会远去……

（原刊 2022 年 8 月 1 日香港《文汇报》）

寻找父亲的照片

最近，我心里非常烦忧、懊悔。家里的人也非常无奈与沮丧。

人到中年，写了大半辈子的文章，名气虽不大，但准备出一本书，打算在扉页上写上"谨以此书献给亲爱的父母亲"这句话，并且印上父母亲的照片，以作为对双亲永久的纪念与感恩。

母亲的照片很快找到了，但父亲的照片却没翻到一张，准确地说，是无处翻找了。父亲30多年前就去世了，在我的印象中，父亲有多张照片。有父亲与满叔在奶奶"圆坟"地头上的照片，那时的父亲穿着陈旧而洁净的中山装，一排黑纽扣谨严地扣着，瘦削的脸上难以掩饰读书人儒雅的气度，或者说是旧时代文人的书卷气息。读小学时，一次无意中从老式床头的抽屉里，翻到了父亲的青年照片，一下子惊呆了：父亲脸孔方正俊朗，浓眉大眼，体格粗壮，完全颠覆了父亲中年时清癯文弱的形象，正与长辈们描述的爷爷高岸英武的形象相似。但那时自己还太小，根本没有保存老照片的意识。

现在，我想寻找一张父亲的老照片，插入书中，作为永远的怀念。开始靠回忆来生活了，我知道这是进入中年以后的特征。看见熟悉的老人，70岁以上的老人，一个个相继辞世。我对"风烛残年""日薄西山"这些空洞的词语开始有敏锐的感觉。以前，总有老人感叹道：现在是黄土埋半截的人了，住山较多住屋较少了。我对此左耳进右耳出。30多年时光，倏倏而过。当年的翩翩少年已变成了头发苍白的中年。

有一次，走入一条小巷，迎面走来不怯生的小孩，跑过来拉着我的衣角嫣笑。我抚着她红扑扑的脸，莞尔道："小朋友，你真可爱！"后面的年轻妈妈教小孩道："快叫公公！"刹那，我一惊，心想：不知不觉，自己都成了公公辈的人啦。年纪大了，对人生意义的思考就深点了：生命是脆弱的，人生是短暂的，历史的风尘将会渐渐湮灭一些有价值的东西。但真正有意义的人生，不就是与历史风尘的抗争中保存一些有温情的珍品，以人类高贵的灵魂超越时空的锈蚀而获得永恒吗？雕刻的意义如此，留存珍品亦然。

我问母亲：有阿叔（父亲）的照片吗？母亲淡然说："以前抽屉里有好几张，搬来搬去住，也不知哪里去了；还有毛主席的像章一大袋，也不知被谁拿去了。房间也借给几个人住过……"我又给哥哥打电话：阿叔的照片还有保存吗？哥哥不假思索道：没了，早没了。以前墙壁上挂的阿太、阿婆的照片都烧了。人都死了，这些古董拿来有什么用呢？我一听，眼光里溢出深深的失望……我只好寄希望于大姐。大姐说："以前留了一张奶奶逝世时的照片，不知放哪了，再找找看。"

母亲提醒我说："你爸与朋友不知有没有工作或开会合照。"我想：过几天得空，去找找父亲的朋友周叔。不料，一打听周叔前星期刚在老家去世了，连用过的床等都物品全部焚烧了。记忆中，家乡老人去世了，就把老人用过的东西全部烧毁，人们对遗物有一种恐惧的心理。这是一种多么不可思议的风俗，为什么不保留几件重要的物品来缅怀先人呢？这是不可再生的家庭文化啊！想起习俗，心里愤懑，却感到身陷陋习囹圄的茕茕孤独。我又找到与父亲当年一块搞土检的曾叔叔，希望能有他们开会的合影，也是失望而回。

不久，大姐送来一张奶奶去世时全家在灵堂里的合照。照片已经发黄，可是坐着的父亲是正患着重病的父亲，头发蓬乱，几缕发丝垂落额前，瘦得颧骨突出，尤其是双眉紧蹙，满脸愁容，已经不能代表父亲的气质了。正常状态下的父亲形象是儒雅沉静的。把它放入书中，意义不大。听说有位高明的人相修复师能够在电脑上复原相片，我花了高价提出要求让他修复。可是，我对着几张电脑修复照片，左瞧右看，总觉得父亲的眼神不对，与记忆中的父亲神态判若两人，这是一位陌生人。这时才知道：电脑纵然高明，但父亲的神态是复原不回的。

我想到老家有位画像师，他对父亲的神情容貌是清楚的。就是不知道他能不能凭借记忆，描出父亲的神情气度，画出父亲真实的形象来，毕竟他不是一位画家。其实外形胖点瘦点是无关紧要的，关键是神态要像自己的父亲。我不敢抱太大的希望。

偌大的家庭，竟然没有人保留父亲的一张珍贵照片，家乡的某些陋习应不应该改变？

（原刊 2013 年 11 月 29 日《闽西日报·生活专刊》）

观人悟文

　　他有一长串头衔光环：全球青年领袖、茅盾文学奖评委、华语传媒文学大奖终评委……他的文学评论犀利独特，在叮叮当当的商业时代，如一道穿越迷雾的光，照亮了评论的荒原，被称为"文学批评的希望"。

　　但是，我更愿意看谢有顺的朋友圈，那是评论家光环外的另一面。

　　春节前三天，他在广州为朋友们写了几天的"福""顺"、对联，留下红彤彤一大片，朋友们举着"福""顺"匾牌，围成一圈，笑靥如花。他家门口的"顺"字匾被人拿走了，他笑道："只要你喜悦安顺，我再写一个又何妨？"作家曾维浩出上联打趣："谢有顺门口顺字被顺走"，结果《人民文学》主编施战军对下联："李太白船上白酒老白干"，而莫言对道："钱钟书室内书橱知书难"，一时成为笑谈……

　　他每年对高考作文的点评，见解独到，影响巨大，两小时点击率就高达 10 万＋。我觉得再也没有谁比他的点评更切中作文之道，更让人知道中学作文应该怎样教。

　　2016 年高考作文题是漫画：一位孩子 100 分退步到 98 分，得到家长的巴掌；另一孩子 55 分进步到 61 分，得到家长的亲吻。谢有顺接受记者采访，发表了《这样的高考作文会拉低民族智商》，引起巨大轰动。他认为：这样的题目指向明确，没有想象力思考力，无非就是不要以分数高低论输赢，拒绝过于功利的教育方式，要辩证看进步与退步——如果考生真这么写，又出不了新意，这是大家都懂的肤浅道理，结果就是千篇一律，而要独辟蹊径，很难；要想关怀世运纵论中国，更难。好的作文题理应引导青年抛弃公共结论，培养有独立思想的现代人……

谢有顺曾经赠我几幅墨宝，让我深悟为人为文之道。

第一幅题字为："风到山中无不和畅，月生海上自极高明。"它让我想起他的一段精彩文字："写作开始进入一个新的境界——让人遇见作家的胸襟和见识。作家的胸襟气度有多大，就决定他最后能走多远。这就好比画画，同样是临摹山水，为什么不同的人临摹出来的会完全不同？不是山水不同，是胸襟不同，心灵不同，所以笔墨就不同。"对一个作家来说，修炼气度与灵魂是最重要的功课。

十几年前，我曾寄拙著《一座楼的客家》给他，他发来短信说："一些篇章挺好，不要太在乎别人的意见，写作多半还是自我觉悟和在阅读中比照来发现差异，最好的老师还是那些好文章。鲁迅写《故乡》有细节的雕刻，余秋雨写《乡关何处》有高度和情怀，这些你可借鉴。永远要有'我'的眼光来看历史和事物……文有文品，而文品正是要从每个细节中求。"他赠我"观书悟文"条幅，正是点评的浓缩。

那年春节，他带广西作家东西一行，来到我的家乡，参观访问中川古村落。胡文虎纪念馆、侨文化陈列馆、胡一川故居、胡氏家庙，都留下了他踯躅的痕迹……

来到"土楼文学院"门前，他题写的牌匾金光闪烁。突然，他笑笑说："我把你们带到这里，不是故意叫你们参观我的字哈。"大家哈哈大笑。

参观完中川胡氏家庙，我问他对中川的印象。一路沉默的他，说：中川有非常好的旅游资源，有大屋，有文化，要整体规划与设计，尤其要做强做大爱国侨领胡文虎先生的品牌。胡文虎先生不只是一位大富豪，还很有文化情结，而且胡氏家庙等多栋古建筑规模较大，保存完好，在整个龙岩地区都独此一份，很值得保护好宣传好……

想起他在胡文虎纪念馆寂然沉思的表情，我悟到了文章的眼睛。

（原刊 2022 年 8 月 27 日香港《文汇报》）

冰心奖的种子

这是我终生难忘的日子：2020年6月11日下午5点32分，我突然收到浙江少年儿童出版社晨屿编辑的短信与邮件，标题是"2019年冰心儿童文学新作获奖通知"。我兴奋地将邮件内容读下来，真是百感交集，又喜又忧。

其时，我正在学校初中舅舍5楼走廊上徘徊，橘红炽热的阳光斜射下来。两个多月的大病失眠，心情抑郁到了极点。有时，我想着走着，眼眶含泪，只能遥望对面连绵起伏的山峦，从宿舍楼顶露出的桉树杪，将愀郁一点点消解在青山翠绿里……

邮件内容说，恭喜我的作品《阿虎缅甸归来》入围2019年冰心儿童文学新作奖，将以《2019年冰心儿童文学新作奖·获奖作品集》出版，但在图书出版前，切勿在刊物、报纸、博客、微博、微信等平台发布入围消息，并且务必确保作品未曾发表、出版或参评过其他任何奖项。否则，将取消获奖资格……

我知道我的作品确切获奖了！因为它明白写着要出版《获奖作品集》，之所以写"入围"，大概是要将"违规"的作品取消获奖资格。获奖率只有1%点多，这是多么大的殊荣啊！

我对文坛巨匠冰心先生素来崇敬，她的名言"有爱就有一切"，也是我的人生信条。我的新加坡朋友告诉我：一位陕西作者获得冰心文学奖后，被《联合早报》聘为专栏作者。我做梦都想获得与冰心有关的一个权威奖项，此生足矣。毕竟自己只是一个最底层的作者，没有任何资源可依恃。

虽然我获过包括《中国校园文学》在内的征文奖几十个，但都算不上重量级的。而冰心儿童文学奖是文坛公认的四大儿童文学奖之一，它的含金量与影响力可想而知。这天晚上，虽然我竭力抑制自己，但仍然浮想翩跹，一夜未眠……

我怕违规，不敢将此消息告诉最好的几位编辑老师，我对《小溪流》杂志浠墨老师说：《阿虎缅甸归来》，我撤回哈。

我记得这篇小说最先投给《金色少年》，宋国云主编马上回复要用，但她觉得时代背景有点远，叫我修改。我觉得"牵一发而动全身"，很难改，就没再发还这位"每稿必复"的好编辑。这时，浙江文友邱闪发给我冰心奖的征稿启事，建议我试投。我从网上购买了前几届获奖作品集，认真研读起来。我发现不少作者在"获奖感言"里说没想到自己会获奖，激动得失眠了。我内心掂量出这个奖是公平公正的，凭作品质量说话，获奖作者中有名家，更有初出茅庐的新人。

2019年3月26日，赶在截稿前5天，我投出了这篇万字小说。邮件自动回复说：10月份公布评选结果。我以为就是本年10月份会有结果。我告诉宋主编，她不知是直觉还是鼓励我："应该会获奖。"

可是，一直等到11月底都没有冰心奖的评选消息。我心里忐忑起来：不知要不要另投他刊。后来，我转投给《小溪流》，心想：先听听编辑对它的看法，也是一种很好的学习。没二天，浠墨编辑就加我微信了，说："很喜欢这种具有地方文化色彩的作品……"

我告诉她：这篇作品投去参加冰心儿童文学奖评选了，但至今没公布结果。她说她可以等，希望它能获奖。这位美丽而善良的编辑，多次问我结果出来没有，说准备给我安排暑假二期连载。我忧心如焚，说："还没有，能否先排上去，如获奖再撤换？"显然，这个想双保险的要求是不现实的。

评选结果网上查不到半点消息，《小溪流》刊用期也就定不下来。后来换了主编能否采用，更是茫然。2020年6月9日，我实在等得不耐烦了，就将此稿投给《儿童文学》，想听听编辑的审稿意见……

我哪里能料到，仅过3天，却突然接到获奖通知。这就麻烦了。为了不违规，我必须将投出去的稿子撤回来。但是，我没有编辑的个人联系方式。这时，我只能求助于著名儿童文学作家杨鹏。他说他很久没向杂志投稿了，没有联系方式。他从朋友处要到了责编的QQ，杨鹏说："胡兄，能不能联系上，我只能帮你到这啦。"

我向《儿童文学》印织夏编辑发去了请求邮件，加上了她的QQ，向她说明要撤回稿件的情况。起初她以为我是去年3月投的稿，说："稿件这么久了，如果没有采用通知，你可以撤回哦。"我说是三天前投的，她说："哦，我看错了，这篇稿子还没审，你已入围冰心奖了，就先撤回吧，没有问题，期待你的新作。"

这下，心中的一块石头终于落地。但是，我没想到的是：从接到获奖通知，到浙少社正式官宣获奖名单，这个过程是如此漫长，内心备受煎熬。我查到2018年此奖官宣是2019年5月9日。我烦躁时，邱闪说："应该7月份会官宣。"我当时健康状况非常不好，我多么盼望浙少社能早日发布获奖名单，哪怕获奖证书推后迟寄。

我数着日子盼望，7月没有，8月没有，9月还是没有……一直到10月20日，才看到浙少社的权威发布，而获奖证书日期写的是2020年8月。我猜想出版社迟迟不官宣，大概是为了防止假冒的获奖作品抢先流入市场。

《阿虎缅甸归来》是迄今我最满意的作品。得奖的过程，似乎是对我耐心的考验，或者说验证了幸运的存在，如果《金色少年》刊用了它，我与冰心奖就失之交臂了。

我至今不知道北京"冰心奖评委会"哪个评委老师推荐了我

的作品，但他们蒲公英一样的种子，早已在我的内心扎根：人，要做一颗有爱的种子，开出洁白柔软的花。

（原刊 2022 年 4 月 26 日香港《文汇报》）

大姐

今生有大姐，是前世修来的。

因父亲体弱多病，弟妹多，大姐只读小学就辍学了。大姐文化不高，但在我们的心目中，大姐的品性却是我们心向往之的境界。

大姐对我恩重如山。我是大姐带大的。大姐读书时还要背着我上学，课间就在学校厨房里喂我吃羹（米糊），其艰辛可想而知。这是母亲后来告诉我的。大姐出嫁时，我还幼小，妈妈说："大姐要嫁了！"我抓住妈妈的胳臂不断地摇动，哭着恳求说："大姐不要嫁！不要嫁！"第二天一觉醒来，大姐已经走了，我呆呆的，心里涌起一种失落的悲凉。

1980年，我高考总分上了本科线，但英语专业分未达要求，没被录取。家庭经济困难，父亲很无奈地对我说："去下洋农械厂当学徒吧。"我既无经济能力，又无社会经验，只能沉默不语。就在这时，大姐来了。她很坚决地对父母说："自己的人又不是读不懂。回去复读！"父亲听完，一言不发。过了几天，大概是大姐的话，父亲觉得有理，才决定让我复读。大姐的一句话，改变了我的人生轨迹。

第二年，我上了本科线，却录取到师专就读，大姐常捎钱捎物给我。有一天，我收到姐夫的信，读了非常感动。姐夫在信中说：你大姐温柔贤惠，是位好妻子。能够娶到你大姐是我一生最大的福气。我正在复习。我应该好好向你学习，争取考上师范学校……姐夫在信中这么直接称赞大姐，我还是第一次见到。所以，直到今天信的内容我仍然印象深刻。不知是不是大姐的爱感动了姐夫，第二年姐夫果然考上了龙岩师范学校民师班。

有一年假期，我到大姐家玩。她的公公坐在桌旁，很诚恳地对我说："啧啧，这样的媳妇世上难寻啊！啧啧。"他好像是在问我，又好像是自言自语，并且自我陶醉地"啧啧"咂嘴。我感到很惊讶，我当时想大姐真的有这么好吗？说实话，我从未碰过一个公公这样夸赞媳妇的。大姐是把公公当作父亲一样来看待的。每天早晨，大姐为公公用开水冲好鸡蛋羹，放在他的桌上。她知道公公喜欢小酌，三餐在饭桌上为他摆好酒杯、白酒。每天为公公收好叠好衣服。诸如此类细节，数不胜数……

大姐当过生产队长，但没做什么轰轰烈烈的大事，只是她心中有爱，存好心说好话做好事。一位同乡在姐夫的村子里当小学老师，大姐时常摘种的青菜给他，同乡心里涌起一股暖流，说："这样的阿姑姐，还真是没见！"大姐笑笑，说："自己园里有的青菜，便宜糟糟的。"

大姐与姐夫伉俪情深，如影随形。姐夫多才多艺，美术、音乐、体育、语数皆精，曾任小学校长，尤其是身体健壮，几乎从不生病，是纤弱的大姐的依靠。不料，退休后的姐夫罹患不治之症，瞅着姐夫放化疗后的痛苦，大姐当面温言劝慰，细心照料；背后却寝食不安，边吃饭边流泪……姐夫病情恶化，大姐轻抚着他的浮脸，宽慰道："大家都这样敬重你，你的一生很值……"姐夫细声道：唉，还没有尽孝啊，岳母还在。大姐一听，泪如雨下。姐夫病逝后，大姐一脸憔悴。思夫憾语，情何以堪？

我在乡下买房后，准备在春节前入住。大姐非常高兴，塞给我2000元，说："这是大姐的一点心意。"我坚决不收，说："大姐，我有钱，你留着用。"大姐将钱硬塞回给我，说："大姐的心意，人家有钱的还给两万呢？"我一时语塞，感动得鼻子发酸。

然后，大姐又在几个房间里转悠，邀女儿去上街。不一会儿，细心的大姐居然给买回了床单、刀鞘、纸屑桶、牙签罐等。年过半百的我，内心如一汪湖水漾起阵阵幸福的涟漪。

　　人生如过客，珍惜所有的不离不弃，看淡所有的渐行渐远。不知从何时起，大姐就变成了我身后的一棵树，我偶尔回头，看见一片葱绿……

（原刊 2022 年 9 月 3 日香港《文汇报》）

文人的风骨

夜阑人静，我常想：今天的文坛还有多少文人的风骨犹存？

4月2日是我的文学导师江城先生离别4周年的忌日。他没有等到《全球客家山歌》的出版，就悄悄地离去了。去世前1个月，我俩还通了电话，建议他喝中草药治疗。去世时，许多文友也不知晓。林阿姨在电话中泣道：他有遗嘱，丧事不必告诉任何好友，不要麻烦别人。我知道，这是他处事的方式。不这样做，就不像他了。

认识江城老师，是我调到古竹中学时。那时，我们是君子之交淡如水。直到1988年我调回下洋侨钦中学，我们文学上还没有交集。1989年，我任学校团委书记，在《中国初中生》报上刊登了一篇言论，激起我对文学的兴趣。暑假，我写了一部中篇小说《天上的月亮》捎给他看，他回信点评，让我燃烧起写作的热情。1990年，他向我约稿，并将小小说《兰兰》推荐在《永定文艺》上发表。从此，几十年来，他一直在文学上指点我，我们成为忘年之交。

江城老师，原名江国联，福建省民间文艺家协会会员。1933年6月，他出生于福建永定高头乡高东村一个书香门第。父亲江子铭系清光绪年间副举人，民国时期曾任福建省参议员、政务委员（副省长）。他幼承庭训，勤勉聪慧，1952年考入兰州大学中文系。第二年在《人民文学》发表作品。1955年，他先后正式出版民歌体叙事长诗《阳雀的故事》《逆龙盘歌》与民歌专集《客家情歌》、民间故事集《三个糊涂蛋》。此时他是年仅22岁的在校大学生，一年内却出版了4本书，可谓才华横溢，名冠学界。1958年《阳雀的故事》被上海人民美术出版社改编为连环画，风行全国。同年8月，他被错划为右派，痛失读写权利20年。待恢复教职，提笔为文，已两鬓染白……2011年我在网上看到《阳雀的故事》连环画被中国文苑出版社再版，发现作者姓名已被省略，告诉他是否维权？他已无心交涉。

江城老师身材高俊，气宇轩昂，说话风趣。也许是见我经常一个人寂寞地在古竹中学简陋的阅览室阅读报刊，有一次他凝视着我，说："我年轻时与你一样，很喜欢看书。"我印象深刻的是：他常年订阅《写作》。有几次，我到县城开会，晚上去他家拜访，恰好碰上他8点准时收看央视《走遍中国》。等看完这个节目，才泡茶欢谈。

那年，福建土楼文学院挂牌后，要出版《土楼文学》创刊号，约他写篇文章，他写了几段话，其中有一句：祝愿土楼文学像云南"昭通文学现象"一样，创造全国的一个文学品牌。我很惊讶，迷惑：昭通文学现象是什么？网上一搜才明白怎么回事。

他性格耿介正直，直到晚年都没改变。他认为：作家以作品立身，不是以官职立身，那些借职造势的作品，走出本地还有谁认可？年轻作者应走出闽西，将作品交给全国读者检验……今天想来，其言其语都是诤言谠论，醍醐灌顶。

他人文情怀深厚，不少文学青年受到他的关怀。每年暑期文化馆举办《永定文艺》创作笔会，他是讲课人之一。文学青年江永良想自印诗集《月亮三部曲》，将诗稿送他提意见，江城老师不顾年事已高，一丝不苟提笔修改。多年来，他给我在文学方面的复信已有一摞。曾经，我对小说与故事的区别迷惑不解。他来信解释说：小说需要故事，但小说不是故事；小说重在刻画人物，注重细节的个性；故事重在讲述事件，侧重情节的生动……我读后茅塞顿开。而今睹信思人，思绪翻涌，潸然盈泪。

永定民间治印老艺人赖超常师傅，想出版《实用印章与篆刻艺术欣赏》的印谱，找人写序遭拒，非常伤心。江城老师赞赏其精湛刻技与敬业精神，协助为其在永定文化馆举办首届"金石展览"，引起轰动，观者如流。江城老师为其写《治印高手赖超常及其篆刻》，刊于第17辑《永定文史资料》，留下了一份珍贵的文化遗存……

记得十几年前，江老师推荐我参加县政协文史组稿会，只见会议厅坐着四五十位头发斑白的老前辈，我是最年轻的作者，认识了许多老文史专家，他们或儒雅或谦逊，或严谨或沉稳，成为我人生中的一笔宝贵财富。每位老人都是一座博物馆，读人比读书更重要。

1997年，我读到第16辑《永定文史资料》中《台岛纪行》一文，是永定台属联谊会会长范京增老师写的，文笔生动感人，几欲落泪，很想拜识范老师，就想找机会叫江城老师引荐。不料，第二年4月，范老师辞世，成为我的终身遗憾。范老师归土安葬后，江城老师又邀约同仁，到其墓地祭祀怀念……

前几年，由于我供职乡镇中学，《永定文史资料》出版后往往无法及时领到。江城老师为了让我先睹为快，第一时间给我寄书。然后，又帮我代领代汇稿费。老前辈跑前跑后帮我，我于心不忍，又感动不已。去年，永定一中吴兆宏老校长，约我陪同考察下洋镇古碑，准备再出专著。下午我送他到车站等车，听说江城老师辞世了，他沉吟良久，说："写文史还是要江城啊！不仅有深度，他的学识、严谨……"

那年，江城老师重访侨育中学旧址。伫立汤子阁边，金丰溪畔，他指着滔滔溪水，说："读书时，我们几个同学洗溪浴，就是从这头游到那头的……"其情其景，宛如眼前，而今先生已随桃花流水去。

　　严谨治学，热情扶掖，正直谦逊，守道文人的风骨形象，照亮了我前行的夜路……

　　　　　　　　　　　（原刊 2022 年 1 月 4 日香港《文汇报》）

大哥

　　大哥是与我弟妹仨一起生活最长的兄长，想起他，我的心绪仍难以平复。

　　2009年8月29日夜，大哥带着多少遗憾与痛苦撒手人寰。殡仪馆传来阵阵乐声、阵阵哭声，令人凄怆而苍凉。掀开白布，望着大哥苍白浮肿的面容，我说："大哥，去天堂可要平平安安，健……"我一下哽咽住了，泪如泉涌，竟然"健健康康"也没说全。发现我噎不成声，妹夫慌忙接着叮嘱大哥。那一刻，我们跪下来，哀痛如绞……弟不相信眼泪，但不知为什么却哭得这样伤心。现在我想明白了：眼泪不是性格脆弱的副产品，而是一个人心灵坚韧的营养剂，每一滴眼泪都由血脉中的亲情来酿造。

　　我们不敢把大哥病逝的消息告诉80多岁的母亲，最后商量着让母亲看大哥一眼，母亲从此夜不能寐，哭了1个星期，容颜憔悴。作为家中长子，他为弟弟妹妹遮风挡雨，承担兄长的重任外，大哥还是我兄弟中最大的孝子，几乎每个星期都从老家中川村来下洋看望母亲，哪怕只是与母亲扯上几句话。10多年前，大哥就将母亲的相片放大，挂在自己的饭厅里。那时，我还不理解大哥这一行动。

　　大哥是忠厚的人，念初中时成绩很不错，但遇上"文革"，父亲受到迫害，只能当个农民，开过铁路，割过松香，炮过石，拉过板车，当过生产队长，什么粗重活都干过，但命运并没有什么改变。那年，一位造反派头目到我家大吵大闹，要打我二哥。大哥听说，拿起一根扁担跑回家中，要与造反派头目拼命，最终被众人劝住了。拙著《一座楼的客家》初稿出来后，我先送给大哥看，大哥却劝我不要出版。他怕写到楼中人的局限与磕碰会给下一代留下阴影，可我没听他的话。我只想写一个历史的客家，真实的土楼，一个瑕瑜互见的土楼生活。如果一味歌功颂德、讳疾忌医，我就不会动笔了。我想：记住历史，不是为了记住仇怨，而是为了以史为鉴，尽力做一个善良公道的人。回溯流年，或许大哥是对的，历史风尘烟消云散，是该相逢一笑泯恩仇了……

2009年3月的一天，央视《探索·发现》栏目魏编导因拍摄《土楼探秘》，准备采访我。我打电话叫大哥送土楼为背景的老照片过来。不料，电话是侄女接的，说大哥病得很重，拉血，叫广州打工的侄女回来见最后一面。我一下心潮难抑，眼雾茫茫……这几年大哥被直肠癌折磨得骨瘦如柴，我除了送些药品食品、安慰鼓励他外，却爱莫能助，愧疚酸楚。可是，来到虎豹别墅，侄女还是送来了不久前大哥帮我找的一张20世纪80年代的全家福黑白照片……那时，望着大哥疲惫而无助的眼神，我无力挽救他的生命，只得安慰他："心情放乐来，不要想这么多，好好养病。"大哥镇定地凝视着我，反问道："我会怕死吗？"那一刻，我内心涌起一股酸楚，眼眶潮热。是的，人生的风霜侵蚀早已让大哥参透人生，敢于鄙夷死亡。大哥为自己选好了墓地，甚至选好了遗像。去世前，他对大嫂说："我要先走了，每个人迟早都要走的……"大哥活得很痛苦，眼神凄迷而无奈。为了不让大嫂夜晚害怕，大哥想在白天离去，因而吃下了过量的吗啡，不料命运之神还是把大哥拖延到夜里。大哥死未瞑目，是不放心一对未成家立业的儿女吗？大姐痛哭流涕，一遍遍抚着他的眼睛，说："老弟，大家都这样关心你爱你，你还目睁睁哟……"也许是大哥听懂了大姐的呼唤，眼睛居然神奇地闭上了。

有一次，侄儿经朋友介绍去泉州找工作，结果失踪了好几天，大哥寝食不安，打电话告诉我："现在人都不知还在不在？"语气焦虑，夹杂着惶惑。我只好一边安抚他，一边到处打探消息。后来，侄儿打电话回来，才知虚惊一场。原来，朴实善良的侄儿将手机借给刚认识的"朋友"，"朋友"携机溜了。病重期间，大哥听说我患重感冒在打点滴，打来电话问候我，柔弱地叫我"不要这么累，好好休息"。而此时，我却分明听出大哥忍着剧痛与我通话的压抑声。我心里真像打翻了五味瓶。

大哥还山（笔者注：送上山安葬）后，侄女红肿着眼，给兄弟姐妹每人一份《我爱我的家》。那是大哥生前留下的绝笔遗书，嘱咐侄女复印好，等安葬回来后分发给大家的。大哥在文章中回忆了我家的贫困历史、父亲受到的迫害以及兄弟姐妹的关爱。文章末尾写道："今天我知道自己的日子不多了，我希望我们的兄弟姐妹要永远团结，尊老爱幼！我的孩子要报答在我生病期间帮助过我的人！……"

人生有许多苦难，但大哥给我们留下了宝贵的精神财富：鄙视死亡，学会孝爱。

（原刊 2013 年 10 月 25 日《闽西日报》）

学会照亮别人

在一位梅州女画家的朋友圈里，看到她去某村采风，望着被张榜在村委办公室墙上的外婆遗像，转过身来，泪流满脸，说忆起慈爱善良的外婆了，从小带她长大的。我一下心酸，也流下了眼泪，内心有个声音说：她就是我的同道了。

校友胡闹香也是如此，因为学校举办田径运动会，她第十几次捐款3000元赞助运动会，钱虽然不多，但她表达热爱母校的方式给我留下了深刻的印象。十几年，她用这种涓涓细流的方式，表达"滴水之恩，涌泉相报"的赤子之心。后来，她又以父母的名义，捐助了一个教室设备。她说，自己最大的遗憾是没上大学，能为教育出点力很开心。然后，羞涩一笑。

她是曹居才老师的高中同学。曹老师想为她做个运动会宣传展板，找到我，说："侨中培养出来的学生，如果能像她那样，个人觉得就是最大的成功！热爱运动的精神，热爱母校的精神，都很值得弘扬！"我颔首点头，深以为然。然而，当我了解她的经历后，又觉得不止如此了。

她1990年跟随父母到香港谋生。当时在工厂打工，白天上班，晚上补习英文，有个梦想：做一个白领。一次，有个上海老板到公司，见她做事认真，就很希望她到他公司上班，但有个要求，一定要会打字。

后来，父亲从工厂捡回一个手动打字机，哥哥买了一本自学打字的书给她。她每天早上学打字半小时，然后去上班，晚上补习英文。坚持 1 年下来，如愿成为一名白领。

她成家后，体重严重超标，水桶型身材。儿子叫她减肥，为了瘦身的梦想，她每天坚持跑步几圈，有时觉得跑不下去了……

不料，儿子却鼓励她参加 10 千米比赛。天啊！但想到自己的梦想与儿子企盼的眼神，她坚持练跑。比赛那天，一位跑友鼓励她要坚持跑完全程，她咬紧牙关拼了！跑完，一看成绩：1 小时 07 分！哇！不错哦！她加入了一个马拉松俱乐部，慢慢喜欢上了这项运动。有梦想，谁都了不起！短短几年，她获得 25 个奖杯、奖章，2016 年荣获第 17 届香港石岗山马拉松比赛冠军。她说：人生何尝不是马拉松，不要放弃，坚持住，你就是赢家！那次香港渣打马拉松比赛，她脚伤，跑到终点，她百感交集，蹲下哭了。用她的话说，自己被自己感动了。

最难忘的一次马拉松，是参加 4 人团队的"背水一战"活动：15 千米，每人背 10 斤水，两个队员有脚伤，但他们一路互相照顾，一齐冲到终点，水送给香港老人院，筹款 2600 元送给山区小朋友。她说：能做一件小善事，心情愉悦，原来做善事也能成为习惯。

那年，有位同学动大手术，她第一个捐款，本想捐 1 万元，但当时没钱捐了 5000，后来内心感到深深的内疚与自责。家人都觉得她很奇怪，思维像香港人。家乡遭遇"八·八洪灾"时，她整个家财只有 3 万，竟然捐出 1 万元。有人惊讶：你怎么这么舍得？她笑笑，说：人在天堂，钱在银行，做人开心健康就成功了。

第一次见她的照片就感觉有点特别：高高个儿，球鞋 T 恤，护膝贴，健美身材，运动员的范；却配着披肩长发，方框眼镜，玉手镯；个性豪爽开朗，却夹着书生的质朴儒雅……

那晚，听完江校长的家风家训讲座，顺手转发港胞江兆文先生的座右铭给她：我选择厚德和仁善，不是因为我笨和傻，我明白:"厚德能载物,助人能快乐,爱出者爱返,福往者福来。我每次付出,心情特别好!"胡闹香马上点赞,说:"很好!"

她有一些房子出租,说几十年没涨过租金。别人说她傻。她笑笑说:老租户了,谈钱伤感情,再说他们一直租着,我的房子无法出卖,我不是也赚回来了吗?朋友们点着她的头,大笑。

我想起古代"冯谖买义"的故事:战国时齐相孟尝君询问门客:"有谁能够替到我封地薛城(今山东藤县)去收债?"冯谖自告奋勇。孟尝君非常高兴。冯谖问孟尝君:"债收齐后,买什么东西回来?"孟尝君答道:"看家里缺的买吧!"冯谖到了薛城,召集还债的百姓来核对借据。核对完了,冯谖就假托孟尝君的命令,当众焚毁了那些契据,说是那些钱不用还了,老百姓非常感动,齐呼万岁。冯谖回来后,孟尝君问:"债收齐了吗?你买了些什么东西啊?"冯谖答道:"都收齐了,你家里只缺少'义',所以我就替你买回了'义'。"当孟尝君明白怎么回事时,无可奈何说:"先生的目光真是远大呀。"后来齐王解除了孟尝君的职位。除冯谖外,其余门客都弃他而去,孟尝君只得回到封地薛城。在离薛城百里远的地方,薛城的百姓纷纷走上街头,欢迎他的到来。孟尝君说:"先生替我买的'义',今天终于见到了。"

在这个越来越热闹而孤寂的时代,喧哗而冷漠的世界,能够找到内心发光而照亮别人的人,真的是幸运而幸福的。一个人的价值不只是舍得,而是照亮别人。

(原刊 2022 年 6 月 8 日香港《文汇报》)

同事琐忆

儿童文学作家小梦，是一位幼儿教师。一天，她向我诉苦说：她的两位同事经常借各种杂事，将其他两个班的孩子带到她班里，她要管 30 多个孩子，这个哭，那个叫，实在要崩溃了。

我说：你可以直接跟这两个同事谈啊，每个人都要将心比心，对不对？后来，她向中心园园长反映了。园长回复说：那两个老师很喜欢你的善良实在，很喜欢你这个同事，她们知道了，误会终于解除了……

教了 40 年的书，我一直在想：同事是什么？他们是我生命中的谁？

我曾经有一位同事，是普普通通的地理老师。他中专毕业，学得并不是地理专业，"文革"时还失去工作，在我的老家做木匠。复职后，他教了一辈子地理，可谓半路出家，成绩平平无奇，但我不会忘记他。平时路上遇见他，未语先笑，邀我喝茶。他每年都去香港度假，给我带回香港的报纸。人生如风，雁过留声，他临近退休时，想给这个学校留下一点东西。可是，留什么呢？

有一天，他将自己珍藏的剪报奉献出来，在校门口树林下举办了一个剪报展览。展览并没有想象的轰动，看的人并不多，但他开心地笑了。后来他在书亭旁边，捐种了一棵榕树，砌了一圈围栏。退休后不久，他就去世了，而那棵"退休榕"，现在还郁郁葱葱地生长着，奉献着它的绿叶、它的温暖……每当我抚摸着这棵榕树，我就想起了这位普通教师——吴楚龙老师。他矮胖的身材，和蔼的笑，金子般的爱心，在岁月的沧桑中闪烁……

几百人的单位里，性格各异，什么树木花草都有。碰到富有爱心的同事，那是生命中的幸运！如果这种爱成为单位的文化氛围，包裹着你，簇拥着你，那么即使清贫如洗，每天的生活都是快乐而幸福的。

同事的情感是慢慢积聚、悄悄沉淀的。在我的学校里，有许多爱我帮我的同事，我经常被他们的善行感动。比如，语文组改卷，年轻教师很快改完了，就来帮我改。我电脑上的问题不懂，阙会计上我家帮我填表。工作上，胡、曾副校长，办公室、教务处都给过我不少帮助……

我的老同事张林立校长，是龙岩市名校长。他教的数学非常棒，我暗暗佩服他。有一年中考，他教的学生张深寿数学科考出永定区唯一的满分，超过了曾经多年摘取福建省高考"状元"桂冠的重点中学的学生，轰动一时。

更让我惊叹还有一件事：我女儿读初三时，大概是上课常偷看小说，数学一落千丈，150分的试卷经常只考到70分左右，让我非常担心、焦虑，心想：按这样的成绩，中考连普通高中都考不上。中考前两个多月，我载着女儿，找到了张校长。

他给我泡茶，厚厚的镜片里闪出神奇的眸光。他接过女儿的试卷，微笑说："我再仔细看一下。"他浑厚的语音，让我内心涌起一丝希望，但我并不敢有太多的幻想，毕竟数学基础令人担忧。后来，仅仅补习了3次，每次约1个小时，女儿说："张老师说不用再去了！"

我忧郁地问："能听懂吗？"女儿点点头，说："能。"我对数学是外行，也不好再问什么。中考结束，一查分数，女儿的数学是128分。天啊，我的嘴巴张得合不拢，女儿的成绩竟然近130分，顺利考上了高中。至今，我都觉得恍若中了彩票100万。

同事是什么？是改变你下一代命运的人。一点没错！外甥女参加高考，数学基础差，只得了 50 多分，只上了大专分数线。妹夫很生气，说："没考上本科，不要读！"外甥女委屈得流泪了。商量后回校复读，我说："那一定要到唐建滚老师班里去。"他教数学，我了解。果然，第二年高考，外甥女数学考了 120 多分，顺利考上本科大学新闻学专业。我对外甥女说："唐老师改变了你的命运，你一辈子都不能忘记。"……

篮球场边上，瘦小的身影，踽踽地慢跑，汗水洇湿了背心。这位中年老师，是我的同事胡壮藩。他教历史，教学成绩排名龙岩市非一级达标校第一名。这几年，他参与编辑本地文化杂志《侨乡下洋》，时有交往。我一直疑惑不解：他的历史课为什么教得这样棒？像我们这类型的学校生源，成绩能达到永定区各中学前三名已是"天才"了，他却教到市级第一名去了，我不知道他的教学秘诀是什么。

有一次，我们陪同市里的华侨史专家考察，他载我回家。在车上，他轻声问我："年历中那段说明文字'彩春桥'，注为'百龄桥'，有没有更好？"我忽然想起，春节前侨联要出版贺岁年历，他叫我帮写说明文字。

他说："彩春桥是百龄桥冲毁后改建的，建桥初始时间对不上……"他的语气是如此轻柔。我醒悟过来，说："对，我考虑不周，你改过来更准确。"其实，我将说明文字交给他时说过：一切由他去定，我写的只供参考。这时，我终于懂了他。

又有一次，他对我说："如果你要去看病，告诉我，我载你去。"我眼窝一热。

一天，我请惠安文友在新都酒店吃饭。刚好他也请朋友。等我吃完去付账，老板娘说：有位老师帮你付了。我问谁呀？老板娘不愿说。回家后问实了，我转 600 元给他，不收……

同事是什么？是改变我们家族命运的贵人，是今生送赠爱与幸福的邻居。

（原刊 2022 年 5 月 21 日香港《文汇报》）

想起小津

前几天，收到学生小津的微信说要回母校看我，"因为老师是改变了我人生轨迹的人"。我感动之余，又想起了他在高中期间的许多往事……

记得他是高二文理分班时来到我班的。他长得清秀俊逸，白净肌肤，让人一见难忘；尤其是他性格温和，心态阳光，嘴巴还甜，对老师嘱托的工作完成出色，高二时就担任班长、学校学生会主席。

可是，我没想到高二下期时，他忧心忡忡地告诉我不想念书了。询问他为什么？他低头挠发，嗫嚅又止。我知道他的成绩不太理想，只好安慰他说："读书只要自己尽力就行……"小津抬头望我一眼，说：老师，你什么时候有空，我想到您那里聊聊。

一天中午，小津应约而来。原来，小津是留守儿童，与住在县城的爷爷奶奶一块生活。他的父母20多年前去深圳开烟酒店，只是春节时才能与小津见个面。小津忧戚道："父亲说如果考不上本科，就不要念了。"我心里沉甸甸的。小津的英语、数学差，所以压力很大，才萌生出高中会考完不想再读的念头。我只好抚慰他……小津频频颔首。小津更加勤奋，成绩略有上升，但并未发生大变化。他的压力越来越大，好几次向我诉说他的烦恼。值得欣慰的是他没有沉沦，还被评选为学校"十大学生标兵"。

高二暑期开始时，我写了封言辞恳切的3000字长信，托小津带给他的父母。信的内容主要陈述了小津在校的优异表现，希望父母"应该为有这样一位优秀的孩子感到骄傲"，希望家长信任孩子、宽严适度，给即将进入高三的孩子减轻压力，小津目光里充满了感激。

暑假结束回校，我问小津："你的爸爸看完信，说了什么没有？"小津摇摇头，叹气道："唉，一句话都没说。"我的期望如肥皂泡破灭。学校举行一年一度的"高三家长会"，我非常盼望能与小津的家长面谈一次，可是小津的父母没有来参加。看着高三（11）班许多家长在教室里与老师们交流，站在窗外的小津羞怯而沮丧，目光迷茫，悄悄地走了。

高考前两个月，小津一个人搬到音乐室自习，他觉得时间很紧了。我叫他正课一定要回教室上课，结果，每节语文讲评课，小津准时坐在教室里，静静地听课。在老师眼中，他是这样懂事，这么乖巧，讨人喜欢……

高考分数揭晓。不出所料，小津的分数只上了专科线。不久，我担心他的父母不让小津上大学，那就可惜了一个人才。我拨通了深圳电话。不料，小津的父亲不在家，我向他的母亲讲述了小津在校的表现……

突然，小津的母亲在电话中号啕大哭起来。她边哭边向我诉说小津的固执任性，说暑假叫小津到他大伯工厂里打工，做没几天就跑回老家去了……不知不觉聊了一个小时，我渐渐觉得她不是个蛮不讲理的家长，却与小津赌气。挂了电话，我心里沉重而酸楚。我发短信给小津，盼望小津多与父母多沟通。小津说："嗯，好的。爸妈一直误解我，见到他们心里非常害怕，脚都颤抖，他们总是训斥我。"

让我百思不得其解的是：为什么一个在老师眼中懂事听话的学生，在家长眼里却变成了固执任性的孩子？其实，父母与子女的家庭关系，是最亲近的，父母之爱不是老师关爱可以取代的。

小津最终被录取到某学院就读，小津喜滋滋地告诉我：他在深圳办厂的大伯，将为他交大学的学费。我为小津感到高兴，劝他多给父母打电话，无论碰到什么困难都要去读大学，因为没有大学的人生是缺憾的。

可是，9 月末的一天晚上，小津颤抖着声音来电说：开学将近 1 月，大伯并没有给他交学费，叫他去银行贷款，但是乡信贷员却去旅游了。小津哽咽着，我心里一阵难过：孩子还没有能力，父母本该负起责任，何况其父母不是没有经济能力……大一下期，我因去城市看病，顺道去看小津，他还是那么阳光，早早地在路边等我。

现在，我终于想明白了：小津与父母并没有谁对谁错。他们之间的隔膜，是长期缺乏沟通，误解越来越多造成的。这正是众多留守儿童家庭普遍存在的社会问题。

（原刊 2013 年 5 月 31 日《闽西日报·生活专刊》）

病很痛，而爱可以很浪漫……

刘志华说她有点累了。昨天首次受邀参加省市作协的"重走中央红色交通线采风活动"，她有些晕车，太阳穴卟卟地跳，疼。

患尿毒症的丈夫还躺在龙岩市二院做透析，由公公临时替护。今天她回到了老家福建龙岩永定峰市镇忠信村。她的内心倏地轻松宁静下来。忠信村宛如一片碧绿的树叶，矗立山坡上。叶脉是几条拾级而上的石路，竹海、篱笆、布荆树、芭蕉林簇拥着这个小山村，夏风习习，空气都是甜的……

刘志华看上去，秀逸优雅，束着长发，橘衣蓝裙，背着黑包，胸前挂着一只绿色如意。她从永定县城买了龙眼、黄皮、提子，还有两杯豆奶。一回到家，她亲热地抱起小侄儿，给了他一杯豆奶。然后，她分出部分水果和一杯豆奶，送给88岁的奶奶。奶奶的耳朵有些背了，但见到刘志华马上满脸慈笑，问起志华儿子考大学的录取情况……

她漫步在小径菜园间，不时拿出手机，对着藤茎上的南瓜、木瓜、枇杷、芭乐拍摄；有时蹲下身子，瞄着一窝叽叽喳喳的小黑鸡拍照……这时，她消瘦的脸庞会溢出一种闲适的自在，透出她骨子里的浪漫情怀……

但是，这样安逸的情景也是暂时的。吃饭时，她的紧绷让人崩溃。几乎是半小时，她就要掏出手机，似乎是自言自语，又似乎对朋友抱歉，说："嗯，我先发一下朋友圈哈。"发的商品琳琅满目。因为要照顾患病的丈夫，她失去了工作，不得不做内心不情愿的微商，琐碎的微商。她内心怀有小清高的情结。她是个怀旧而敏感的人。

友善率真，聪颖俏皮，温柔体贴，敏感浪漫，是亲友们对刘志华的印象与评价。问她：你有缺点吗？她笑笑说：有啊。爱较真，自以为是，不够圆通，哈哈。

吃过午饭，刘志华走上2楼的房间。一束阳光从后山的树林间隙穿过，恰好射到书桌一盆小小的仙人球上。墙壁上还挂着一个心形木制工艺品，上面画着几只小船，漆着黑字"港——等待你的漂泊"。看到它，刘志华的心里泛起了说不清道不明的情愫……它是丈夫葛团标送给她的爱情信物，从庐山旅游时带回的礼物，20多年了，它静静地陪伴着刘志华。

她翻出了她的一大摞获奖证书，其中有2014年被评为"龙岩市十佳贤妻"的证书。她又翻出了一大摞情书，泛黄的，有些灰尘。她保留了丈夫当年的情书，字体潇洒俊逸。她的神情温柔如水。哦，还有一条淡黄色小手绢，这是她1996年12月恋爱时送给男方的信物。绢面上，有她红笔题写的小诗《钟爱一生》："相识本不易，惜缘却更难，相识于真诚，钟爱此一生。"内心细腻的她，又在左下角画了一幅红梅图画。看到这，往事如电影闪回，一幕幕在脑海涌起……悄无声息，她的眼角潸然流出了泪水……

1990年，刘志华初中毕业了。她身材高挑，亭亭玉立，走起路来如舞步轻盈，说话莺声细语，优雅动人。这还不算，刘志华身上还有与生俱来的独特气质：活泼俏皮，情感细腻，又多才多艺。她家境优裕，父亲是县医院的一名防疫员，母亲、兄长对她疼爱有加。在家乡，刘志华是一帧移动的风景，成为众多青年追逐的对象。1992年她经培训考试成为一名乡村幼儿教师。短短几年，她的幼教论文、民歌演唱、绘画作品，就在县乡获奖，并被评为先进教育工作者。她家的卡拉OK，吸引了不少同事、朋友一竞歌喉，热闹异常……

1995年6月，刘志华经校长介绍，结识了峰市中心小学教师葛团标。葛团标比刘志华大4岁，帅气得像韩国明星，为人稳重包容，两人迅速热恋起来。刘志华亲昵地称葛老师为"标哥"。这年，刘志华探知"标哥"生肖属猪，特地用吹塑纸剪了一个可爱的"小猪"，作为生日礼物送给了标哥。标哥一瞅，乐坏了。这年夏天，标哥买了一根冰棍，多买几根也不是买不起，但他只买一根冰棒，然后两恋人面对面坐着，凝视着对方，笑了笑，你一口，我一口，慢慢地"舔"起冰棒来……刘志华眯起眼，很享受这种浪漫的"小确幸"。最后，冰棒滑落了，刘志华丝毫没有察觉，咬到的是一小截棍儿……睁开眼，两人笑岔了……每到周末，标哥就会骑车载着她去漫游，一路欢声笑语，感受美好幸福时光……

1997年冬他们在亲友祝福下举办了婚礼。2人世界，如胶似漆，他们手拉着手，漫步于枫林旁，小溪边……有时候，调皮的刘志华会闹着标哥，背她走一小段小路，嘻嘻哈哈的……1999年7月儿子出生了，夫妻俩的浪漫爱情没有降温，反而越发充满情趣。那年晒谷子的间隙，他们2人玩起了"打上游"的扑克游戏，约定谁输谁去炽热的太阳底下耙谷子，3局2胜，葛团标赢了，嘿嘿地坏笑。这时，刘志华可不干了，要知道她在父母面前可是"撒娇女"。刘志华佯装生气了，说："你耍赖，我不干，不准欺负我！"葛团标哈哈笑，拉拉她的小耳朵，说："输了就输了，小女人要敢作敢当，快去耙谷子，废话少说哈……"刘志华皱眉说："不算，重来，你偷看牌……"最后，葛团标刮了下她的小鼻梁，说："你这小赖皮！"然后他咧嘴一笑，自己去耙谷子。刘志华趴在膝盖上，窃窃地笑……

可是，好景不长。丈夫葛团标经常关节疼痛，2000年独自到龙岩市第二医院就诊，结果却查出尿毒症晚期。这无异于晴天霹雳。葛团标绝望地在病房痛哭了一场，却不敢将病情如实告诉父母、妻子，只是说肾病。为方便就医和找工作，夫妻俩就寄住在县城娘家。为了赚钱，刘志华忍痛把刚断奶的孩子交给乡下老家的公公婆婆照顾，自己到永侨藤器厂学编藤、学雕刻，常常加班到10点才回家，饿了想吃碗2元的沙县小吃都舍不得。为了能更好照顾孩子，刘志华又回到了娘家小学任幼儿教师。

治病期间，刘志华常常在QQ空间书写日志，记录自己郁悒、期盼、迷茫、无奈的心情。

虽然生活一下跌入冰窖，但夫妻俩的感情并未受到太大的影响。丈夫葛团标是"暖男"，妻子刘志华仍是制造小情调的"撒娇女"。刘志华下班回来，搂着葛团标，说："老公，我不想吃饭，没有胃口。"葛团标捏捏刘志华的脸蛋，说："今天葛大厨亲自下厨，做个营养品给老婆大人吃，包你胃口大开！"不一会儿，刘志华惊喜起来："哇，我的最爱，甜酒煮鲜虾！"有时，刘志华加班回来，标哥就端出"麦芽糖牛奶鸡蛋羹"。刘志华吃着标哥调制的鸡蛋羹，觉得温润嫩滑，麦芽糖的香气在唇齿间回荡，心似乎也被老公的细心融化了……

一天早晨，刘志华因气血虚弱，起床后有些头晕。葛团标开玩笑说："嗯，我很想头晕，头晕不用上班，老婆人精！"刘志华笑了，说："老公，唉哟，头更晕啦，快抱我！"葛团标慌忙走前去，给她按摩太阳穴……等刘志华下班回来，惊呆了：葛团标购买了红枣、黄芪、当归、红糖等，慢慢熬制了一大罐"益气补血膏"，存放冰箱，每天一勺子，一罐能吃上个把月。看到患病丈夫亲制的补品，刘志华忽然觉得每个细胞都甜滋滋的，抱住老公，说不出话来……

葛团标的病情不断加重。由于肾无法排出毒素，过高的尿酸引起关节针扎似的痛，俗称"痛风"。痛风发作时，葛团标发烧，呕吐，拉泄……住院成了家常便饭，刘志华奔波于幼儿园、医院和家之间，艰难地走过了17年……瘦弱的她背着"痛风"而无法行走的葛团标，在医院走廊里走过，吸引着许多困惑、同情的目光。一幕幕往事在夜深人静时闪现，她只能暗暗地流泪……

2005 年初开始透析，然后东拼西凑了六七万元，去了福州总院一边透析一边等待肾源，10 月份终于做了移植手术。移植后不到 1 年，检查发现因移植感染了丙肝。找医院要个说法时，院方给了点钱以示安慰，并提醒别告状，赢得胜数几乎为零，夫妻俩只好认命。每年抗排斥药的费用，让生活相当拮据。

有一次，为了节省费用，刘志华到医院外的小吃店买饭菜，她看见一位前来治病的残疾兄弟为了省钱，比较哪家饭店便宜进出饭店两次，最终还是选定这家饭店买饭。刘志华觉察到了他们的不易，自己付账时多给了点钱，轻声嘱咐老板多打些饭菜给他们。她难过极了，自己又没能力帮助他们，所以只希望他们今晚能吃饱。然后，刘志华忍住眼泪，走到僻静处，想起同病相怜的痛苦，蹲在地上痛哭……

刘志华心想：自己要坚强，不能撒娇，把"撒娇"专利让给丈夫。那年冬天，朔风凛冽，病房里寒气逼人。刘志华用脸盆接了葛团标的呕吐物，自己都不想吃饭了。她心疼丈夫，他躺床上半个月了，肚子痛、腰痛、关节痛……她在日志中写道："阳光 / 就在窗外 / 触手可及 / 然而 / 却因一墙之隔 / 可望而不可及 / 多想把散落一地的阳光 / 收集在小屋内 / 让温暖抚慰你的苦痛……"有时她看着路边小两口依偎着走去，会注视着他们走到尽头，又羡慕又酸涩，心想：如果丈夫没有病，我会比他们更幸福。

刘志华在文学博客网上发表心情日志《我回来了，借您的肩膀靠靠好吗？》，迅速引发文友热议。文章的真情实感、坦诚率真，击中了众多网友柔软的心灵，许多网友含着热泪读她的故事，为她筹募治疗经费。四川网友三月紫玲、陕西网友荷雨飞扬邀请她到九寨沟旅游散心，香港网友海伦连续几月给她支付生活费，特别是葛团标曾经的同事郑先生情深义重，除了自己慷慨解囊外，还向他的朋友发出倡议筹钱……

今年1月，葛团标病情突然恶化，辗转了3家医院，分别收到3张病危通知书。春节在漳州175医院的病房里度过。刘志华独自1人，面对举目无亲的陌生环境，面对被病痛折磨得无法自理的丈夫，她极力控制自己脆弱的情绪，将葛团标病重通知用微信转发小叔子，然后伤心地站在医院僻静一角抹眼泪，不接家人来电……她走进卫生间洗脸，平复跌宕的心情，不让葛团标看出她的孤独与忧戚……

经过两个月的治疗，病情好转，但是移植肾也失去了排毒功能，只能靠做血液透析来维持生命。夫妻俩特别想回家，可龙岩市没有一家医院有丙肝阳性透析机。龙岩市二院的领导知道情况后，专门分出一台透析机给葛团标。终于可以回到本市了，刘志华夫妻高兴地哭了……他们多么怀念家乡淅淅沥沥的小雨，叽叽喳喳的鸟鸣，沿河路树间的一排旧沙发啊！

有一次，刚做完透析，虚弱的葛团标故意躲进病房的门扇里。刘志华刚走出大门，望见空荡荡的长廊空无一人，心里一悸。她返回病房，揪出了葛团标，笑问："你干吗？"葛团标咧嘴一乐："我想看你慌张地跑出去找我呀！"刘志华莞尔一笑："哼，你这智商还想忽悠我！"

为了给葛团标创造更安静的医疗环境，刘志华在医院对面租了1间房子。过马路的时候，葛团标浑身无力，刘志华牵着他走。走着走着，刘志华听到手机响了一下，一只手放下葛团标，看起信息来。走出几步，刘志华恍然觉出葛团标没跟上来，回眸一望，葛团标还站在路中间，急忙回去牵他。葛团标伸出右手，笑说："你看你把老公给丢了！丢了百度找不回。"刘志华愧疚地抿嘴一乐："哈哈，丢了亡没人捡，就我心疼你……"

回到出租房，刘志华赶紧做饭，忙到下午2点多才吃饭。吃饭时，葛团标说：煎得鲫鱼这么难吃！刘志华瞅他一眼，说：怎么会？很香啊。葛团标盯她："把多刺的鱼给我吃，你不疼我了，我告诉我妈去。"刘志华被逗乐了:"告诉你妈没用,要告诉我妈才行。"刘志华想起来了:母亲宠女婿,曾说:"团标很可怜,你要好好疼他。"岳母常给女婿捎来了土鸡、家兔……

第二天不用去透析了。吃过早饭,他们依偎在床上看"笔记本"中的电影《我的1997》。随着剧情的跌宕起伏,夫妻俩被主人公的命运深深地打动了。葛团标一会儿被逗得哈哈大笑,一会儿被感动得心潮波动,眼眶里噙满泪水,顺着鼻梁悄然滑落……刘志华慌忙拿出手机,拍下了这难忘的画面。

在老家忠信村翻阅一大摞情书的时候,刘志华读得很仔细,每封信的细节都清晰地藏在记忆深处……她更多的是在追忆逝去的美好,浪漫的情怀。有时很辛酸,有时很无奈,有时很甜蜜。

如果不是丈夫得病,她的人生会是淡黄的柚子花,虽然细细碎碎,却也馨香四溢……可是,丈夫患尿毒症17年,改变了她的人生轨迹。多年过去,想起那年儿子生日,她的眼里仍然溢出泪花。儿子6岁生日那天,怯生生地仰起头说:"妈妈,小朋友们过生日有大蛋糕,爸爸生病没钱,给我买个小小的蛋糕、5毛钱的玩具,可以吗?"刘志华一把搂住儿子,眼泪簌簌落下……

读着葛团标的第一封"情书",刘志华仍然怦然心动。葛团标是一个稳重包容、聪明幽默的人,让她崇拜着迷。以前她喜欢在他面前"撒娇",因为这是这对平凡夫妻表达爱意的独特方式。有一次,刘志华切菜,不小心割破了一点皮,慌忙跑到老公面前,装出倒抽凉气的表情,娇滴滴地说:"唉哟!老公,切到手了,好痛好痛!"葛团标连忙拉过她的手,一边小心翼翼给她碘酒消毒、上创可贴,一边眉头紧蹙,责备道:"这么不小心你?"刘志华的眼光闪了闪,差点笑出来,心里却是爽歪歪的。

一天晚上,夫妻俩依偎在一起看中央8套的电视剧《为你燃烧》。在插播广告时,刘志华忽然被花脚山蚊叮了一下,又痒又麻。于是,刘志华故伎重演,说:"老公,蚊子来咬我!"葛团标知道她的德性，望望山蚊子早已不知去向，却夸张地用手对着空中"啪"地拍了一下，说："哼！敢咬我老婆！跟你没完！"然后，回头查看叮咬处，又是挠痒痒，又是温柔地哄刘志华。最后，两个表演者开怀大笑，那份特别的浪漫情愫在夫妻间弥漫开来……

读完第一封情书，刘志华突发奇想。她拍下这封情书，微信传给了葛团标。葛团标一愣，以为是谁写的。当他读完此信，曾是小学语文老师的他也笑了。他俩一言一语，话起当年的情书来。

葛团标说："字有点漂亮。"

刘志华说："人也有点帅气，只是表白有点通俗（偷笑表情）。"

葛团标："人家老实嘛（假装害羞）。"

刘志华："重来，好吗？再给我写一封情书，找回当年的感觉！"

葛团标："那我也来点文艺范的，来点苏格兰情调。"

刘志华："苏格兰调情。"

葛团标："哈哈……"

刘志华："嘿嘿，重新追我，要打动我哦。不然，不回龙岩哦。"（笑）

葛团标："你等着……"

刘志华从"全民 k 歌"个人主页中，挑选了两首她唱的歌《枕着你的名字入眠》《没有你陪伴我真的好孤单》，发给了龙岩的葛团标。那纯朴的歌声带点沙哑，却婉转而深情，孤寂而邈远，苍凉又茫然，宛若一位飘逸痴情的伊人，在萧瑟秋风中伫立，凝眸盼望……躺在病床上的葛团标，闭着眼静静听着，思绪悠悠，渐渐地，眼眶里盈满的泪水，从浅浅的眼角慢慢溢出……

病很痛，而爱也可以很浪漫。

浪漫的爱，是正能量的情怀，是蔑视疾病的勇气，是超脱痛苦人生的秘诀。

（原刊 2017 年第 20 期广州《家庭》）

忆章武老师

春天，从碧蓝无云的空中飘落下来，融合在和煦柔软的阳光里，隐匿于姹紫嫣红的格桑花中……每一朵星星般的花儿，都是我内心的怀念。

去年，防疫放开时，著名散文家陈章武老师不幸病逝。我与陈老师仅有一面之缘，但他受到冰心、郭风等人影响，而留存的传统士人的古韵遗风，永远铭刻我的心里。

我和陈老师相识于2009年省作协采风团来永定。他与汪兰大姐多次给我寄书，怕我遗失联系方式，还将手机号细心地写在书页上。

有一次，我从他的书中，看到《土楼与标点符号》这篇文章，觉得很有存史价值，推荐给第34辑《永定文史资料》，征询他：能否将标题改为更质朴的文史标题？也许是他觉得标题含有他的创意，我们遵照他的意见，保留原标题刊登。

我最难以忘怀的是几次与陈老师通电话。

2015年8月7日下午，读完他的赠书《策杖走四方》，我去电陈老师，问了他的身体情况，问妞妞今年回来了没有，谈了他新出的两本书。他说，现在不能坐久，坐一两个小时，双脚会很麻木，一星期去医院按摩两次。妞妞回来了，又回美国了。他说《走进海西纪实文学丛书》是"福建的百科全书"。对我提出的问题，他说莆仙话中的仙是指仙游，还有莆仙戏，这一地区风俗相近，文化相同，古代叫兴化府，是海滨邹鲁。又说，他写散文不会重在介绍，因为这些书中都有的。他注重触动心灵的东西来写，而且都有独特的角度，比如他写99座山，每座山的角度都不同……

读完章武老师赠书《标点人生》，是8月12日下午。我又给他打电话。我说：您写母亲非常生动，如写母亲怕玻璃碎片伤人，将它包回莆田老家，埋在龙眼树下，让我想起自己老家的婆婶的好心肠。我读到莆仙童谣"拖砻伊弯，老鼠过番"，不知方言"伊"字是什么含义？陈老师说"伊弯"是拟声词，类似"伊呀"的意思。他还用莆田话念给我听。哦，我原猜想是不是副词"很"或动词"转"之义。我又问，每次出门，母亲叮咛："和尚、包袱、伞，都带齐了吗？"这句中"和尚"指什么？陈老师一下笑起来，说这是掌故笑谈，"和尚"指自己。我说您写海外的文章很新奇，如《黑海日出》写到凡·高笔下的太阳，原以为是天才与众不同的想象，今日方知大师神笔依然得之于造化的厚赐！陈老师说，《多瑙河之波》，还入选《初中语文·自读课文》。

说到入选中小学教材的福建作家，他说黄河浪是他大学同窗，与冰心同乡，创作的《故乡的榕树》被大陆和香港选入中学语文教材，还有林觉民的《与妻书》（台湾课本）、舒婷、陈惠英等人的作品。陈老师说，教材变动大，他入选中小学语文教材的作品《北京的色彩》《武夷撑排人》《天游峰的扫路人》《病的快乐》《多瑙河之波》，几乎都是早期作品，比较适合当作中小学教材而已。

让我没有料到的是，陈老师说《北京的色彩》，他自己收到的就有30多种版本。入选教材稿费有3000、1500、几百不等。被转载出书的作品，大多不好意思去要稿费。如没寄来教材稿费，可能就没再收入作品了。谈起这些，陈老师的语气平静而淡定。

他还提及一件往事：有一次，卫校的老师问他：《病的快乐》

到底算议论文，还是议论散文？大家对文体有争议。陈老师说，这是评论家的事，作者一般不太管它，许多文章是夹叙夹议写的……

苏教版小学课文《天游峰的扫路人》，影响巨大。我委托龙岩实小的语文教师帮我查找本地使用的人教版教材，她告诉我：《武夷撑排人》一字未改，选入小学语文教材《同步阅读》。陈老师说，网上有报道：福建小学生读了此文，激发了她与母亲去游武夷山之趣事。正当我有点失望于《天游峰的扫路人》未选入我省小学语文课本时，陈老师突然说：我知道前几年福建有几个县是采用苏教版教材的，如福清……

我发现苏教版《天游峰的扫路人》与原作相比变化较大，想起江苏镇江实小名师颜翠凤因教研需要通过我联系章武老师的往事，她说读原作更能理解作者的真实想法……

我针对词句的改动，向陈老师请教了几个问题：原作中写到扫路人姓屈，河南商丘人。而网上有人发资料说：扫路人名叫苏悉，他于2001年4月5日，在天游峰旁的房子中逝世，享年102岁。陈老师听到这，"哇"了一声，他的赞叹是否想起了他文章中与扫路人的百岁之约："30年后，我再来看您！""30年后，我照样请您喝茶！"

陈老师讲述了一件往事：几年前，武夷山电视台制作了一期《寻访》节目，特地将他请回武夷山做嘉宾，而当年的扫路人却不知去向了。这时的扫路人为了拍摄节目，还表演用绳索绑身到悬崖下拾垃圾。显然，这位活到102岁的苏悉不是作品中的人物。

我说：我觉得原作更真实，选文更规范点，比如：原作有句"吃的是公家的大米和自家种的青菜"，选文改成：吃的是自己种的大米和青菜。我说，扫路人要天天扫路，哪有时间来种水稻啊，房前屋后种点青菜倒有可能，再说他的大米应是公家配给的。陈老师表示赞同。

我发现不少教学资料主题提炼为：表现了扫路人豁达乐观的生活态度与自强不息的精神品质。我心里正疑惑"自强不息"不知从何而来？

原来，选作将原作的结尾一段删除了：一个人，在一生中偶尔攀登几次高峰并不难。难的是，每天都攀登高峰，从小到大，从幼到老，老而弥坚，自强不息。

卒章显志，深化主题，是中国文学的传统方法。不料，陈老师却说：我觉得结尾删掉更好。结尾点题，显得模式化，作品要自然一点好……

我告诉陈老师：这篇作品影响很大，被小学老师开发出许多副产品，有读后感、颁奖词、辩论赛等。陈老师说：有老师将作品分析得很细，写文章时哪会想这么多啊？如果考虑这考虑那，就没办法写了，哈哈。我咧嘴一笑，道：是的。现在语文课阅读分析太琐碎、太乏味，我比较主张整体阅读感悟课文，学生能领悟主要意思就可以了。

我联想到《散文选刊》主编王剑冰的作品《绝版周庄》，被收入教材，拥有众多读者，对周庄的旅游产生了巨大影响，王剑冰因此被授予"荣誉市民"。我问：武夷山市有授予您荣誉市民吗？陈老师平静道：没有。

陈老师已经出版了11本散文集，我问：哪一篇是您最好的作品？最能代表您的创作风格的？陈老师沉吟一会儿，道：也没有想过最好的作品。

我笑道：最好的，永远是下一篇作品，是吗？他说：以前出版的《散文自选集》，是早期的作品了，思想、技巧有时代的痕迹，倒是最后出的这两本书是较满意的，写得自然。我问：《标点人生》中，目前您最满意的是哪篇？陈老师说：《面对96级楼梯》吧，它是生命里流出来的作品，恐怕一生只会写一次。我想：它是自号"七腿翁"的作者对人生的深刻体验与生命的独特感悟。

　　随后，我们谈起了将军诗人李瑛。我问：您现在喜欢阅读福建谁的散文？他说，南帆、朱以撒、孙绍振等人的作品。他认同我对南帆老师前后期散文作品的看法：前期的审智散文枯燥了点，读着有点累；后期《辛亥年的枪声》非常棒，审美，独到，深刻。讲到朱教授的学者散文，陈老师说："我很赞成作家的第一职业不是写作，这样才能写出更好的作品。"这点很有道理。而我个人奉行中庸之道，赞成生活、思想、技巧并重。

　　我感叹道：人生就是这样，一次机遇就改变人生，您调入《福建文学》当编辑，是一个节点，完全改变了您的人生轨迹。陈老师说：是，我从乡村进入城市。如果我没调入《福建文学》杂志社，就去厦门大学教书了。

　　当我话别时，陈老师赞扬我对他作品读得这么细，并转达汪兰老师的问候。其时，《标点人生》正翻放在我的书桌前。其实，我从陈老师身上悟到的，远在访谈与作品之外……

　　2019年8月10日傍晚，我刚吃完饭，接到陈老师的电话，主要向我说了两件事：一是收到我的书《寂寞的胡文虎》很高兴，对历史人物的褒贬很难定论。二是他看了某某晚报某某版头条连载我的拙作很亲切。我说：我不知刊出了，因为编辑没告知，亦未收到样报。

　　陈老师也很感慨，说起了当年在郭风指导下如何敬重名家的往事。说他当编辑时，名人来稿，要给作者发几次电报，收到稿要告之，改动处要征求作者意见，安排何日何版要告知。而当年他仅是大一学生，《福建日报》编辑要采用他的稿件，来函措辞也是非常客气敬重。陈老师说当年他一年上《福建日报》的文章有100多篇，现在年纪大了，一般就不写了。他还说：某日收到《羊城晚报》一文的获奖稿费1000元，却不知发了哪篇文章，编辑没寄样报，汇款单也只有财务人员的名字。我们感叹传统文风已悄然失传。

　　陈老师回忆起一件事：以前自己当编辑时年轻，对领导的文章，比如何少川，也是真敢改，毕竟自己在大学教过，逻辑什么都通：句子太长的改成短句，词句不贴切的都红笔改。后来，领导出书，他还特地看是否改为原稿，还真没有。真佩服那一辈领导的涵养啊。

陈老师提起我写他的《钟爱逗号的章武》，这是前年刊于香港《文汇报》的文章，他给我提建议，让我受益匪浅。

我问他：冰心、郭风等人文坛往事，你有写成文史留下来吗？他说：有的已写过。我说：这是非常珍贵的文史啊！……

斯人已逝。他的音容笑貌化作细细碎碎的格桑花，飘落我的春天，飘满我的怀念。

（原刊 2023 年 4 月 5 日《福州晚报》）

姑婆

旱塘姑婆是让我最怀念的一位亲戚。

我有三位姑婆，一位嫁砦头，过番，早年去世，我不认识；一位嫁太平寨，姑丈公在南洋，我也不认识。一位嫁旱塘，姑丈公是竹篾匠，邻居们为了区别常称"旱塘姑婆"。

我家亲戚不多，我妈是从漳州嫁回祖籍地永定的，由于路途遥远，许多舅舅、阿姨都不能常来往。看见别人有外公、外婆疼爱，我很羡慕。因为我未见过外公、外婆，他们就已去世了，这种人生的不幸一般人当然无法体会。

旱塘姑婆让我能够揣测到一些早已消逝的客家人的历史气息与精神密码。

旱塘姑婆活到 90 多岁。姑婆长得很高大，麻脸，但人很慈祥很从容，说话很温和，没有一般客家老年妇女的冷硬。听老一辈的人说，姑丈公也是个很本分很大度的人。我家的所有谷笪、箩筐等都是他做好送来的。我虽然没有见过姑丈公，但是我能够想象出他的音容笑貌、精神气度。

姑婆每次来我家时，总是挑着大大小小的包袱，一住就是好几天。她是真正把娘家当家的人。天刚黑，她与我们聊着天，就打瞌睡了，坐在灶房里，身子一晃一晃地瞌睡，精神很不济，原来是姑婆出过天花，发高烧，脑子有点烧坏了。

婶婆嫂曾几次对我说："旱塘姑很爱外家（娘家）哩！闹饥

荒时，她只有 2 斗米，也分 1 斗给外家哩！"在我的印象中，姑婆确实是一位很有爱心的人。

父亲去世时，表叔怕姑婆年纪大了伤心，没有告诉姑婆。为父亲"设七"时，姑婆知道了，一个人哭哭啼啼走了几十里山路来了，她执意要去坟地，哭得很伤心。

妈妈说："墓碑角有一小小的糖蜂窝呢。"姑婆泪痕未干，说："秀英，不要捅掉，有蜜蜂做窝是吉哩！"

在客家人的观念中，蜜蜂来做窝是甜蜜的吉象，说明你家是善良之人，蜜蜂才愿光顾。姑婆又说："燕子来家做窝，也是吉，家庭顺利哩。"我忽然想到土楼中都有许多燕窝筑巢，原来客家人认为燕子是吉祥之鸟。

客家人真是个有趣的族群。同样是鸟，我们又非常害怕俗名叫"屎缸精"的鸟，在我们蹲厕时，鸟粪突然落到自己的头上，那是很倒霉的，要回家去吃红蛋，不然就会有厄运光顾。小时候，我的邻居在菜园里抓到一只不太会飞的鸟，捉回家后，被他的母亲狠狠训斥了一顿，并将鸟放飞了，还慌忙煮红蛋吃，因为据说这种不会飞的鸟是"鬼魂"的化身。

每当漆黑的天空有流星划过时，我们小伙伴都要"呸呸呸"地往地上吐唾沫，大人们说：不吐唾沫，房屋就会被火烧掉。

七八岁换牙了，摇出的牙齿要悄悄地藏在水缸下或扔在屋瓦下，不能告诉任何人，不然是不吉利的。

有一天，慧英叔姆边走边唠叨说："唉，不知怎么回事，右眼一直跳哩！唉，右眼直跳！"有人笑道："有金坨子捡！"慧英叔姆说："左眼跳财，右眼跳灾！不知有什么衰运哩！"哈哈哈！

老一辈人说：右眼跳的时候，一定要说出来，才能消灾！左眼跳的时候，一定不要说出来，才能灵验！

老一辈人说：小孩跌倒时，大人一定要脚蹬地板，嘴里说"莫惊，莫惊，石头不乖！蹬死它！"小孩才好带！

老一辈人说：千万不要从别人的胯下钻过啊，不然一辈子都长不高呢！

老一辈人说：昨晚做了噩梦，一定要说出来，才能破掉这个衰梦！这是为什么呢？我的祖先啊！在你的生命密码里一直存在着生存恐惧吗？

土楼客家还有这样很有意味的风俗：每当一个新生命来到人间，小孩的包衣（胎盘）就会被母亲用红纸包着，下面和上面垫盖着一层干爽的木炭，埋在间门背后的地板下，寓意小孩将来不管身在何处，都会根在故土，不忘故乡。我的包衣就被母亲埋在故乡的地下，当然这也是很秘密的。那时，小孩的包衣被母亲珍藏起来，不像现在的母亲对小孩的包衣视若无睹，被助产士卖给别人吃掉。我不知道这是一种文明的进步，还是一种文化的倒退？

那是我读师专回来过春节的新年初八，我和大嫂一起去看望姑婆。

这是一个很偏僻的小山村，只有二十几户人家。姑婆住在一座方形的土楼里。楼门口堆放着一堆堆柴火。墙上刷有几条暗红色的标语。楼的不远处有一座很小的学校。楼的过道、墙壁有点黑。

姑婆听见我们的叫声，很热情地招呼我们，叫我们喝茶。不一会儿，姑婆下厨了，我帮着烧火。客家俗话说：亲戚走到初五六，有酒也没肉。厨房里却挂着几串肉，那是节省下来等客人的。在那个年月，肉几乎是拿来做门面的。烧火时，一股股滚滚浓烟从灶口倒冲出来，我被烟熏得流出了眼泪，原来楼里的灶房都没有安设烟窗，浓烟在灶房里四处弥漫，从灶房门散出去。旱塘是小山村，古代盗匪凶悍，经常挖墙入楼偷盗，为了安全第一层连烟窗都不敢安设了。

吃饭了，姑婆一直给我们搛菜，说："没客人来了。"姑婆给我搛的一块瘦肉已经变了味，或者说放的日子太长了，几串肉都有异味了，我还是把它吃了。

我专门找青菜吃，姑婆说："青菜吃它做嘛，肉一点不吃！"姑婆甚至有点生气，这是怎样的姑婆啊！

姑婆劝道："鸭头敢吃都吃了，没客来了。"我们笑笑："好，好。"姑婆不好意思说："没什么菜啰！"我们说："有，满桌的菜！"姑婆将鸭头挟到我碗里，我把它挟回去了。

从小，妈妈就教育我们兄妹说："去做客，千万不敢吃人家的鸡头鸭头，要懂规矩。"因为鸡头鸭头每餐留着，是表示尊敬客人的。鸡头鸭头没了，表示没肉了，没想到客人还来。妈妈说："去做客，不能放开肚皮吃饭，让别人没饭了，那是不礼貌的。"所以，每次去做客，我们不敢多吃，都是吃一碗饭就说："吃饱了！"撂下筷子，其实肚子还是半空的……

要回家的时候，姑婆送我们走到村口，递给我1个红包，说："赛，回去做五代公太啊！"姑婆一直在招手。

我们说："姑婆，你回去吧！"姑婆孤单的身影一直站在村口。她在祝福我们，念念叨叨，一直到看不见我们……

等我师专毕业的时候，我才听说姑婆已经去世了，姑婆的身影和灵魂永远定格在我的记忆里。

（入选 2020 年 8 月《福建当代客家散文选》）

后记

　　那晚，听到学校文虎公园水池里，传来阵阵蛙鸣声，知道夏天要来了。这几天，突然觉得树林蓊蓊郁郁起来。礼堂边上8棵大榕树，前时有1棵光疏疏的，结满紫红色的籽，许多鸟在上面啄食，噼噼啪啪地掉在地上。我摘了一粒籽儿，尝了尝，涩涩无味。把苦涩的生活啄出诗意，动植物永远是人类的导师。

　　前几年计划着要向吴楚龙老师学习，在校园植一株退休纪念树。问从事树苗种植的同学，没有找到特别有特色的树种。3月30日，我在怀亲楼楼下花圃里，与妻子共同植下三窟红艳艳的银柳，赶上了雨季，觉得这是今年做的最有意义的事。

　　这本散文集《温泉做的故乡》，是继《九级半的土楼村》《一座楼的客家》《寂寞的胡文虎》之后的第四本书。去年印制了内部资料，由著名评论家谢有顺教授题写书名，插入了近百张图片，作为资料保存，或赠送亲友留念。

　　回顾几十年的业余创作，百感交集。《阿兰》在1990年《永定文艺》上发表，标志着我文学的起步。接着，主要写散文、小小说。小小说《采风》在《微型小说选刊》发表并获奖，《玛丽小姐》被选入龙岩市期末统考语文试题。散文写得最多，曾获

《中国校园文学》首届宋河杯征文二等奖、中国首届寻访民间工匠大赛冠军、首届"如绘大埔"全国散文大赛亚军、《中国乡村》2018年散文大赛季军、《福建日报》征文奖、闽西文化奖等几十次。

2019年，我决定转型写儿童文学作品，儿童小说荣获2019年冰心儿童文学奖、第二届谢璞儿童文学奖，成为龙岩市第一位冰心儿童文学奖获得者。

这本《温泉做的故乡》，是从几百篇未结集作品中萃取的散文集，并用其中一篇文章名来命名。作品几乎取材于客家自然风物、历史胜迹、人文情事、风土民俗、地域文化，发表在《人民日报》《作家报》《国际日报》《印华日报》《福建日报》《福建法治报》《家庭》《文史博览》《中国乡村》《闽西日报》《梅州日报》《福州晚报》、香港《文汇报》等，有些被《福州晚报》《文史博览》《老年生活报》转载。

我的人生多么像一棵梧桐树，从未挪移，而只守土扎根；又多么像一眼温泉，汩汩涌流，却只守池一隅；多么孤陋寡闻，多么辛酸，但如果我曾经奉献了一簇翠绿、一丛馨花、一汪清泉，这就够了。

《温泉做的故乡》，是我特别喜欢的一篇作品。温泉，是故乡的一个文化符号，是我对故乡意象的一个提炼。故乡之美，就在温泉的境界里。

人生一世，草木一秋；雁过留声，风过留痕，人过留品。特别感谢大力支持本书出版的父老乡亲，尤其是同事壮藩老师，你们的爱宛若澄碧的温泉，潺湲流淌于我的心间……

2023 年 4 月 18 日于香林文学社